ドストエフスキー

勝田吉太郎

第三文明社

55歳のドストエフスキー

ドストエフスキー

勝田吉太郎

この小著を生涯の恩師たる

瀧川幸辰　先生
久松真一（抱石）　先生

のご霊前に捧ぐ

目次

【第一章】近代小説とドストエフスキーの手法

【第二章】人間学――社会主義社会の蟻塚と人間的自由――

【第三章】 自由の悲劇的弁証法

【第四章】　全体主義権力の論理と心理構造

【第五章】ヒューマニズムの危機

装幀／本文DTP　藤井国敏
口絵　©Collection Roger-Viollet/amanaimages

【第一章】　近代小説とドストエフスキーの手法

近代小説の描く人間類型

「幻想的リアリズム」

かつてドストエフスキーは、『手帳』のなかで次のように述べたことがある。「私は、心理主義者といわれている。しかし、それは間違いだ。私は、たんに最高の意味におけるリアリストにすぎない。換言すると、私は人間の魂のあらゆる深淵を描くのである」。さらに彼は、友人ストラーホフにあてて、自分のリアリズムをこう説明している。「私は現実について、私独自の見解をもっています。大多数の人々がほとんど幻想的なもの、例外的なものと見なしているものが、私にとっては、時として現実の真の本質をなすのです。現象の日常性や、それに対する公式的な見方は、私の考えでは、まだリアリズムではありません」（一八六九年二月二十六日付ストラーホフあての手紙）。

ドストエフスキーは、すでに処女作『貧しい人々』において、ロシヤ・リアリズムの伝統的手法を駆使することによって、その正道を歩んでいた。彼の文名を一度に高めたこの作品のなかで、ドストエフスキーは理想的な世界を描こうとはせず、むしろリアルな人生の相貌を直視し、社会の底辺に沈む人たちの苦しみや悩み、また貧困ゆえに発生する種々な社会悪を追究しようとした。そこに登場する人物は、社会の圧倒的な力に押しつぶされ、結局は絶望の淵に沈んでいく、あわれな、救いようのない人たちであった。

しかしドストエフスキー本来の「幻想的リアリズム」が、はっきりと、誰の眼にも明瞭に現われるようになったのは、『地下生活者の手記』以後のことであった。以来、彼の眼は、通常のリアリストたちの眼のおよばない次元の世界へと注がれるようになる。いまやドストエフスキーにとって真のリアリティとは、普通のリアリストからは異常とか、病的とか評されるような、より高次のリアリティとなり、人間の霊的な諸力の働く世界となった。つまり通常のリアリストたちが、現実のより高次の領域にわけ入ろうとはせず、もっぱら事件と人間心理の日常性の枠内にとどまっていたのに反して、ドストエフスキーの「幻想的リアリズム」は、小説の世界に内的現実という新しい次元を与え、人間の霊性の深奥にまで深く到達しようとする。

トルストイとフローベル

ドストエフスキーと同時代のリアリズムの作家たちは、人物の外部的な特徴を忠実に写実しようとする。これが、彼らの出発点である。そして彼らは、それぞれきわめて鋭敏な観察眼をもってわれわれ読者を驚かす。たとえば、「ロシヤ文学のルーベンス」と称揚されたレフ・トルストイは、作中人物の外部的、肉体的な特徴を微に入り細をうがって描き出すうえに、なみはずれて異常な能力を示したものである。

アンナ・カレーニナの先の細い指、古い象牙細工のように磨き上げられた頸、抑えがたい眼の輝き、動作の生き生きした軽妙さ、一面にちぢれていて、帽子を脱ぐ時に、いつもからみつく黒い髪、そして首やこめかみに乱れかかる捲毛、まつげの濃いためにくろずんでみえる眼――こうした微細な各部分の特徴は、すべてみな、きわめてよく調和されているため、それらは読者の想像のうちで自然に一つのまとまった、生き生きした、個性的な、とうてい忘れることのできない一女性のイメージへと結び合わされてしまう。

また、彼女の面前で指をぽきぽき折りながら重々しい口調で語り出す夫カレーニンの肉体的特徴や動作のデテールを眺めているうちに、読者はひとりでに、この謹厳実直な、しかも彼なりの仕方でアンナに誠実な、しかし人間の心の動きに鈍感な夫に対して覚えるアンナのどうしようもない生理的嫌悪感にひき入れられ、そして夫の愛にこたえようとしてもなしえないアンナの姿のなかに、人間の業の深さといったものを感じとるようになってしまう。

他方フローベルは、シャール・ボヴァリイの上衣の広くて平板な有様を詳細に描き出すことによって、その人格の平板さ、平凡さのイメージを読者の心に刻みこむ。一個のナイト・キャップを叙述するために数ページを費し、また被写体のもっとも忠実なイメージを伝えるために一番適切な一つの言葉、一個の形容詞を探し出すべく、数夜の呻吟を嘗めたのは、ほかならぬフローベルであった。同様に、バルザック、ディケンズ、ゴーゴリ、トゥルゲーネフ——これらリアリズムの巨匠たちは、いずれもみな、すばらしい文学上の肖像画家であった。

対話の作家

しかしドストエフスキーが作中人物を描く時、彼は何よりもまず人物の心理、感情、思考などを伝えようとする。その人物の外貌は、まるで作家の念頭にないかのようである。彼はたんに人物の外観を簡潔に、ごく大筋だけを描くにすぎず、些細な事実を無視してしまう。人々の内部に秘められた性質や人格は、その肉体的な特徴や外部の動作と同視されず、そこから暗示されることはほとんどない。むしろ人物の性質、人格は、彼の述べる言葉によってはじめて明瞭となる。人々の語る言葉こそが、彼らの心理的、精神的構造の不可視的なリアリティを明るみに出すのである。

つまり、ドストエフスキーにとって、言葉は、メタフィジカルな領域と境を接するフィジカルな要素なのである。このような手法は、他のリアリズムの文豪たちのそれとは、きわめて顕著な対照をなしている。メレジコフスキーも述べているように、「トルストイにおいては、外的な、肉体的な像の運動や表情が、精神の内的状態を伝える。……トルストイは肉体から精神に、外部から内部へと移っていく。他方ドストエフスキーは内部から外部へ、心的なものから肉的なものへ……と移行する。トルストイの場合には、われわれは見るがゆえに聞き、ドストエフスキーの場合には、聞くがゆえに見るのである」（メレジコフスキー『トルストイとドストエフスキー』）。

このように、ドストエフスキーは、自己の芸術的な力をすべて会話のうちに集中する。

すべては対話において結ばれもし、解かれもする。物語は、彼の場合、まるで戯曲の筋の時刻、場所、人物の境遇と外観などを知らせるただし書きにすぎず、たんなる舞台の装置でしかない。そして人物が舞台に現われて語りはじめる時、はじめて戯曲は進行を開始するわけである。

たとえば『カラマーゾフ兄弟』に描写されている、とあるロシヤの一料理屋をみるがよい。その模様は、ゴーゴリ、トルストイ、トゥルゲーネフ、ゴンチャロフたちが、店内の椅子、テーブル、置物、カーテン、その他ありとあらゆる隅々まで見事に浮彫にした料理屋の生き生きした情景とくらべる時、とみに生彩を失い、みすぼらしく、ほとんどなんらの印象をも残さない。しかしドストエフスキーの読者にとって、それはどうでもよい些事にすぎない。なぜといって、『カラマーゾフ兄弟』の料理屋でイワンとアリョーシャの兄弟の間で交される対話――神と信仰の意義、無神論と社会主義の問題、背徳とニヒリズム、生と歴史の悲劇性、人間の道徳的生の意味などについてとり交される会話の、異常に深刻かつ深遠な思想の力にわれわれ読者は圧倒され、兄弟の対話を聞きもらすまいと神経を集中するあまり、自然に眼を閉じてしまうからである。われわれ読者は、いかなる人物が、いつ、どこで、どのような状況の下で、どんな風に話をしているかについて、もはや何の注意をも払おうとはしないであろう。イワン・カラマーゾフとアリョーシャとの間で交された対話は、時と場所とを超越して、われわれ自身の魂のうちに、永遠の人間精神が古くて新しい永遠の問題を論じているかのように思われるのである。

スタンダール、バルザック、ゾラたちの世界

近代小説の鼻祖ともいうべきスタンダールにとって、人間を動かす究極の衝動は野心であり、権力への意志であり、自己実現の欲求であった。彼の小説に登場する主要人物は、それぞれ自己愛によって、自我主義的な欲求によって動かされる。かのジュリアン・ソレルは、自分の生れた社会の身分制度の壁をうち破り、自分の住まう環境から抜け出して権力をわが手に収め、あくなき支配欲を満足させようとする。ジュリアンにとっても、また『パルムの僧院』のファブリスにとっても、恋愛、知性、意志力、善行と犯罪、これらはすべて自分の生の唯一の目標である成功をかちとるための手段にすぎない。

他方バルザック――ドストエフスキーがなんらかの影響をうけたほとんど唯一の作家であり、そして青年時代に彼の小説『ウージェニイ・グランデ』をロシヤ語に翻訳したあの

フランスの巨匠——は、例の『人間喜劇』に登場する二千人余の人物が織りなす多種多様な人生劇から、人間性にかんする根本的な法則を導き出そうとする。バルザックの描く人物は、多かれ少なかれすべてみな、自分の欲求を実現するためのもっとも確実な手段として、金を儲け、富を築こうとあくせくする。富の追求こそが、人間のもっとも強力な情熱であり、貪欲がバルザックの人間喜劇を動かす主要な要因である。封建的な身分制が崩壊して、法の前の平等をうたうブルジョワ社会が実現したいまでは、人の上に人をつくるものは、財産だからである。

フランス・リアリズムの伝統をくみ、さらにそれを自然主義へと徹底したゾラは、クロード・ベルナールの実験医学の方法を文学に適用し、生理学の成果をとりいれて決定論的に人間の性格と行動とを分析し、解明しようとする。このような手段で書かれた『ルーゴン・マカール叢書』は、あくどい野心と貪欲とによって身を滅ぼした数世代にわたる一家族の記録である。このような醜悪な人間たち——「獣人」たちのうごめく社会の巷の相貌は、『三都市叢書』のなかでも、くまなく暴露されている。

ところでドストエフスキーも、これらの作家たちと同様に、人間社会における悪徳の跳梁をリアルに描き出す。浪漫的ならざる日常生活がその小説の背景にある。そしてそこに登場する人物は、われわれの周囲いたるところでみられるようなありきたりの人間である。こういう人物たちの生活の上に生じる諸事件が、彼の小説の題材なのである。

『罪と罰』の貧乏学生ラスコーリニコフと『未成年』の私生児アルカーディ・ドルゴルーキイとは、ジュリアン・ソレルと同様に、権力こそが幸福を意味した。両人はともに「ナポレオン」になろうと欲し、そしてそれぞれの仕方で小型のナポレオン的事業を再現しようとする。つまり、他人を犠牲にして、権力を達成しようとするのである。断罪をうけるおり、ジュリアン・ソレルは、人間の自然法則以外になんらの法もない、と叫んだが、この言葉こそは、まだ浄罪による救いをえないラスコーリニコフの心中にひそむ暗い信条でもあったのだ。

ラスコーリニコフにとってと同じく、アルカーディ・ドルゴルーキイにとっても、ちょうどバルザックやゾラの主人公たちの場合と同様に、金銭こそが権力へいたるもっとも確実な手段であった。未成年アルカーディは、あらゆる道徳的偏見に挑戦して、「ロスチャイルド」になろうと決意する。そうなった時はじめて、世界のすべての人間を自分の意志の支配下におくことができるというのである。

他方バルザックのラスツィニャクは、友人の学生ビァンションに対して、自分の欲する金をうるために、名も知れぬ中国の大官を殺害する決意があるかどうかと問うた（『ゴリオ爺さん』）。この問いこそは、ラスコーリニコフが自分の欲する金をうるために、金貸しの老婆を殺害しようと決意した時、自分の心中深くみずから問うたものでなければならない。同様に、ミーチャ・カラマーゾフも、父親と愛人をとりあい、父を殺してえた金によって愛人グルーシェンカの寵愛をえようと内心ひそかに企てたのである。

ドストエフスキー的人間の独自性

魂の中の葛藤

このように、近代小説に登場する諸人物には、共通な社会的タイプや、また類似した動機と行動様式とが認められよう。しかしそれにもかかわらず、バルザック、ゾラ、その他多くの同時代の作家たちによって創作された人物群と、ドストエフスキーの作中人物たちとの間には、根本的な差異がある。スタンダールやバルザックやゾラたちは、いずれも野心や情欲によって支配された人間の曲折にとむ長い生活の過程を、冴えた眼をもって追跡する。彼らにとって、我意の問題は特定の社会的状況から生じる社会心理学的な問題である。これに対してドストエフスキーは、同じく野心と情欲に燃える人間を描きつつ、しかもこれらの人物たちにふりかかる特殊な運命のうちに集中的に表現された精神的、霊的な葛藤に注目する。そして彼にとって、人間の我意や倨傲《きょごう》は、社会心理学的な問題であるよりは、むしろ形而上学的な問題であり、ここに人間実存の矛盾につきまとわれた本源的な深淵が露出する。

フランスのリアリストたちは、社会と、そして社会の道徳的規範を捨て去った個人との間の相剋を描き出す。他方ドストエフスキーの眼は、神の存在を見失った個人の我意と倨傲の宗教・道徳的な問題に注がれる。前者は、野心や情欲や傲慢の心理学的メカニズムを明示しようとする。これに反して後者ドストエフスキーにおいては、人間の魂を戦場とする神とサタン、善と悪との闘争がテーマとなる。

「われわれの西欧文学においては」――とアンドレ・ジイドは論評している――「それはたんにフランス文学だけを指すのではないが、小説は特殊な例外を除くと、ほとんど人間相互の関係、すなわち情熱的ないし理知的関係、家族、社会、社会階級間の関係しか研究せず、けっして、ほとんどけっして、個人とその心、あるいは神との関係を研究するものがない。これがドストエフスキーにあって、他のすべてを越えて秀れている点である」（『ドストエフスキー論』）。

罪の形而上学

このような差異は、犯罪の問題に対する接近の仕方のうちにも、はっきりと認めることができよう。人間性の暗黒の側面を浮びあがらせるものとして、犯罪とその結果とは、十九世紀リアリズムの文豪たちが好んで選んだ題材であった。ドストエフスキーもまた、例外ではなかった。その一連の大ロマンの第一作『罪と罰』は殺人を、『悪霊』は革命的マキァヴェリズムにもとづく政治的殺人を、そして最後の大作『カラマーゾフ兄弟』は父親殺しを取扱っている。その他の作品に姿を現わす主要人物の多くもまた、公然たる、ないしは隠然たる犯罪人たちである。

ところでスタンダール、バルザック、ゾラ、フローベル、ディケンズたちも、その作品中に犯罪人を描き出す。彼らはその際、それぞれの主人公の人生航路をきわめて綿密に追跡し、人生の各段階におけるそれらの人物の行動に鋭利な心理学的洞察をくわえ、そして犯罪を犯すにいたる動機を冷静な、科学的解剖のメスをもって摘出する。そしてこれらの悲劇の主人公たちが罪を犯し、身を滅ぼした時、これらリアリストたちの小説もまた幕を閉じる。

他方ドストエフスキーにおいては、これらの作家たちがペンをすてたほかならぬこの地点から、犯罪人に対する彼本来の関心がはじまる。犯罪と、そしてその処罰へと導いた外部的な行動は、ドストエフスキーにとって、罪を犯した主人公の良心の内部に進行する真の行為へといたる序曲にすぎない。ゾラ、スタンダール、バルザックたちの作品のなかで劇的な結末を形成する外的な破滅を、ドストエフスキーはその作品中の主人公たちの道徳的、精神的運命の成就のために利用するのである。

ドストエフスキーは、数年にわたる牢獄生活のなかで、多くの犯罪人たちを知り、交わる機会をえた。こうした体験にもとづいて、彼は同時代の作家たちよりもより深刻に、人間の魂のうちに巣くう悪魔的な要素の力をみぬいていた。「悪は人類のうちに、社会主義の医者たちが考えているよりもずっと深くひそんでいて、いかなる社会組織においても悪を避けることができず、人間の魂はどこまでも同じままであり、アブノーマルと罪悪とは人間の魂から直接発生するものであって、人間精神の法則はいまだに全く不明であり、科学にとっても未知のままで、あまりに茫漠として神秘的であるために、まだ医者が存在しえない……」と彼は書いている（『作家の日記』）。

ドストエフスキーは、我意と犯罪的行為とが根本的な形而上学的原理から発する問題であると把握していた。その結果、犯罪の源泉は人間の外部から内部へと移される。裁かれるべきは、社会とその不合理な組織であるよりは背徳を犯した個人であり、より根元的には、神から離反した人間の罪ある良心でなければならない。だからこそドストエフスキーの諸人物の場合——ラスコーリニコフも、スタヴローギンも、カラマーゾフの三兄弟の場合でも、罪を犯したあとに、彼らの良心の内部で進行する道徳的、宗教的な改悟と苦悩による浄罪とが、根本的な問題として取扱われるのである。

宗教哲学的テーマ

なるほど、犯罪を犯した後に生じる改悛と道徳的覚醒の問題は、ホーソーンがしばしば好んで描いた問題でもあった。清教徒的な作家として、ホーソーンは人間の内面的な罪と罰の問題を追究する上で、たしかにゾラやバルザックその他の同時代の作家よりも、いっそうドストエフスキーに近いといえよう。彼の『大理石のフォーン』は、テーマの点でも、また筋の点でも、『罪と罰』に酷似している。しかしながら、ホーソーンの純真な、しかし軽率な主人公ドナテロは、ほとんど偶然の機会に殺人を犯してしまう。

これに反して、あの胆汁質で知能犯的なラスコーリニコフの場合、「ナポレオン」に、また「ガリレオ」になろうとする非道徳な野心のうちに、そしてナポレオンがその大事業をやりとげ、ガリレオがその大発明を成就する上で、必要ならば人間人格を踏みにじってもよい、と断じる傲慢な命題のうちに、全犯罪の本質がひそむのだ。つまり、実際に犯罪行為がなされる以前に、すでに罪は彼の心のうちで完了する。現実に発生する殺人行為は、彼の犯意のたんなる結果でしかないのである。

『カラマーゾフ兄弟』においても同様に、父親を実際に殺害したのは、スメルジャーコフであった。しかしこの異腹の弟に対して、「すべては許されている」という思想を吹き込んだのはイワンであった。神から背き去ったイワンは、このニヒリズムの思想のゆえに、精神的な父親殺しを犯したのである。他方、ドミートリ（ミーチャ）もまた、自分の恋敵として、父親の死を心中ひそかに願望していた。ドミートリとイワンの両兄弟は、こうして心の奥底で成就した父親殺しのために、道徳的に罪をうけるのである。

ドストエフスキーにとって、道徳的世界は形而上学的世界の一様相にすぎず、そして形而上学的な世界は、それが現実の道徳的ドラマのなかへその影を投げかける前に、すでにして現前する。罪を犯すことによって堕落した後、大きな精神的苦悩の浄火をへて新たに生れかわったラスコーリニコフは、神から離れ去り、次いで改悛のうちに神の許へと復帰するドストエフスキー的人間の原型であるといえよう。

ドストエフスキーの創作に登場する人物は、聖人であろうと、殺人犯であろうと、賢者であろうと、愚者であろうと、すべてみな深く宗教的な人間である。彼らの生と行動の中心問題は、神があるか否か、という根本的なテーマと関係する。彼らの日常生活のうちに展開する葛藤も、本質的に神に対する彼らの態度によって生み出される。そしてこの形而上学的な問題を解決しえない苦悩こそが、彼らの精神的な遍歴を規定するのである。この意味でドストエフスキーは、もっとも深刻な人間の魂の運命に関心を注いだのであり、彼独特のリアリズムの手法は、神とサタンとの間の闘いが展開する場所としての、人間の霊性のあらゆる深淵を描くことにあったのである。彼は、友人マイコフにあててこう書いている。「私は現実とリアリズムとについて、わが国のリアリストや批評家とは、まったく違った観念をもっています。私のリアリズムは、彼らのそれよりも、もっとリアルなのです」（一八六八年十二月十一日付手紙）。

霊的世界のリアリティ

ドストエフスキーの意味する現実は、経験的、外部的な、日常的な存在の次元にあるのではない。それは地上的な現実なのではなく、人間の精神的な奥底にある。人間の精神の運命が、真の意味における現実なのである。つまり彼の幻想的リアリズムは、並のリアリストのそれよりもより高次の現実に、つまり霊的世界のリアリティにかかわっている。したがって、彼の芸術は、つねにもっとも深い精神的、形而上学的な世界に関係する。人間の神との関係、人間とサタンとの関係、そしてまた人間がそれによって生きる精神的観念の世界が、ドストエフスキーのリアリズムによって明るみに出されるのである。彼の眼は、たんに人間の外皮を突き破るだけではなく、人間の意識的生活の裏面にひそむ意識下の生活へと注がれる。しかもそれは、たんなるフロイト的な深層心理の世界にとどまっているのではない。フロイト的精神分析学の科学のメスがついに触れえない霊性の領域にまで、ドストエフスキーのリアリズムはつき進んでいく。

人間がかかわりをもつのは、たんに意識の光に照射された可視的な社会的関係や連鎖だけでもなければ、意識下の暗い衝動の世界だけでもない。人間とその運命につながるところの、霊的世界の深奥にまで達する神秘的な、不可視的な関係や連鎖があるのである。ドストエフスキーの諸人物は、こうした世界に属する不可視的な鎖によって、固くつながれている。この神秘的な絆によって、たとえばラスコーリニコフとスヴィドリガイロフ（『罪と罰』）、ムィシキンとナスターシャおよびラゴージン（『白痴』）、イワン・カラマーゾフとスメルジャーコフ（『カラマーゾフ兄弟』）、スタヴローギンとキリーロフ、シャートフ、およびピョートル・ヴェルホーヴェンスキー（『悪霊』）とが、互いにはなれがたく結ばれている。

そこには、偶然的な遭遇や関係は存しないのである。一見すると偶然でしかないようにみえる関係は、別の次元にある世界によって決定され、すべてがより高い意味を帯びている。なんらの意味をもたないと思われるような事件が、彼の小説においては、究極的な意味を示現する。そしてそれは、われわれの日常的な生における事物の背後に永遠の事物がひそみ、そしてあらゆる偶然は、その実、ある種の精神的な法則によって支配された必然であることを意味する。創作中の人物たちが結ぶ複雑な相互関係や、深刻な矛盾衝突が示現するのは、客観的、対象的な現実ではなく、人間の内面生活の次元であり、そこに展開する精神的運命である。こうして彼は、人間性の深奥にひそむもっとも根源的な精神の悲劇性をえぐり出し、人間のうちに、また人間の運命を通して、絶対者を覚知させる。だからこそドストエフスキーは、たんに偉大な芸術家であるばかりか、偉大な思想家でもあり、また言葉のもっとも深い意味で「ロシア最大の形而上学者」(ベルジャーエフ『ドストエフスキーの世界観』)と呼ぶことができよう。

【第二章】

人間学

──社会主義社会の蟻塚と人間的自由──

人間とは何か

キリスト教的人間主義

ドストエフスキーの哲学的思索の出発点は、人間と人間の運命にかんするテーマである。ドストエフスキーの思想はこの点で、本質的に人間中心主義的であり、一種の人格主義の特徴をおびている(ヴェ・ゼンコフスキー『ロシヤ哲学史』)。彼にとって、人間は小宇宙であり、存在の中心であって、その周囲を一切が回転する。すべてが人間のうちに、人間を通して、そして人間のためにある。人間とその運命のうちに、宇宙的生の謎がひそんでいる。そして人間の問題が解決される時、同時に神の問題の解決もなされるのである。

ドストエフスキーにとって、人間の問題は神の問題と密接不可分にむすびつき、その宗教哲学の諸観念にとって基礎的な意味をおびている。神は、人間のたどる内的運命を介して明らかになる。神の問題は、かならず同時に人間の問題、具体的な、生身の、個々の人間にとっての問題となり、生きた神はまさにこうした人間との関係において論じられるのである。ドストエフスキーの全創作は、人間と人間の自由の擁護であり、それは一方の極で神への叛逆とニヒリズムにまで高まるが、他方、人間の運命をキリストの手に委ねた時はじめて決着がつく。この意味で、彼の人間主義は、基本的にキリスト教的人間主義の枠組のなかにある。

しかし、ドストエフスキーは、通常ありきたりの、伝統的なキリスト教思想家であるには、あまりにも深刻に人間実存のもつ悲劇性を理解していた。彼の信仰は、疑惑と背徳とニヒリズムの炎によって鍛えられているのである。他面、楽天的に明澄な自然主義的人間主義もまた、ドストエフスキーの深刻な人間把握の深みにまでとうてい達してはいない。

フォイエルバッハやコント、またロシヤにおける両人の弟子たち――バクーニンやチェルヌィシェフスキー、ラヴロフやミハイロフスキーのような、唯物論的、実証主義的ないし半実証主義的思想家たちの人間主義や人間中心主義にとって、人間はたんなる自然的存在にすぎない。のちにみるように、ドストエフスキーは、こうした自然主義的ヒューマニズムの内面的な弱点を暴露し、それが人間の担う運命の悲劇性を解決するうえに無力であることを指摘する。ドストエフスキー本来の人間学をはじめて全的な姿で提出した『地下生活者の手記』も、当時のロシヤの代表的な進歩的知性チェルヌィシェフスキーによって表明された形の人間学における自然主義的原理を批判の俎上にのせている。

無前提的な問い

人間とは何か――この問いこそは、ドストエフスキーが巨大な精神力を傾注して、あくことなく追究した問題である。そして今日、われわれが切実にその解決をせまられている問題もまた、そのようなものでなければならない。作家として、また、思想家としてのドストエフスキーの偉大さは、彼がこの問題を徹底的に追跡して、人間実存にひそむ深淵を明るみに出した点にある。彼の描く作中人物たちは、それぞれの仕方で自分たちが何ものであるかを知ろうと努めている。そのような自己追究のはげしさのなかで、彼らはいずれもみな、人間の限界を極めようとし、自我の極限を知りつくそうとして、ある場合には神にまで上昇し、ある場合には獣へと堕落する。

換言すると、ドストエフスキーは人間性をその無限の奥底、究極の限界にまで追究することによって、人間存在の地下層をあばこうとする。彼は人間を一種の精神的な実験にかけ、人間を極限状況におき、人間からその日常生活の外皮をはぎとるのである。そしてこれは、上述したような、芸術的創造におけるドストエフスキー独特のリアリズムの手法と密接に関連する。人間の真実のリアリティは、正常な、日常的な人間のあり方や、万人に共通する普遍的な枠から抜け出した人間、固定した枠も中心も失った人間の境位を観察し、そのような極限状況のなかにたたずむ人間の魂の分析を行なう時に、はじめて把握されるのである。その時はじめて、ドストエフスキーが自負したように、人間の魂のあらゆる深淵を描くことが可能となり、同時に、神や人神ないし超人といった観念が、人間の根本的な問題となってたち現われるであろう。

その意味で、ドストエフスキーが創造するすべての主要人物たちは、いずれもみな何らかの意味で、ノーマルな人間の意識とか、万人に共通な普遍的、日常的な枠を踏みはずしたアブノーマルな人間たちである。換言すると、「人間とは何か」という核心的な問題の構造は、ドストエフスキーの場合に、無前提性という言葉によって特徴づけられよう。

それは、あらゆる事物をその根底に返して探索する精神的操作を意味する。真実の無前提的な問いとは、問うものがただちに問われるものであるような、人間学的問いかけでなければならない。日常的、正常的な世界においては、人間の社会関係は慣習風俗や法律や世論や倫理的な掟といった種々な法則の枠の範囲内で作用する。個人の意識や精神も、内面的に見ると、普通の場合には、同様に万人に共通なノーマルな人間的意識、精神が前提されるであろう。

しかしながら、無前提的、根源的な問いの意味するものは、こうした既成の観念、思惟、意識の構成を徹底的に掘り崩すことにあろう。その時、人間にとって人間存在は、その基底にひめる謎めいたもの、無気味なもの、解きがたいものをあらわに露呈する。ドストエフスキーの哲学的世界観は、このような問いの根源的な力に駆られて、人間そのものを問題にした苦しい不断の探求過程のなかで形成されたのである。

ドストエフスキーの比類ない探求的精神は、人間実存の基底にひそむ見透しがたい深淵を見つめる。常識的人間は、この深淵に気づかない。たとえ気づいたとしても、平気で深淵をとびこえる。しかし探求的人間は、あえてこれに執着する。というよりむしろ、人間は真実に生きようと決意する厳粛な一点にたつ時、あえて常識や既成のモラルと観念の重圧を払いのけ、その本質のもっとも深いところまで掘り返し、そうすることによって人間実存の深刻な問題性を意識するのである。

インテリゲンツィヤの土壌喪失状況

さてドストエフスキーの人間学的思想は、何よりもまず『地下生活者の手記』――それはジイドの言葉を借りると、「ドストエフスキーの経歴の頂点」であり、「彼の全作品の要石」である――のうちに明瞭に表現される。この中篇小説は、ちょうど今日の実存主義の作家の手になる小説を想起させるような、構成の点でも、文体の点でも、題材の点においても、奇異の感じを与える創作である。

その第一部は、地下室的人間の告白であり、そこに人間実存の諸問題が深刻に展開されている。そこでは、その精神においてドストエフスキーはキルケゴールやニイチェを想起させ、その思想の果敢さの点で、これら両哲学者に劣らない。

第二部は、『べた雪に関して』と題する小説である。地下室的人間は、自分の秘めた信条を語り終えた後、ここで自分の回想を物語っている。哲学的考察と、主人公の生活のきわめて恥ずべきエピソードとは、一見すると人為的に結びつけられているようにしかみえず、やっと終末にいたって第一部と第二部との間の有機的な関連が明らかになるにすぎない。

さて地下生活者は、自分をロシヤ・インテリゲンツィヤの一人と規定する。つまり、「不幸なわが十九世紀に生れあわせ、しかもその上、地球上でもっとも抽象的な人工都市であるペテルブルグに住むという非常な不幸をもちあわせた、教養の高い人間」――これが地下生活者である。ようするに彼は、ロシヤ史のペテルブルグ時代の子供であり、この時代の社会環境の所産――「生きた父親から生れたのではない死産児」――である。このような特徴づけから、地下室的人間が、ピョートル大帝によって着手されたロシヤの西欧化過程の深化の結果、発生した知識人の一人であり、たとえ肉体的に父祖伝来のロシヤの大地から追放されたのではないにせよ、精神的に根こそぎされ、方向をみうしなった不幸な世代に属することが判明しよう。

「地下生活者」は、ヨーロッパ文明の感化を受けて、ロシヤの土壌と民衆《ナロード》から分離した存在であり、しかも十九世紀西欧の危機に瀕した文化によって魂を蝕ばまれたインテリゲンツィヤである。このような人間として、彼はロシヤの実生活から根こそぎされ、深い疎外感を抱き、みずからを「死産児」と意識せざるをえない。「地下生活者」は、「わが国の社会全般を形成している諸条件を考慮にいれると、この社会に存在しうるのみか、むしろ存在するのが当然な」人間なのだ。そこで彼は、こう独白する。「われわれはみな実生活から絶縁して生活を忘れ去り、すべてみな多かれ少なかれ、精神的に跛行《はこう》している……あまりに生活から絶縁したために、《生きた生活》に対して、一種の嫌悪を感じるほどである。……実際われわれは、本当の《生きた生活》をほとんど労働か、お勤めのように感じている。……かりにわれわれわれから書物をとり上げてみるがよい、われわれはすぐにまごついて途方にくれてしまうであろう。どこへ合体したらよいか、何をよりどころにしたらよいか、何を軽蔑したものか、一切がわからなくなってしまうであろう」。

人間実存における「地盤喪失」

このような言葉で「地下生活者」は、善悪美醜の確たる価値規準をみうしなうにいたった現代的人間の精神状況を伝えている。地下室的人間は、もともとロシヤの特定の歴史的なタイプとして規定され、わずかに生き残っている特定の時代の文化的所産として特徴づけられていた。しかし歴史的な枠づけは容易にとりはずすことができ、地下室的人間はたんに過去の人間ではなく、現代にも、われわれ自身の間にも、生きていることが判明する。なぜならば、地下室的人間は十九世紀のロシヤ人でありながら、しかもロシヤの大地から精神的にときはなされ、西欧精神史の生み落したニヒリズムの病患に感染し、西欧の病いを自分自身の病いとして悩む現代知識人の映像を宿しているからである。

元来インテリゲンツィヤは、後進国の西欧化＝近代化過程が深化したあと発生すべき文化的断層をみずからのうちに表現していた。彼らは、自国の伝統的文明社会のうちにあって異質の外来文明を代表する存在である。その結果、彼らは自分の存在の基底に、一種の精神的違和感を抱くようになり、土着の伝統文化の価値体系をいぜんとして濃厚に保持する民衆から乖離《かいり》した自分自身の精神状況を鋭く意識するようになるであろう。このような自覚をもつのは、たんに自国の伝統文化の価値を再評価するようにと訴えたスラヴ派だけではなく、すべてのインテリゲンツィヤに多かれ少なかれ共通した自意識であった。彼らは西欧文明に残りなく自分を捧げたのち、自分の魂の基底に無気味な溝が口をあけているのを見出し、自分を生んだ伝統社会の母なる大地との精神的な絆を、ほとんどまったく失っているのをみじめにも自覚する。

このような体験は、人間が自己の民族性を喪失した時に、形而上学的な意味での「無郷土性」に、さらには人間実存における「地盤喪失」という精神的状況に陥ることを知らせるであろう。ドストエフスキーは、多くの作中人物の姿を通して、土壌を喪失したインテリゲンツィヤ、つまり精神的に根こそぎされた人間たちを描き、そうすることによって、究極には人間実存における地盤喪失の問題を追跡しようとした。『地下生活者の手記』は、このようなドストエフスキー本来のテーマを追究する第一作であったといえよう。つまり、ここで彼は、十九世紀ロシヤのインテリゲンツィヤの個性という枠をふみ越えて、一般に人間実存自体を問題にする。地下室的人間――それは意識過剰に悩む現代人であり、『地下生活者の手記』のいたるところに吐露されている「逆説」は、半狂人の迷い言ではなく、人間についての人間の新しい自覚であり、地下室の片隅にすくう「鼠」の意識は、われわれ自身の意識なのである。

人間が人間となる時

自意識の過剰

地下生活者は、まず自意識の問題ととりくむ。人間が人間となるのは、自意識をもつ時である。自意識がなければ、人間は動物と異ならない。しかし自意識は、現実との衝突において、世界との分裂において、はじめて生起する。それは、分離と孤独の途を経なければならない。自意識は、この意味で苦痛である。しかし他方では、孤立した意識は存しない。それはつねにすべての人間と結合するのであり、共同的である。この矛盾のうちに、個人の悲劇性がひそむ。高度に発達した個人は、世界と衝突し、単独者の途を歩み、絶望的に自身の自己法則と主体性とを主張する。しかし同時に、彼は他人に惹きつけられ、自分が彼らに依存することを知る。

個人と世界との間の関係は、このように地下室的人間において、宿命的な分裂を露呈する。地下生活者は、つねに愛するとともに憎み、憎むとともに愛するのである。そしてこれが、病める意識がいたずらにもがく出口のない世界であり、そのなかで人間はちょうど永久に輪を回す籠のなかの廿日鼠のように、囲繞《いじょう》する世界に無関心を示す一方、この世界にまったく依存している。地下生活者はいう、「意識の過剰どころか、どんな種類の意識でも、意識はすべて病気なのだ」。

地下生活者はまた、無性格という特徴をもつ。彼は、何ものかになることができない。それというのも、結局のところ何が正しく、何が悪いか、その根拠を見出すことができないからである。「悪人にも善人にも、卑劣漢にも正直者にも、英雄にも虫けらにも」なれない。これに対して、「性格をもつ人間、つまり活動家は、もっぱら浅薄な存在でなければならない」。

意識、自意識は惰性へと、つまり「意識的な拱手傍観《きょうしゅ》」へと導く病患なのである。意識は感情を殺し、意欲を失わせ、行動を麻痺させてしまうのだ。性格をもつ人間、世のいわゆる活動家、つまりハイデッガーのいう《ダス・マン》が安んじて行動するのは、彼らが手近な第二義的な原因を根本的なものととり違えることによって、自分の仕事の絶対不変の基礎を見出したものと信じて疑わないからである。彼らは、何らかある既成の価値、理想、生活目標などを自分を支える強固な基礎として受けいれ、それを気軽に信じている。彼らには、強烈な意識も自意識もないため、自分自身の内部に何かある固い底を見出している。だからこそ、安直な生き甲斐をもってどこへでも猪突猛進できるのだ。
しかるに現代のハムレットである地下室的人間にとって、因果の鎖は無限につらなり、あらゆる原因は悪無限の展望のなかで最終的なものとなりえず、そしてあらゆる善は相対的なものでしかない。「私は思索の自己鍛錬をしているので、一つの根本的原因がさらにより以上の根本的な原因をひき出してくる。これが無限にどこまでもつづく。これこそが、すべての意識とか、思索の本質なのだ」。

こうして地下生活者は、自分の行動をもとづかせる固い基礎も、行動を方向づける指針やそれを正当化する根本的理由も、見出すことができない。これに反して「性格をもつ人間」、つまり世のノーマルな常識人、愚鈍な活動的人間たちは、たとえば他人に対して復讐しようとする際、すぐに正義という美しい根本原理を見出すことができ、潔白な行為をするのだという確信を抱いて復讐の目的を達成する。ところが地下生活者にとっては、自分の行為を正義とか徳行とかで正当づけることはできない。憤怒が生じても、「例のいまわしい意識の法則の作用」のため、すぐに「化学分解」をおこして雲散霧消してしまう。たとえ何らかの盲目的感情に身を委ねても、ただちに自己欺瞞を意識してしまい、行動への発条がうち壊されてしまう。

結局、自意識は惰性と無為とを導き出し、そして惰性と無為とは限りない退屈や倦怠を生み出してしまう。退屈、倦怠、憂愁、不安――人々はこれらに真正面から対決しようとはしない。もしもそうすれば、人間実存の基底にひそむ虚無性に直面することになるからである。しかし地下生活者は、あえてこの途を避けようとはしない。

苦痛の快楽

地下生活者は、退屈と倦怠のあまり、ついに「人生を創作する」ようになる。つまり、なんとか生きてゆくために、種々の冒険を案出して人生を創作するのである。その結果、地下室的存在は、幻想的な存在となり、いわば鏡の前での演技と等しいものに化してしまう。彼はあたかもまったく真剣に苦しみ、悦び、憎み、また愛しもする。しかもこれらの感情は、意識の鏡のうちに反射され、俳優と演出者と観客とを同一人でかねる結果となる。地下生活者は、哀れな売春婦リーザに自分の名刺を渡して訪ねるようにすすめる。しかも彼女の訪問を、心中恐れる。観客の声は叫ぶ、「そうだ陋劣《ろうれつ》なことだ、またしてもあの破廉恥な虚偽の仮面をかぶらなくてはならない」。これに俳優の声は反撥する。「なんだって破廉恥なのだ……俺は昨日、彼女に誠心誠意話したのではないか？」。自意識の生み出すものは、このような観客と俳優との分裂である。そこには、ちょうど鏡の前での演技と同じく、何らの真剣さも、率直さも失われてしまう。「私は善だとか、例の《美しく高尚なもの》だとかを、はっきり意識すればするほど、いよいよ深く自分の内部の泥沼にはまり込んで抜き差しできなくなってしまう」と彼は告白する。

　こうして彼は、自分の内部に分裂と矛盾を見出し、満たされない苦悩のうちに限りない内部的な自己分析によってわれとわが身を傷つける。過度の自意識は、みずからを苦しめ、傷つける現代病でなければならない。だが、この苦痛はその極にいたり、ついに一変して快楽へと転化する。この奇妙な人間心理の綾を、地下生活者は次のように表現する。

「どうかすると、あの忌わしいペテルブルグの夜に、自分の侘び住居へ帰ってきながら、今日もまた陋劣なことをしてしまった、しかしできてしまったことは取返しがつかないと、懸命に意識のなかでくり返しては、心中ひそかに自分で自身を責め、われとわが身を嚙み裂き、引きむしるのだ。するとついには、この意識の苦汁が、一種の呪わしい汚辱に満ちた甘い感じに変り、最後には正真正銘の快楽になってしまう。しかり快楽である。まさに快楽である。私はそう主張する」。

この逆説的な命題は、ドストエフスキーの心理学的洞察の一つに属する。つまり意識のうちに、倫理的次元から美的次元への代替が行なわれるのである。なるほど屈辱は苦痛である。しかし「あまりにも強烈な屈辱の意識」は、快感なのである。鏡を見つめながら、そこに何が映っているかを忘れ去って、そこにいかによく映っているか、に見惚れてしまうというわけである。

単独者の途

ドストエフスキーはこうして自意識の問題を追究した結果、次のような結論に到達する。過度に意識することは、惰性と無為、倦怠と退屈、つまり底なしの虚無へと導くとともに、自己分裂にともなう大きな苦痛を惹起する。しかしそれにもかかわらず、人は、いわゆる「ノーマルな人間」――「直情径行《ネポスレドストヴェンヌィ》の人間《チェロヴェク》や活動家」になるよりは、むしろ「レトルトから生れた人間」ないし「強烈な意識をもつ鼠」たることを選ぶのであると。自意識の薄弱な、それゆえに愚鈍で活動的な常識人――ノーマルな動物になるよりも、むしろアブノーマルな人間に、キルケゴール流にいえば、「大衆」たるよりは「単独者」になろうとする。大衆のうちに解体している個人の自我が、人間的実存に覚醒する途を選ぶのである。

たしかに自意識は、苦痛であり、強烈に意識された自己のあり方は、二律背反的である。そこでは自己はあくまで自己自身であろうとし、自由であろうとする。しかしあくまでも自由にとどまろうとする時、人は大きな苦痛を堪え抜かねばならない。強烈に自己を意識する人間には、安住する強固な地盤が失われ、自己の足下に不安の虚無が口をあけているのを見出すからである。しかも人は、自己の人間性を否認することを欲しない以上、苦痛を受けることをいとわないであろう。「苦痛――これは実際、自意識の唯一の原因なのだ。……自意識は、人間にとって最大の不幸である。……しかも人間は、その不幸を愛して、他のいかなる満足ともとりかえようとはしないことを、私は知り抜いている」。ドストエフスキーは、地下室的人間の分析を通して、苦痛に満ちた自意識が、人間の悲劇的問題であることを明らかにする。

合理主義的人間観の批判

このように自意識の分析を行なった後、ドストエフスキーは《純粋理性の批判》にとりかかる。ここで地下生活者が批判の対象にすえるのは、一八六〇年代のロシヤを風靡した合理主義的ないし功利主義的世界観と、そこにふくまれる人間観とである。ことにドストエフスキーは、当時のロシヤ・インテリゲンツィヤに絶大な影響力を与えていたチェルヌィシェフスキーの小説『何をなすべきか』のなかで描かれた社会主義のユートピアと、広義の実証主義的世界像とを、地下生活者の毒舌と反語の形でうち砕こうとする。

なぜならば、このような世界観の体系がよってもってたつ人間観は、地下生活者の眼に、およそ人間の自意識の苦汁を味わったこともない皮相浅薄な人間観と映じるからである。実証主義的な、また社会主義的な世界観の標語は科学性であり、合理性であり、啓蒙的理性にもとづく自利である。そうした世界観の基礎にひそむのは、ひとたび理性の支配がうちたてられると、あらゆる人間的意欲は合理的となり、意欲はもはや自分自身の正常な利益に反するような非合理的、盲目的な方向をとらなくなる、といった観念である。このような人間観に依拠して構築される世界観は、非合理的、非科学的な夾雑物の一片をもふくまない透明で清澄な体系でもあろう。しかしその体系のなかで進行するのは、人間の魂の死であり、機械化でなければならない。なぜならば、そこには真の人間的自由――しばしば非合理的で、功利という啓蒙的原則をふみはずさないではおかないような自由は、剥奪されてしまうからである。

ドストエフスキーはまず、人間を滅すべき必然の哲学から、人間と人間の自由を救い出そうと希求する。彼は、キルケゴールやニイチェを想起させる仕方で、「石の壁」に対して叛逆する。「不可能事――これはつまり石の壁である。石の壁とは何か？　それはいうまでもなく、自然の法則であり、自然科学の結論であり、数学である。たとえば、人間は猿から進化したと証明されたら、もう顔をしかめてもしかたないから、そのまま承認しなければならない。また自分自身の脂肪の一滴は、本質的に同胞の脂肪の数万滴よりも貴重でなければならない。したがってあらゆる善行も義務も、その他あらゆる偏見も世迷言も、この結論を基礎として解決されるべきである、といった風に証明されたらもはやしかたがない。やはりそのまま承認しなければならない。何せ、それは二二が四であり、数学なのだから、うっかり口答えしようものなら、それこそ大変だ」。

理性は、必然性の前に跪拝《きはい》するようにと命じる。人間の自由は、必然性を洞察し、その認識にもとづいて自分自身ならびに外的の必然を支配することである――とヘーゲル主義者やヘーゲリアン・マルクス主義者たちは語るであろう。自然科学や自然法則や歴史法則に叛逆することは、無意味であるのみか、不可能でもある――理性はこのように告げるのだ。理性は、《せざるをえない》と語り、自己の命法に違反するものは滅亡するであろうと述べる。

この理性の言明に対して、しかしながら、地下生活者は、《私はそれを欲しない》と抗議する。「私はなぜか、この法則や《二二が四》が気に入らないのに、自然律だの、数学だのに、何のかかわりがあろうか。むろん私は、自分の額でこの壁を打ち抜くことはできない。……しかし私は、この壁と和解しないであろう。なぜならば、私の前に石の壁が立っていて、しかも私にそれを打ち抜く力がないという、ただそれだけの理由でたくさんなのだ」。

地下室的人間にとって、「二二が四」という定式は、必然性と死の勝利を意味する。未来における合理性の完全な勝利を信じることは、前もって人間を葬り去ることなのである。もしもあらゆる合理的な行動の「対数表」が作成され、前もって一切の合理的な意欲がこの表に記入されるならば、人間には何らの自由な意志も残らなくなるであろう。その時、意志は合理性と合体し、人間は「ピアノのキー」か「オルゴールの釘」に転化してしまう。「それどころか、何をしてみても、それはけっして自分の意欲によって実行しうるのではなく、自然の法則によっておのずとそうなるというのだ。したがって、ただこの自然律を発見しさえすれば、人間はもはやみずからの行為に責任をもたなくてすむようになる」。

人間の非合理性

しかし、幸いにも、合理主義者のこうした空想は、実現しうべくもない。なぜといって、理性は人間性の全体ではなく、その一部にすぎない。これに反して、意志こそが人間の全生活の発現であるからだ。

地下生活者は、人間がもともと非合理的な存在であり、その主要な目的は、自分自身の恣意によって生きることにある——このように力説する。理性はようするに理性にすぎず、たんに人間の理知的能力を満たすにすぎない。だが人間の生活は、たんなる「平方根を求めるような仕事」なのではない。人間は自分の内部にある一切のものを挙げて意識的ないしは無意識的に、全一的な活動をする。そしてそこにこそ、人間の生活がある。つまり人間の目的は、自己の人間性を主張し、自由な意志にもとづいて生きることなのである。

自由と恣意への欲求

功利主義道徳の批判

以上のように《純粋理性の批判》をなしたのち、さらに地下生活者は功利主義の道徳説の批判にむかう。この際、ドストエフスキーが批判の直接の標的としたのは、チェルヌィシェフスキーの小説『何をなすべきか』に描かれたロプーホフの功利主義であった。「ああ、いったい誰が最初にこのようなことをいい出したのか、聞かせてもらいたい。人間が下劣な行為をするのは、ただ自己の真の利益を知らないからだ、などといったのはいったい誰か。この連中の考え方によると、人間はその知性を啓蒙してやって、本当のノーマルな利益に目を開いてやったら、すぐに下劣な行為をしなくなり、善良潔白な人間になるに違いない。なぜならば、その時、善行のうちに自己の利益を見出すからだ。どんな人間でも、みすみす利益に反するような行為をするはずはないからだ。いわば必然的に善を行なうようになるだろう――というのである。おお、何と子供らしい考え方であろう」。

こうした、一見すると子供らしい楽天的な合理的人間観にもとづく功利主義は、しかしながら、真の人間のあり方にとって大きな災をもたらすのだ。なぜならば、理性的に把握された利益に徹頭徹尾したがい、かつそれによって決定される存在とは、もはや人間ではなくして自動人形であり、「ピアノのキー」でしかないからである。しかし、人間の人間たるゆえんは、彼の自由な意志にある。そこで地下生活者は、こう反論する。

「いったい、人間の利益というものは、絶対正確に計量されるものであろうか？　いままでいかなる分類にもあてはまらなかったのみか、全体にあてはまりえないような利益が、はたして存在しないだろうか？……だが、ここに不思議なことがある。こうした統計学者や賢人や人類愛を標榜する連中が、人間の利益を算出する際に、いつも一つの利益を見落しているのは、いったいどうしたわけであろうか？」

功利主義者が看過した「もっとも有利な利益」とは、地下生活者によると人間の自由かつ恣意的な欲求である。「この利益のために、人はもし必要ならば、一切の法則に逆行することも辞さない。つまり、理性、名誉、安寧、幸福――一言でいえば、こうしたすべての美しく有益なものに逆行しても、ただみずからにとってもっとも貴重なこの根本的で、もっとも有利な利益を獲得することができればよいのである」。

ところで、この「もっとも有利な利益」――つまり自分自身の恣意的な意欲は、功利主義者のあらゆる計算と分類とを狂わしてしまうていの利益であり、また社会主義者たちが人類の幸福のために設けた透明な理論体系をくもらせてしまうであろう。だが、人間はこの恣意の権利を確保するために、これまでありとあらゆる種類の非合理や愚行や犯罪を、しょうこりもなしにくり返してきたのであり、将来とても同様にくり返すことであろう。

「まあ一つ、自分の周囲を見回してみたまえ」――と地下生活者は、十九世紀の楽天的な進歩の信奉者や博愛主義者たちに語る――「血潮は川のように流れているばかりか、シャンパンか何かのように、さも愉快らしく噴き出している。これが諸君の讃美する十九世紀であり、バックルの生きている時代なのだ。……文明は、ただ感覚の多面性を発達させるばかりであり、それ以外の何ものでもない。この発達をつきつめていくと、人間はおそらく血の中に快感を発見するようになろう」。

それというのも、人間は合理主義者たちが考えるような理性的で思慮分別のある動物ではないからである。たとえ人間に十二分の経済的満足を与え、理想的な社会福祉国家を樹立しても、「恩知らず」の人間は、「わざわざ身の破滅になるような、思いきって非経済な、愚かなナンセンスを欲求するに違いない」。それもただ、「人間は何といっても人間で、ピアノのキーではないことを、自分自身に確認させたいためにすぎない」。たとえ人間が本当に「ピアノのキー」にすぎないことが、自然科学で数学的に証明された場合でさえ、人間はこの科学的証明に説得されまいとして、「もしも適当な手段がない時には、破壊と混沌とを考え出し、種々な苦痛を案出」し、もって自我を主張するであろう。そして人間は、合理的に計画され、実現された世界の調和に対して呪詛をはなつであろう。

人間人格擁護のモティーフ

ようするに人間は、わざと意識して、みずからにとって不利益なことを望む場合がある。なぜならば、合理的なことよりほか欲求してはならないという義務に拘束されないために、この上もなく愚かなことさえ欲求する権利をもちたいからである。「人間にとって必要なのは、ただ独立不羈《ふき》の意欲だけであり、この独立不羈がどんなに高価につこうとも、どのような結果をもたらそうとも、人間はこれを求めるのだ」。

なぜといって、この自由な恣意的欲求の権利こそが、「われわれにとってもっとも重要かつ貴重なもの、すなわちわれわれの人格とわれわれの個性とを保持してくれるからである」。

ここにドストエフスキーの鋭い人間人格擁護の思想が、地下生活者の逆説とイロニイとを通して、表現されている。まことに人格の尊厳と個性の独立にとって、自由こそが不可欠の価値でなければならない。『地下生活者の手記』においてドストエフスキーは、この自由の価値を恣意的な欲求という形で示す。合理主義者や功利主義者の人間学の体系のうちに、同様にまた、社会主義者の科学的な世界観のうちに無視されているこの非合理的な要素こそが、人間をしてたんなるオルゴールの釘やピアノのキーではなく、真に人間たらしめるものでなければならない。だからこそ、地下生活者の一見するときわめて逆説的な言葉は、人間人格の尊厳と個性的価値の擁護のパトスを強烈に伝えているのである。「自分自身の気ままで自由な欲求、たとえもっとも野蛮なものであっても、とにかく自分自身の恣意、そして時として狂気に達するほど興奮めいた自己の空想――これこそがもっとも有利な利益なのだ」。

歴史のアロギスムス

このような観点から、ドストエフスキーは、人間存在と歴史が、まさにこうした非合理的な意志――野蛮な恣意、狂気にまで達する空想――を自己確認するものとみた。世界史の過程は、ヘーゲル主義者が説くような客観的な意味ももたなければ、なんらの目的論的な進歩も存しないのである。人類の歴史は、理性の勝利にむかって進歩向上するのではない。なるほど人間は、平安と幸福とを愛しはする。しかし同時に、破壊と苦痛をもこれに劣らず愛するのだ。人類の歩みは、いずこかへ向う。しかし人類は、いずこかへ到達すべく運命づけられているのではない。ひとたび約束の地へと到りついた時、人間の歴史は終了する。約束の地に到着した人間は、まるで死人のように、どこか生気がない。達成された目的とは、「二二が四」といった類の数学的定式にすぎない。「ところが諸君、二二が四はもはや生活ではなくて、死のはじまりにすぎない」。したがって、人間は「ただ目的に達する経路を愛するだけで、目的そのものはどうでもよいのである」。

かつてゲルツェンは、ヘーゲル哲学から脱却する際に、「もしも終末を眺めるならば、あらゆる生けるものの目的は死である」と述べ、一切の目的論的歴史哲学を否認して、「歴史は即興的に演奏する」と説いた（『向う岸から』）。ドストエフスキーも、ゲルツェンを想起させる仕方で人間の非合理的要素を強調し、歴史のアロギスムスを説く。人間は世界史的理性の勝利の行進を証明すべく理性の狡智によって動かされるあやつり人形ではない、というのである。

「人類の歴史に一瞥を投じてみたまえ」——と地下生活者はいう——「いったい諸君は、そこに何を見出すか？　荘厳さを見出すか？　なるほど荘厳さがあるかもしれない。……それとも、あまりに雑然としているというのか？　実際、雑然としているかもしれない……それともまた、すべては単調なのだろうか？　多分単調でもあろう。……しかしただ一つだけ、いえないことがある。——それは〔歴史が〕理性的ということだ。そんなことをいおうものなら、最初の一言で舌がもつれてしまうであろう」。

人類史は、何らかの究極目的を実現すべく必然の過程を歩むものではない。歴史はあまりに多くの不合理にみち、また人間世界にはあまりに多くの愚行があるのだ。

地下生活者は批判者の人間学的仮設をうけいれて、次のようにいう。かりに人間が「創造的動物」であり、「意識的な目的にむかって突き進み、土木技師的事業に従事すべき運命」をもつと認めよう。しかし人間は、しばしば脇道へそれるであろう。それというのも、人間は「目的を達して自分の建設している建物を完成するのを、本能的に恐れているからである」。

功利主義者、実証主義者、また科学的社会主義の理論家たち――ベンサムやコントやマルクスたちが提示する理想社会の青写真は、それが青写真にとどまっているかぎり、人々の心を魅惑するであろう。理想郷は、遠くからはなれて眺めている場合にだけ美しいのである。そこで人間は、これらのユートピアの青写真が実現されそうになるや否や、惜しげもなく破壊してしまうに違いない。歴史の究極目的を実現した暁には、生が終り死が始まることを、人間は直観的に知っているからである。「二二が四は死である」以上、人間は合理的、科学的建造物を建築し終るや、それを惜しみなく「家畜」に与えてしまうのだ。「未来永久に壊れることのない建物」とは、「蟻塚」にすぎない。そこに住まうのは、人間ではなくて畜群なのである。

人間改造の導くもの

空想的社会主義は、地上の楽園について、普遍的な調和の社会について夢想する。これらの牧歌的な理想社会図は、しかしながら、彼らユートピアンの単純素朴な人間観の知的所産にほかならない。かつてドストエフスキーも、ロシヤの無神論的社会主義の精神的な父であるベリンスキーの感化を受け、次いでペトラシェフスキーのサークルの一員となって、フーリエ主義を信奉していた。しかしシベリア流刑の苦悩の日々は、青年ドストエフスキーの楽観的な人間観を、根底からくつがえした。いまや彼は、地下生活者の口をかりて、「人間のもっとも適切な定義は、二本足で歩く恩知らずの動物である」と述べる。人間行動の深奥にひそむ発条は、合理主義や啓蒙的自利といった明澄透明な教説によって捕捉されることはできないのだ。こうした新しい人間観に立脚する時、ドストエフスキーの眼に、社会主義者たちの人間観は異常なまでに幻想的なものと映じるようになる。チェルヌィシェフスキーは、『何をなすべきか』のなかで、ヴェーラ・パーヴロヴナの口をかりて未来の楽園図をくりひろげた。チェルヌィシェフスキーは、功利的に行動する人間の理性的な同意にもとづいて理想社会の構成を夢みたのであった。こうした企図を、地下生活者は容赦なく罵倒し、嘲笑する。

しかしながら、地下生活者の嘲笑や逆説、またシニシズムやイロニイのうちには、人間人格の価値と個人の独立尊厳に対する熱烈な配慮がひそんでいる。「私は歯をくいしばりながら、冗談をいっているのかもしれない」――彼はこう内心の苦悩の一端を洩らしている。「諸君、私は多くの問題に苦しんでいる。どうかそれを解決してもらいたい」。たとえば、「諸君は人間を旧習から解放して、科学と常識の要求にしたがって人間の意志を強制しようとする。しかし諸君、人間をそのように改造できるというだけでなく、またそれが必要でもあると、いったいどうして考えるのか」。

地下生活者にとって、社会主義者たちの企図する人間改造は、人間を「蟻塚」の住民に、つまり人間という名で呼ばれる畜群へと堕落させるものと思われた。このような人間改造は、人間の非合理的な自由、つまり「もっとも野蛮な恣意と狂気に達するまでの幻想」、「自分自身の勝手な欲求」を除去することによって人間を飼い馴らそうとする企図なのだ。その結果、なるほど人類史はあらゆる愚行や非合理的な要素や逸脱から清められ、合理性の勝利へとむかう一直線の進歩の行程となりはしよう。しかし、非合理性を生み出す恣意を除去する時、それとともに人間は人間たることをやめ、人間社会は一群の蜜蜂や蟻の群と異ならないものに化してしまうであろう。

地下生活者が認めるように、「自分自身の勝手な恣意」に発する行為は、「明瞭で疑う余地ない害毒をもたらし、われわれの健全な理性の論理に矛盾する」であろう。しかも、それは他のあらゆる利益よりも、「よりいっそう有利なもの」なのだ。つまり、この自由な意欲のうちに、人間をして人間たらしめるもの、「われわれの人格と個性を保持する」原理がふくまれているからである。このように地下生活者は、人間の自由と意志の悲劇性を明るみに出す。この問題こそは、のちに見るように、ドストエフスキーの全世界観の中心的な地位を占めるであろう。

エゴイズムの本領

社会主義哲学批判

ドストエフスキーは生涯を通して、実証主義者や社会主義者の主知主義的、合理主義的、科学的（ないし疑似科学的）人間観と、それにもとづく社会理論と倫理観とを批判した。彼がそうせざるをえなかったのは、こうした実証的、社会主義的哲学のうちに、人間の真実の自由の発現を扼殺することによって、魂の機械化と魂の死へと導くべき傾向を嗅ぎつけたからであった。しかるに、自由こそは人間をして真に人間たらしめるものであり、個性的、人格的価値の源泉であり、倫理と宗教の問題に人間をかかわらせる根源でなければならない。実証的、社会主義的世界観は、非合理的な恣意や悪への自由の意味するものを正当に理解せず、その問題の所在を否認することによって、人間実存の深奥をおおい隠してしまう。

その結果、社会主義は、人間知性の表面において「二二が四」の数学的、科学的法則化の成立する次元だけを取扱い、人間が神と交わり、あるいはサタン的誘惑に陥るもっとも根源的な霊的領域をとり逃してしまう。しかし、人間が畜群ではなくして真に人間でありうるのは、まさしくこうした領域を自己のうちにふくみもつからにほかならない。

水晶宮的計画社会

　ドストエフスキーは、チェルヌイシェフスキーの描く未来社会のうちに、かつて自分自身も信奉したフーリエ主義のファランステールを見出した。それは歴史進行の終着点であり、地上における人間社会の光り輝く理想図である。ドストエフスキーはここで、一八五一年のロンドン万国博覧会のおり、当時の科学の粋をあつめて建設された壮大な殿堂「水晶宮」を連想する。そこでは、「自由意志の法則」が発見され、人間のすべての意欲や理性的判断が細かく計上され、一種の「対数表」が作成されるであろう。水晶宮とは、経済の領域をふくむ人間生活の全局面にわたって合理的に統制された全体的計画社会にほかならない。

「たとえば、私がある人に赤ん目をしてみせたとする。その時には、それは私が赤ん目をしないでいられないからそうしたのであり、しかもかならず一定の指を使わざるをえなかったというように、正確な計算にもとづいて証明されたとすれば、その時いったいどのような自由が残されているであろうか」。もとより自由とは必然性の把握である、といったヘーゲル＝マルクス的解答に地下生活者は満足することはできないであろう。彼にとって、自由とは理性と結びついた意欲を意味するものではなく、非合理や愚行への余地を残す自由、「もっとも野蛮な恣意」にほかならないからである。それゆえに地下生活者にとって「水晶宮」はあまりに「分別くさい世界」と思われ、「恐ろしい倦怠」を感じるのである。そこでは「数学的な正確さをもって計算された、据え膳式の新しい経済関係」が支配して、ありとあらゆる問題も困難も、たちまち消滅してしまう。その結果、人間は生きる苦労ともども、考える気苦労をもまぬがれてしまうであろう。しかしこれと同時に、人間をして真に人間たらしめる自由も姿を消し、人間は「ピアノのキー」に、ないしは「畜群」に転化することであろう。

　蟻は、人間に与えられた分別によってではなく本能によって、一糸みだれず統制された集団生活を営む。こうして出現するのは、「蟻塚」である。他方「水晶宮」は、人間の高度に発達した理性にもとづいて形成される。しかし、数学的法則と科学的合理主義とが生の全領域を支配するところでは、真の自由は剥奪され、人間の内的畜群化が進行する。この意味で、最高度に発達した知性の所産、「水晶宮」と「蟻塚」とは、皮肉にも同一の状況を生み出すであろう。ドストエフスキーは、ニイチェと同様に、社会主義社会を目して、「勤勉な、何の役にもたつ器用な畜群的人間」（ニイチェ、『善悪の彼岸』）の住まうべき場所とみたのであった。

人間のもって生れた自由を――たんに理性的な自由のみならず、非合理とむすびつく自由をも――何ものにもまして尊重する人は、人間の内的畜群化へと導くべき「水晶宮」を家畜に与え、自分は雨露をしのぐに足るだけの、むさくるしい「鶏小屋」に住もうと望むであろう。社会主義の全体的計画社会を成りたたせる「対数表」を悪魔の餌食にせよ、と叫んで「水晶宮」への叛逆をそそのかす反動家――「退歩的な、人を小馬鹿にした顔つきの紳士」――とは、人間の自由を何ものにもまして尊重する人間でなければならない。

幻滅した理想主義者

地下生活者の遠慮会釈ないシニシズムは、あらゆる偶像を、「崇高で美しいもの」を容赦なく打ちくだき、人間が無気味な暗黒の深淵から眼をそらして作り出した虚構や幻想をすべて粉砕する。こうして彼は、われわれを人間実存の気味悪い深淵の辺にたたずませる。彼はわれわれをそこへ突き放すだけで、新しい慰藉を与えないようにみえる。「諸君、結局のところ、何もしないのが一番よいのだ！　瞑想的惰性が一番よいのだ！」。一見すると、これが地下生活者の懐疑的な哲学の結論であるかのように思われよう。

しかしながら、より慎重に彼の逆説やシニシズムを傾聴すると、地下生活者の抗議やイロニイが、たんなる懐疑主義や無関心から出ているのではなく、狂おしいまでに熱烈な信念から発していることが判明しよう。彼が熱狂的な態度で虚偽や偶像と戦ったのは、新しい真理をかいまみたからである。しかし地下生活者は、まだこの新しい真理を積極的に開示する言葉をもたない。だからこそ彼は、暗示的に、遠まわしに逆説の形で語らねばならなかった。地下生活者は、自意識の薄弱で、それゆえに行動的な常識人になるよりは、「強烈な意識をもつ鼠」になるのを選ぶ。同様に彼は「水晶宮」や社会主義的蟻塚よりも、不潔隠微な地下室にとどまろうとする。「そこで地下室万歳というわけだ」と彼はいう。

しかも彼は、地下室的存在が人間の生の目的であり、その完成であるとは信じない。それゆえに、地下室の生を讃美したのち、すぐ前言を撤回してこう述べる。「ちょっ！　ここでもまたでたらめをいっている！　たしかにでたらめだ。なぜならば、けっして地下室が一番よいのではなく、私が何か別のものを渇望しているが、しかもそれをどうしても発見できないことを、私は二二が四というほど明白に知っているからだ」。

地下生活者がこうしてはしなくも洩らす告白のうちに、深い悲哀と真面目な語調を聞きとることができよう。彼が「水晶宮」にむかってこっそり舌を出し、ひそかに立腹したりするのは、それが真実の水晶宮ではないからである。換言すると、地下生活者が嘲笑のかぎりをつくし、辛辣な皮肉をとばすのは、彼自身のもっとも神聖な課題と内心の希求もまた、ほかならぬ水晶宮を築くことにあったからであろう。しかも地下生活者に与えられたのは、「水晶宮」という名の蟻塚式宮殿でしかなかった。地下生活者は、幻滅した理想主義者なのだ。「……どうか私の理想を抹殺した上は、何かより以上に優れた理想を示してもらいたい。そうすれば、私は諸君のあとにしたがうであろう。……私が立腹したのは、ただ舌を出さないですむような建物が、諸君たちの建物のどの一つのうちにも発見できなかったからなのであろう」。

地下生活者は、社会主義の全体的計画社会――つまり人間社会の「蟻塚」を構築するための動員命令をきっぱりとしりぞける。「もしも私が、そのような宏壮な建築を手伝うために、たとえ煉瓦一つでも運ぶようなことをしたら、その手が腐ってもよいと思う」。彼は公然と「退歩主義者」であり、「エゴイスト」であると自認する。しかし彼が反動と名のり、エゴイストの名において社会主義建設に抵抗するのは、科学的合理主義によって貫かれた社会主義的地上の楽園が、真の水晶宮ならぬ蟻塚であり、社会主義の自然主義的ないし無神論的ヒューマニズムの実体が恐るべき人間蔑視であり、人間性の内面的畜群化に導くものとみたからであった。

地下生活者は、恥じることなく、みずからエゴイストと名のる。しかし彼のエゴイズムには、人格の尊厳と個性の独立とに対する自覚が秘められている。地下生活者は、幻滅した理想主義者であるのみか、同時に偽悪者であり、また「赤面するヒューマニスト」(モチューリスキー)でもある。そこで彼は、次のように断言する。

「世界が破滅するのと、この私が茶を飲めないのと、どちらが重要なのだろうか? 私はいう、私はいつでも茶を飲むことができるために、世界は破滅すべきだと!」

こうした逆説の形で、彼はシニシズムのかげに自分の内奥の信仰を隠し、ことさら自分を中傷する。

地下生活者の秘められた信仰

彼が地下室に隠棲するのは、自分の信仰と理想とが受けいれられないからであった。地下生活者は、しかし、自分自身の積極的な理想についてはほとんど語らない。ただわずかに、シニカルな批判や嘲笑や逆説の背後に、その新しい信仰が暗示されているにすぎないのである。しかしドストエフスキーは、地下生活者の新しい信仰と積極的な理想の方向がどこにあるかを、私信のなかで明らかにしている。一八六四年三月二十六日付の兄ミハイルにあてた手紙のなかで、彼はこう書いている。

「ぼくの作品についても苦情をいいます。恐ろしい誤植があります。それにあのような掲載をするくらいなら、つまり文章をねじまげたり、自家撞着に陥るような形で発表するくらいなら、次の章（作品の根本思想が表現されるもっとも重要な章）は、いっそ載せないほうがましです。しかし、何とも仕方がありません。検閲の連中は豚同然で、ぼくが見せかけのためにありとあらゆるものを嘲笑して、ときどき瀆神《とくしん》の言葉を吐いているのに、そんなところは通過させて、そうした言葉のうちから信仰とキリストの必要を結論している個所を禁止するのですからね……いったい彼らは、反政府の陰謀を企てているのでしょうか」。

ここでドストエフスキーが「作品の根本思想が表現されるもっとも重要な章」と呼んだ章——第十章は、最近の研究者によると、検閲官のために元来の形のほぼ半分に削除されたのであった。だが地下生活者は、ほかならぬこの章のなかで、「舌を出さなくてもよいような建物」を願望していた。つまり『地下生活者の手記』のモティーフは、正真正銘の水晶宮、真実の楽園についての構想にあったのだ。瀆神や嘲笑は、たんなる外見にすぎず、地下生活者の真意は、「信仰とキリストの必要」についての宗教哲学的な確認にあったといえるであろう。

罪人の懺悔

このような作品の秘められた意図を考慮に入れると、ドストエフスキーはここで宗教哲学的思想の告白を意図していたことが判明しよう。彼は地下生活者を通して、堕落した人間の罪の意識を分析しようと企てているのであろう。彼はルソー的楽観主義の人間を「自然と真実の人《オム・ド・ラ・ナトゥール・エ・ド・ラ・ヴェリテ》」と嘲って呼ぶ。ルソー的自然人のノーマルな意識に対比されるのは、病的で分裂的な「地下室的人間」の意識である。地下生活者は、こう述懐する。「どんな追憶のなかでも、少数の親友を除けば、誰にも打ち明けたくないことがある。それどころか、親友にも打ち明けることができないで、ただ自分自身だけ、しかもごく秘密に告白するようなことさえある。さらに一歩すすめて、自分自身にさえ打ち明けるのを恐れることがある。そしてこのようなことは、どんな礼儀正しい人でも、つもりつもってかなりな数になるものだ。それどころか、礼儀正しい人であればあるほど、ますますこういうことが多くなる」。地下生活者はそこで、「はたして自分自身に対して完全に赤裸々な態度をとり、一切の真実を恐れないことができるかどうか」を実験しようとする。『地下生活者の手記』は、この精神的自己実験の結果なのだ。

　自分の堕罪を認める地下生活者は、自己告白の誠実さの点で、純真無垢の自然人、「自然と真実の人」であるルソーよりも、はるかに優ると自負している。「ハイネの断言するところでは、正確な自伝はありえない。人間は自分自身のことになると、かならず嘘をつくという。彼によると、たとえばルソーもその告白のなかで、いつもかならず自己中傷をやり、故意に虚栄のために嘘をついたのだ。私はハイネの説を正しいと信じる」。地下生活者の告白は、宗教的な意味をもつ。それは、罪人の懺悔なのだ。『手記』の第二部『べた雪に関して』は、沈痛な自己虐待にまで達する懺悔の調子をもって書かれている。

自由の悲劇性

　こうして自然主義的ヒューマニズムの申し子である潔白無垢の「自然人」に、罪の意識に悩む地下室的人間が対比され、人間の魂の奥底にひそむ隠微な罪と悪の世界が暴露される。地下生活者の嘲笑や逆説や毒舌によって、ルソーの楽観的人間観とそのヒューマニズムの根本的な虚偽がえぐり出される。

ルソーの流れをくむ社会主義の使徒たちの明澄な「水晶宮」の夢想——啓蒙的自利と科学的合理主義とによって人間を再教育し、人間性を改造し、合理的な経済社会組織を作り出そうとする企図は、地下生活者の毒舌とイロニイの標的となる。いな、悪と罪は社会環境の改革によっても、また合理主義的教育によっても、根絶されないであろう。悪の根源は内面的、形而上学的であって、外面的、社会的な次元においては捕捉されないのだ。悪は秘蹟によって、人間主義的再教育ではなくて復活によってのみ、克服されるであろう。だからこそ、ドストエフスキーが私信のなかで認めたように、「信仰とキリストの必要」が生じるのだ。

地下生活者の告白は、ドストエフスキーの主要作品のなかで展開される根本思想を解明するための哲学的序説である。ドストエフスキーの人間学と、人間の自由についての弁証法は『地下生活者の手記』にはじまり、次いで『罪と罰』、『白痴』、『悪霊』、『未成年』において展開され、『カラマーゾフ兄弟』にいたって絶頂に達する。イワン・カラマーゾフは、神への叛逆にゆきついた人間の自由と我意の途の最終段階にたつ。そして自由の悲劇的弁証法は、ゾシマ長老とアリョーシャ・カラマーゾフによって、キリストの名において解決されるであろう。

『地下生活者の手記』は、これら五つの偉大なロマンが創作される前に、われわれをドストエフスキーの悲劇の哲学へ導入する序章となる。地下生活者は、鋭利な解剖のメスをふるって自意識の病根をえぐり出し、その分裂と惰性の内的悲劇性を露呈させる。「石の壁」によって象徴される科学的必然と合理主義世界観とに対する反抗は、「無言の力ない歯がみ」、つまりニヒリスティックな惰性の悲劇へと導く。さらに空虚な自己確認のうちにもがき苦しむ盲目的で非合理的な意志の追究は、個人の運命と自由の悲劇性を明るみに出す。人間の運命は、けっして「二二が四」という数学的真理の上に基礎をおかず、人間性はけっして合理化されるべきものではない。

人間はたんなる「ピアノのキー」以上のものであり、「自己勝手な意欲」こそ、みずからにとってもっとも有利なものとみなすであろう。たとえそれがどこへ導こうとも、人間は自由を通して歩まねばならない。そして人間性のうちに非合理的要素が残存するように、人間社会においても、つねに非合理的な原理が残存し、作用する。実際、非合理的な要素こそ、生命の源泉なのだ。

最後に、科学的合理主義に立脚する社会主義哲学の批判は、歴史過程に充満する無目的かつ非合理的な愚行や流血の悲劇性と、社会主義的地上の楽園によっては癒しえない世界悪の悲劇性とを摘発する。世界史は、合理性の勝利へとむかう人間理性の前進ではない。人間社会の完璧な合理主義化は、社会の「蟻塚」化を意味し、歴史目的の達成は、死を意味するであろう。「人を小馬鹿にした退歩的な紳士」とは、個性、個人的原理の叛逆と人間的自由の抗議の声を代表する。ドストエフスキーの世界観は、このように『地下生活者の手記』以来、深く人格主義的な理念によって貫かれているのである。

【第三章】

自由の悲劇的弁証法

自由の衝動に導かれた背徳の行方

地下生活者の限界

すでに述べたように、ドストエフスキーは外部的な事情のために、『地下生活者の手記』のなかで彼自身の積極的な世界観を、明瞭かつ充分な形で表現することができなかった。そこでは「信仰とキリストの必要」についての主張を、積極的に披瀝することは許されなかったのである。むしろ地下生活者の思想は、ほとんどつねに消極的な、否定的論証の形で述べられている。地下室的人間の抗議のうちに表明されるのは、明澄な神の認識や宗教的信仰の世界ではなく、むしろより多く暗黒のデーモン的な深淵である。その生活のうちで、これら両世界から発する光と闇とが複雑な仕方で屈曲し、交錯する。実際、地下生活者が「信仰と美と希望」の光明に浴するのは、ソドムと瀆神《とくしん》の行為の最中であった。彼の自己のあり方は、どこまでも二律背反的であり、もっとも高貴なものともっとも陋劣《ろうれつ》なものとの両極が入りまじる。地下生活者は、どこまでも自己に忠実に生き、自由にとどまろうとする。それは一方で神の高みに達しようとする途であり、しかも他方では神から離反していく途でもあった。自由はあくまでも貫かれねばならない。しかもその自由は、「希望と愛と信仰」へいたる自由であると同時に、「ソドムと瀆神」へと導く自由となってたち現われる。

結局、地下生活者は、真実の自由によって自己を生かすことができず、むしろこうした二律背反的な深淵のなかに身を沈める。彼は正真正銘の「水晶宮」に住まうことを夢みつつ、しかも隠微な「地下室」に陥ってしまう。また愛と友情をひそかに夢想しはするが、しかもその愛は満たされず、友情も挫折せざるをえない。自己の真実の自由な生を確立しえない結果、他人の真の自由と個性を承認しえなくなってしまうのだ。「やつらがみな膝をつけて、俺の両足を抱きしめながら友情を哀願するか、それとも……それとも、俺がズヴェルコフに平手打ちを食らわすか、二つに一つだ！」と地下生活者は叫ぶ。

夢想の挫折は、彼の寂寥感をますますつのらせ、ついに他人に対する憎悪の毒念を生み出してしまう。地下生活者は、隣人を愛によって、その自由において肯定するかわりに、隣人を侮辱し、その存在を否認するようになる。こうして哀れな売春婦リーザは、彼によって無情にも突きはなされてしまう。地下生活者は、結局のところ、消極的な、つねに抗議にとどまる態度をとり、積極的な愛の共同体を築くことができない。彼は人間の社会的共存の悲劇性を示すのみで、その積極的な解決を与えることができないのだ。

人間の実存的覚醒

しかし他方において、地下生活者は人間にかんする多くの注目すべき洞察を与えた。彼は、抽象的な普遍妥当性を標榜する理性の法則とその要求に対して、また必然的とみなされる科学的合理主義の秩序、「石の壁」に対して過激な抗議を行なった。なぜといって、これらの法則の要求は人間が真の自己を見つめる機会を奪い、自己の実存的覚醒を妨げて非人格的な世界――ハイデッガー流に呼ぶならば「ダス・マン」の、マルティン・ブーバーの表現にしたがえば、「それ」の世界へと転落させるからである。そして彼が、これらの理性認識の普遍性や、自然法則の数学的秩序に反抗したのは、人間の自由、非合理的な自由の名においてであった。人間は科学的合理主義によって安寧無事な生活に入り、あえて死に堕するよりは、むしろ苦痛と失敗と愚行とに充ちた生を選ぶであろう。なぜならば、人間は苦痛を愛するからである。「人間は破壊と混沌とを決してこばもうとしない。苦痛

――これこそ実に自意識の唯一の原因なのだ。……自意識は人間にとって最大の不幸であるが、しかも人間はその不幸を愛する」。

自由の非合理性

ここで地下生活者は、人間を何らかの仮構された偶像の犠牲に供しようとする自然主義的ないし観念的人間学に反対して、苦悩を通しての自由の認識と自覚を、またそれにもとづく人間の道徳的自由と、人間の自覚的実存の生活を主張しようとしているのである。いうまでもなく、この地下生活者の主張は、ドストエフスキー自身の哲学的立場を表明する。人間は、たんなる理性的本質ではない。人間のうちにはすべての理性的認識を超越し、それによっては到達されない真に現実的な領域がひそむ。しかもこれこそが、人間の実存を成りたたせる、もっとも根源的な領域なのである。ドストエフスキーは、こうして人間性にひそむ謎を暴露しようとする。人間性はその本質において非合理的であり、二律背反的である。人間行動の動機は、かならずしも利益考慮だけでつくされるものではない。人間には、反理性の自由、「自分自身の勝手な意欲、もっとも野蛮な恣意」への癒しがたい欲求がある。

地下生活者の人間学は非合理主義的であり、人間の生において主要な役割をはたすのは、理性であるよりはむしろ意志であることが力説される。地下生活者は、主意論者《ヴォランタリスト》である。なぜならば、人間をして真に人間たらしめる自由とは、それ自体非合理的であり、何よりもまず、自発的意志と恣意的な欲求とを意味するからである。

自由の導くところ

しかしながら、人間はこうした本質的に非合理的な自由の衝動に導かれて、みずからに対して設定された限界や既成の規範をふみ越えようとする。その時、自由は人間を背徳の淵へといざない、ニヒリズムの苦悩の途をたどらせる。しかも人間は、この苦悩と自己破滅の可能性を貴ぶであろう。たとえ自発的意志と恣意の途が、踏みならされた既存道徳から逸脱させ、神への叛逆へ導くことによって人間の真の自由を滅ぼし、人間の個性と人格を解体させるとしても、しかも人間は、袋小路へと導くおそれのある自由の途を歩むであろうし、また歩まねばならないのである。

『地下生活者の手記』において否定的な形で、あるいはまた逆説のうちに示された自由の謎は、その後の創作における、主要人物の悲劇的な運命を通して、くりひろげられていく。ドストエフスキーは、その積極的な宗教的世界において、「自己の自由勝手な意志」と我意の途が陥るべき危険を暴露しようと試みる。自由の途の一つは、背徳とニヒリズムへ導く。それは最後に、人間の終末と破綻とをもたらす。それは、人神へと通じる途である。『悪霊』のキリーロフ、スタヴローギン、ピョートル・ヴェルホーヴェンスキー、『罪と罰』のラスコーリニコフ、また『カラマーゾフ兄弟』におけるイワンたちは、いずれもみな、個人的ないし集団的な人神観念にとらえられた悲劇の人物である。

他方、自由の第二の途は、ニヒリズムの克服へむかう。それは神人に、「キリストと信仰の必要」の認識へと導く。そしてこの途を歩む時、はじめて人間はみずからの救済を確保し、自己の人格の価値に強力な支柱を見出すであろう。人間の実存的問題は、人間が自己のうちに神の像を宿し、神の存在を承認する場合にのみ、解決される。もしも神が存在せず、人間自身が神となるならば、人間的存在はその基盤を喪失し、その像は解体せざるをえないであろう。この意味で、キリストにおいてはじめて、人間の問題は解決をみる。ドストエフスキーの積極的な宗教的世界観の構成のうちで、地下室的世界と人間は、決定的な意味をもつ。非合理的な自由の弁証法を開示する地下生活者は、人間の悲劇的な途、つまり自由の体験の一つを表現するのである。

善への自由と悪への自由

ある批評家が述べたように、「人間における自由の問題性は、人間学におけるドストエフスキーの思想の絶頂である」（ゼンコフスキー）。実際、彼ほど深刻に、人間の自由の秘密を洞察しえた思想家は、他に見出すことができないであろう。ドストエフスキーは『地下生活者の手記』において、自由がなければ人間もまたありえないことを指摘した。彼は、人間とその運命とにかんする弁証法を、自由の性質についての弁証法という形で展開する。自由の途は、苦悩の途ではある。しかも人間が人間たるかぎり、この途を最後まで踏破しなければならないのである。

ベルジャーエフは、その卓越したドストエフスキーの研究において、彼の世界観を理解する鍵として、自由の弁証法を次のように定式づけている。すなわち、自由は、ちょうどアウグスチヌスがペラギウス派との論争に際して、小なる自由と大なる自由の二つに区分したように、ドストエフスキーにおいても、発端の自由と究極の自由とに区別される。前者は選択の自由であり、たんに善への途のみならず、悪への途の可能性とも結合する。他方、後者は、究極最高の自由、つまり神と善のうちの自由を意味する。一は自発的な選択の自由、ないし非合理的な自由であり、他は倫理と信仰を志向する自由である。

ところで、自由そのものは、それ自体で善なのではない。自由を善や完全とだけ同一視することは、結局、自由の否定となり、強制の途の容認を含蓄することになろう。しかし、強制された善とは真の善ではなく、むしろ端的に悪へと転化する。唯一の善は自由に選択された善にあり、それは悪への自由の可能性をふくみ、それを予想する。ここに自由の悲劇が発生する。ドストエフスキーは、この自由のジレンマを奥底まで究明したのであった。

霊的叛逆の摘発

神への叛逆

ドストエフスキーは、自由探究の途を「地下生活者」の自由からはじめた。その自由とは、発端の自由であり、恣意の自由、「自分自身の自由勝手な意欲」である。それは人間の倨傲《きょごう》を、傲慢な我意と我儘《わがまま》を意味する。このような姿の自由のうちには、死の種子が蒔かれている。人間がひとたび自分の欲するままに行なうという倨傲の意志を宣言する時、これによって、神と最高善とに対する叛逆の途に出るからである。この叛逆は、人間の知的、精神的傲慢の現われであり、自己の知性の力にだけ依拠して、神の戒に、またすべてのより高きものとすべての聖なるものに奉仕すること、つまり一般に宗教の基礎にある服従と奉仕の原理をば拒否する精神にほかならない。

キリスト教の登場以来、霊に対する肉の抵抗と叛逆とは、多くのモラリストや宗教家によってくり返し力説されてきた。しかし精神の領域自体にひそむ悪の根源としての倨傲の意志と、それにもとづく神的な価値の体系に対する反抗とについては、ほとんど指摘されることはなかった。倫理と宗教思想の分野におけるドストエフスキーの功績は、まさにこのような人間の精神的叛逆——肉ではなく霊の、倨傲な意志の叛逆という契機を、なにびとにもまして深刻に摘発したことにあった。このような叛逆の途に出る人間は、「悪霊」にとりつかれた人間であると彼はみた。彼らは、「大審問官」のように、キリストにむかって「われわれの仲間は、お前ではなくして彼〔サタン〕なのだ」と告げるのである。

サタンの誘惑

人間堕罪にかんする意味深長なキリスト教の神話は、すでに肉の原理の叛逆のみならず、上述した意味での霊的叛逆をも告げていた。禁断の木の実を食うようにと誘惑する蛇のサタン的叛逆の精神の意味するもの、それは、人間に対する神の禁止命令への不服従の教唆である。なぜならば、「すべては許されている」から、というのである。「汝らがこれを食う日には、汝らの目開き、汝らは神の如くなりて、善悪を知るにいたらん」（創世記三章五節）。人間は神に等しくなる。そして「すべてが許される」ようになった時、人間はとりもなおさず神である。それゆえに、われわれの上には何らの禁止命令も、守るべき戒律もなく、われわれの上に他の神は存しない——サタン的悪の永遠の根源は、このような人間の倨傲な意志にある。

すでにバクーニンは、そのアナーキズムの教説を定式づけた際、まさにこうしたサタン的叛逆をもって人間の自由の第一歩と認め、それに祝福を与えた。彼はサタンを、「最初の自由思想家」、「世界の解放者」と呼んだ。サタンは、「人間に対して、その無知であること、獣のように従順であることの恥ずかしさを教えた。彼は人間に従順を捨てさせ、知恵の木の実をとって食べさせた。そうすることによって、サタンは人間を解放し、その額に自由と人間性という刻印を押した」——バクーニンはこのように書いている(『鞭のドイツ帝国と社会革命』)。

ドストエフスキーは、バクーニンやシュティルナー的無神論の秘密を、なにびとにもまして深刻に看取していた。彼は、ラスコーリニコフ、ピョートル・ヴェルホーヴェンスキー、スタヴローギン、キリーロフ、イワン・カラマーゾフらの悲劇的運命を通して、地下生活者の自由がサタンの誘惑をへて「超人」ないし「人神」の陥穽にいたりつく必然的な道程を暴露しようとする。これらの人神たちは、決定的な瞬間に、それぞれ異口同音に「すべては許されている」と叫ぶであろう。

自由の悲劇的道程

『地下生活者の手記』から『カラマーゾフ兄弟』にいたる創作の過程において展開される自由の悲劇的弁証法は、なかんずく三人の主要人物の具体的な映像のうちに結晶する。第一は『罪と罰』におけるラスコーリニコフであり、第二は『悪霊』のピョートル・ヴェルホーヴェンスキーであり、第三は『カラマーゾフ兄弟』におけるイワン＝大審問官である。

ラスコーリニコフは、神への叛逆と悪の途上における最初の契機を表現する。それは犯罪――つまり道徳律に対する不服従と反抗の精神の第一歩を表現するといえよう。次いでピョートル・ヴェルホーヴェンスキーが登場し、人間の上に存在するあらゆる法と戒律を侵犯し、破棄しようとする。彼は無神論的革命精神の体現者で、バクーニンにならってサタンの誘惑を受けいれ、革命実現のために「すべてが許されている」と宣言する。叛逆の第三歩は、精神的暴政と独裁――つまり自己の悪しき意志を他のすべての人間に対する法と権威にまで高めようとする大審問官の企図によって印づけられる。大審問官の簒奪《さんだつ》は、地上における悪の極限的な表現でなければならない。これら三人を軸として、種々の人神たちが暗黒の「悪霊」的世界を形成し、人間の自由の悲劇を演じる。

自由のアンチノミイ

ところで自由の悲劇性は、究極の自由、真の自由が人神へのサタン的誘惑を生み出すべき恣意の自由、発端の自由を経てのみ、はじめて到達できるという点にある。陥穽にみちた自由の途を歩むことは、たしかに多くの人間にとって堪えがたいことであろう。「大審問官」は、このことを知りぬいていたのである。しかし、人間が真実に人間となるためには、「自由の重荷」を堪えぬかねばならない。なぜといって人間は、極限的な自由の試練をえてのみ、はじめて神の似姿を保持し、確認できるからである。この意味で、自由は人間実存にとって誘惑と試練をふくむとともに、救済の槓杆《こうかん》の支点ともなるのである。

従来の哲学者は、おそらく『人間自由の本質に関する哲学的研究』を書いたシェリングを除くと、通常は発端の自由の意義を無視ないし軽視した。このことは、プラトンをふくめて古代哲学一般について、さらにトミズムについてもいえるであろう。そのために、自由の問題は、これらの系列にたつ思想家たちのもとでは、浅薄な仕方でしか取扱われなかった。第一の自由（恣意）の意義を軽視する時、悪についての深刻な洞察を欠如する結果、素朴単純な楽観主義に陥ってしまう。そこでは第一の自由から究極の自由へとむかう移行がふくむ困難な問題、つまり自由の浄化にかんする根本的な倫理的問題がぬけおちてしまうのである。

それだけではない。恣意、発端の自由を無視することは、たとえそれが究極の自由、善への自由の名においてなされるにせよ、それは結局のところ、自由自体を圧殺する結果となるであろう。それは善の強制である。しかし強制された善は、もはや善ではなくして悪へ堕するのだ。そして、これこそが「大審問官」の企図する精神のデスポティズムの体系にほかならない。つまり、非合理的な要素と結びつく恣意の自由を抑圧する結果、宿命的に自由全体の窒息が惹き起されるのである。今日世界を脅かしている事態のもっとも深い意味は、まさにここに求められねばならないであろう。

実際、自由の二つの段階を区別することは不可欠でなければならない。周知のように、すでにカントも消極的自由と積極的自由とを区別した。しかしその際、彼は、第二の自由のみを倫理的かつ理論的に価値あるものとみた。倫理的には、第二の自由はカントのいう

「善き意志」を、つまり自発的に道徳律の法則に服従する意志を意味する。他方それは理論上、自然の因果的法則性を自己の下に服従させる実践理性の新しい合法則性を可能にする。カントはこのように積極的自由を把握することによって、自由と必然性との周知のアンチノミイを解決した。しかしこのアンチノミイの解決に際して、消極的自由はその全幅において顧慮されなかった。けだしそれは、因果法則とともに実践理性の合法則性からも、ひとしく自由であるからである。カントとその門下たちは、こうしてみごとな倫理体系を構築し、より高い段階の自由の価値を力説したが、それは消極的な自由、恣意の役割を軽視ないし無視した結果、根本的なパラドックスに陥らざるをえないであろう。善における自由だけでは、もはや自由ではないからである。

ドストエフスキーにおいて、自由のテーマはダイナミックに取扱われ、その内面的なアンチノミイが暴露される。自由が善のみか、悪への途をもふくむこと、換言すると、自由は非合理的であって、善とともに悪をも創造しうること、善への自由だけでは自由とはいえず、目的論的に決定された善の自動人形は、何らの倫理的価値をもたず、ようするに「ピアノのキー」と異ならないこと——こうした自由の秘密を、ドストエフスキーは比類ない明敏さをもって洞察していた。自由が背徳と無神論のニヒリズムへ人間を誘惑するという理由で、自由を拒否し、善を強制することは、宿命的により大きな悪を生み出すであろう。悪は、恣意の非合理的自由のうちに、人間性の奥底に基礎をもち、そこに内面的な根源を見出すのだ。

犯罪の動機と罪人の心理

「残酷な才能」

ドストエフスキーは、こうした人間の自由の考察から、悪と犯罪の問題に対してユニークな態度を示す。犯罪と悪に対する彼の峻厳な審判や、いわゆる犯罪発生の「環境説」に対して示される容赦ない批判は、感傷的人道主義の立場にたつ人たちの眼に、この作家の異常なまでの「残酷な才能」（ナロードニキ主義の社会学者ミハイロフスキーの言葉）を示すものと受けとられた。しかし、ドストエフスキーが人間の犯した犯罪や悪に対して峻厳な処罰を要求するのは、人間の自由の価値をこの上なく大切にするからであった。

「私は自分の言葉を残酷と解されたくない。しかし、それでも私はあえて最後まで主張したい。率直に語るが、峻厳な刑罰、牢獄、懲役によって、たぶん彼ら〔犯罪人〕の半数を救うことができよう。それは彼らの良心を楽にするものであって、けっして苦しめることにはならないであろう」と彼は『作家の日記』のなかで述べている。もしも人間が、自分の犯した悪や犯罪に責任がなく、自己のあらゆる行動が人間的自由に根ざすものではなく、社会環境によって条件づけられ、社会・経済的構造の反映にすぎないならば、真の人間的自由と道徳的責任とは消滅し、それとともに人間人格の自主性と尊厳もまた消散するであろう。罪人をきびしく罰しようとするドストエフスキーの「残酷さ」のうちには、人間の尊厳と自由を擁護しようとする声が聞かれるのであり、苛酷な刑罰の主張は、一見すると温かい人間愛の持主による刑罰軽減論よりも、人間性と犯罪の性質についてのより深刻な思索と体験を秘めているのである。

犯罪の環境説

ドストエフスキーは、悪と犯罪とを社会的環境から説明する外面的な解釈と、そこから帰結される刑罰への消極的な態度とに対して、抗議せざるをえなかった。当時のロシヤの進歩的知識人の間を風靡していたこの実証主義的ないし唯物論的ヒューマニズムのうちに、彼は人間精神の自由の価値と、犯した罪に対して負うべき責任とにかんする鈍感さを見出した。「すべてこうした類のヨーロッパの教師たち——われわれの光明であり希望でもある、かのミルとかダーウィンとかシュトラウスとかは、時として現代人の道徳的義務についてきわめて奇妙な見解をもつ」(『作家の日記』)。

一見すると人道的と映じるこれら進歩的知性の抱く人間観は、ドストエフスキーにとっては浅薄皮相なものと思われた。もしも人間が外部的な社会・経済的諸条件の受動的な反映にすぎず、それから本質的に独立した責任ある自由の存在ではないならば、人間の真実の自由は否認され、悪と同時に善もまた消滅せねばならないからである。それは人間性を高めるどころか、逆に人間に対するはなはだしい蔑視であり、人間性を歪め、低める理論なのだ。

人格主義のモティーフ

実証主義や唯物論に依拠する人間観によって、人間の自由の価値や人間人格の尊厳と個性の独立性の理念はとうてい基礎づけられることができないであろう――この確信は、『地下生活者の手記』以来、ドストエフスキーの全作品を貫いている。けっして「人間の本質は、その現実においては、社会関係の総和」（マルクス）なのではなく、社会諸関係から独立して、自由かつ自主的な自我を人間は担っているのである。ドストエフスキーは、『手帳』のなかで「キリスト教と社会主義」と題する一文を記している。「人間の人格がどこで終り、どこから他の人格が始まるかを、試みに区別し、決定してみるがよい。これを科学で定義してみるがよい！　科学は、ほかならぬこの仕事に手をつけているのだ。社会主義は、科学に依拠している。しかしキリスト教においては、この問題は考えることができない」。

各個人は一回限りの、二度とくり返されることのない独立の人格をもち、他の人格によって代替されることのできない価値と使命とをおびている。「人格とその自由、したがってその責任を認識すること――これがキリスト教のもっとも根本的な思想の一つである」と彼は『作家の日記』のなかでジョルジュ・サンドを回想しつつ述べている。

各個人がいかなる他人によっても代替されえない個性的、人格的価値をもつという信条――各人は、たとえ犯罪人でも、道徳的に堕落した人間でも、貧しく名もない存在であっても、有害無益としか思われない金貸しの老婆でも、等しく生きるべき自己の生命を与えられており、他のなにびとも、各人の生きる責務を奪うことはできず、それを思いのままに利用したり、取扱ったりすることも許されないという信念――これは宗教的、道徳的な原理に根ざしており、けっして科学的な理論でもなければ、常識から導き出された便宜的な教えでもないのである。

ドストエフスキーの世界観には、こうしたキリスト教的人間観にもとづく人格主義のモティーフが、一本の赤い糸のように貫徹する。実証主義や唯物論的社会主義の「環境説」に対する彼の批判もまた、そうした人格主義的モティーフから発している。人間の罪悪は、人間のもって生れた自由――非合理的な恣意の自由――に由来し、人間の保持する神性からの離反のうちに基礎をもつ。それゆえに、悪は外的な社会環境や諸制度の欠陥よりも、むしろ人間性の内奥に根源をもつのである。換言すると、悪と犯罪とは、かえって魂の内面的な深さを証明する。なぜならば、人間は自由な人格であるからこそ、悪を創り、罪を犯し、そしてその責任をとるのである。

社会主義の犯罪論

犯罪とは社会制度の不備に対する抗議である、といった社会主義の犯罪論は、ドストエフスキーの眼に、人格と個性を成りたたせる自由の意味を把握しえない浅薄皮相な見解と映じた。自由こそは、人間実存の根本にかかわる、宗教的問題への通路でなければならない。こうした自由の秘義を把握しないかぎり、罪と罰の問題、また改悛と救いの問題の宗教的な意味を、真に理解することもできないであろう。ドストエフスキーが社会主義者の犯罪理論——環境説に対してはげしい嫌悪をむけ、嘲罵をあびせたのは、それが人間の自由の意義をその全幅において認めず、したがってまた人間をして真に人間たらしめるような、またそれあるがゆえにはじめて人間が畜群ではありえないような、魂の深淵を忘失させ、人間が人間たることの真実の意味を没却させるものと思われたからであった。

『罪と罰』のなかで、ドストエフスキーは一人物の口をかりて、社会主義者の犯罪理論をこう批判する。「あの連中にいわせると、すべてが《環境に蝕ばまれた》結果なのだ……それを真直に押しつめていくと、もしも社会がノーマルに組織されたら、すべての犯罪も一度に消滅してしまう。なぜならば、抗議する理由がなくなり、すべての人間がたちまち義人になってしまうからだ、という結論になるだろう。……〔社会主義者は〕人生の生きた過程を好まず、生きた魂などいらないというのだ！　生きた魂は、生命を要求する、生きた魂は機械論にしたがわない、生きた魂はうさん臭い、生きた魂は退嬰《たいえい》的だ、というのだ！　ところが社会主義社会の人間は、少しばかり死人臭い嗅いがするが、ゴムで作ることができる――しかしその代り生きていない、その代り意志がない、奴隷のようなもので叛逆もしない！　その結果、ただ共同宿舎の煉瓦を積んだり、廊下や部屋の間どりを按配したり、それだけのものに簡略されてしまうのだ」。

罪と罰の刑而上学

罪と罰の問題は、ドストエフスキーの作品のなかで、人間の自由の問題と結びついて枢要な地位を占めている。彼は異常なまでの関心をもって、犯罪の動機と罪人の心理を描き出す。これら作中人物の悲劇の運命を通して、彼は人間の自由が恣意の形で倨傲な意志となって発現する時に生ずべき結果を追求する。人間は悪と罪に陥り、苦悩の浄火をくぐり抜けた後はじめて精神的に甦生する――これが、ドストエフスキーの根本的テーマである。

罪人をおそうかぎりない苦悩と改悛とは、人間が神と善を志向する究極の自由の途から離れ去った時、それなくしては生きることのできない何ものかを失うことを象徴的に示している。

人間の生における悪の種子が、人間の魂の内奥の基底に蒔かれているかぎり、それは社会制度の改革だけによって除去されるものではありえない。外的な制度と罪との関係についてのドストエフスキーの思考は、一般に保守主義的系列にある思想家たちの見解と、同じ範疇に属するものとみなすことができよう。大ざっぱにいって、一般に進歩的立場を標榜する人たちは、悪の根源を外的な社会制度に帰し、人間性は本質的に善であると信じるであろう。彼らは楽観主義的人間観の信奉者であり、ルソーの「自然へ帰れ」という標語を支持するであろう。

これに反して保守主義者は、ペシミスティックな人間観の所持者であり、人間の悪への傾向は社会的・道徳的な枠を厳格に維持することによってはじめて阻止されると説く。彼らはエドマンド・バークの古典的な格言にしたがって、「意志と欲望を制御する力がいずれかの場所に置かれないかぎり、社会は存続することはできない。そしてこの制御する力が〔人間の〕内部に少なければ少ないほど、外部により多く置かれなければならない。放縦な心をもつ人間が自由の存在となりえないのは、事物の永久の法の定めるところである。彼らの情念が、彼らの足かせをつくり出す」と説くであろう。

もとより保守主義の伝統にたつ思想家たちも、社会正義のための闘いを無意味なものとしりぞけるのではない。所与の社会制度に根ざす特殊な形態における悪を除去しようとする企図は、支持され、是認されなければならない。ドストエフスキーも、環境説を批判する一方、環境を改善するためにむけられた「エネルギー、労働、闘争」を支持する。これらによって、人間の「自己の存在と自己尊厳の感情が獲得されるであろう」(『作家の日記』)と。

自由の浄化

悪と犯罪は外部環境の諸条件の結果ではなく、むしろ人間の自由の試練である。悪は、自由を授けられた人間の悲劇的な運命の途上に現われるのである。人間の自由——発端における自由、恣意の自由は、倨傲の意志の形で発動する時、宿命的に悪を生み出す。しかし人間にとって究極の自由は、善における自由であり、人間がこれを志向する時はじめて自己の魂のうちにひそむ神の似姿を実現でき、真の人間となりうるのだ。そして第一の段階の自由から第二の段階の自由へといたる移行こそが、自由の浄化を意味する。

　最初の段階における自由——恣意と選択の自由は、まだ積極的な自由、善と神的価値とを志向する自由ではない。しかし究極の、積極的自由は、自己のうちに発端の、消極的自由をふくみ、保持するものでなければならない。しかもその際、より低き自由である発端の自由に対して課された些少の制限も、より高次の、善における自由の達成を不可能にし、自由の浄化を成立しがたくするであろう。なぜといって、それは自由の浄化の代りに自由の堕落を——「大審問官」の企図する精神的隷従の体系をもたらすからである。

　自由の浄化は、ドストエフスキーが好んで取扱ったテーマであった。犯罪や悪が人間の自由に対するサタン的誘惑であり、試練である以上、悪は人間に深刻な魂の苦悩をよびおこし、そして改悛と贖罪《しょくざい》へいたる契機とならねばならない。精神の深刻な苦しみは、贖罪と甦生に結びつく。ドストエフスキーは、苦悩の贖罪的、自己浄化的な力を確信していた。

「私は懲役へ行ったことがある。そして私は犯罪人を、《極印をうたれた》犯罪人を見た。……それは、私にとって長い学校であった。……彼らはみなひとりのこらず、内心ひそかに、何よりも浄化力があり、魂を強固にする長い精神上の苦悩をまぬがれることはできなかった」（『作家の日記』）。

ニヒリズムの克服

疑いもなく、シベリヤにおける四年間の流刑生活、「死の家」の体験は、ドストエフスキーに対して、自己の内的生命の全体を一つの新しい基盤の上にすえる必要を迫った。その体験は、人生をいわば別の角度から、裏面から、つまり死から眺める機会を与えたのである。一度死んだ人間として、死を目前にみた人間として、彼は暗澹《あんたん》たる四年間の「死の家」における自己吟味を通して、苦悩によって浄化された新しい人間となって甦生した。かつてドストエフスキー自身を背徳と神からの離反へと導いたニヒリズムは、こうした苦悩による自由の浄化をへて、いまや宗教的な深みから開かれる新しい精神の境位のうちに内面的に克服されることができたのである。

ドストエフスキーはその作品のいたるところで、人間に背徳と悪行と犯罪へ導く自由を与え、次いで苦悩を通しての甦生、神の許への復帰という精神的過程をたどらせる。ラスコーリニコフは懲役に処せられた後も、長い間、道徳的、宗教的改悛を覚えなかった。彼の魂の奥底についに動揺が生じ、精神的苦悩の火が彼の罪を焼却することになったのは、ソーニャに対する愛を通してキリストの教えを知った時であった。ソーニャは、倨傲な自意志をすてきれないでいるラスコーリニコフに対して、大地にひれ伏し、苦悩の涙をもって大地を濡らすようにと訴えた。ドストエフスキーの多くの作品において、罪人たちは決定的な改悛の瞬間に、母なる大地にがばと倒れふし、魂の苦悩と復活の涙を流す。人間はこうして絶望的な苦悩のうちに、自己の犯した罪悪を清められ、善への自由の途へと出る。——そして背徳とニヒリズムを克服した新人となり、神の許へと復活するのである。

清廉な自由主義者スチェパン・トロフィーモヴィチ・ヴェルホーヴェンスキーもまた、死の床にあって神への信仰にたちもどり、過去に犯した罪を改悛しながらこう語っている。

「……人間存在の法則は、ことごとく一点に集中している。ほかでもない。人間はつねに何か無限に偉大なものの前に跪《ひざまず》くことが必要なのだ。人間から無限に偉大なるものを奪った時、彼は生きてゆくことができないで、絶望のうちに死ぬであろう。無限にして永久なるものは、人間にとって彼らが現に生きているこの微小な一つの遊星と同様に必要不可欠なものである」（『悪霊』）。

【第四章】全体主義権力の論理と心理構造

『大審問官物語』

大審問官とキリスト

自由にかんするドストエフスキーの思索の神髄は、『カラマーゾフ兄弟』の一章『大審問官物語』においてきわめて尖鋭な形態で展開されている。この『物語』は、彼の創作の絶頂であるといえよう。ここで彼は、無神論者イワンの口をかりて、異端糺問の火が燃える十六世紀にセヴィリアを舞台として演じられたキリスト再臨の模様を物語っている。

人間に対する無限の慈悲を抱いてキリストは、百人にのぼる異端者たちが神の栄光のために焼き殺された日の翌日、民衆の間へ忽然と姿を現わす。民衆はキリストを認めて周囲をとりかこみ、そのうしろにしたがう。キリストは憐憫のほほ笑みを静かに浮べながら、無言のまま群衆のなかを進む。愛の太陽は彼の胸に燃え、光明と力がその眼から流れ出て、人々の心を温かい感動をもってつつむ。

おりしも寺院の横の広場を、大審問官が通りかかる。彼は九十歳近い老人、「背の高い、腰の真直な老人で、顔はやせこけ、目は落ちくぼんでいたが、そのなかにはまだ火花のような光が閃いている」。大審問官は護衛にむかい、キリストを逮捕するよう命じる。墓場のような沈黙のなかで、護衛はキリストを捕えて宗教裁判所の古い建物内にある地下牢へと引きたてていく。やがて夜のとばりがおりる頃、大審問官は牢獄を訪れる。

「なぜおまえは、われわれの邪魔をしにきたのか？」と彼は無言のキリストにむかって語りはじめる。「明日お前を裁判して、一番性悪な異教徒として焼いてしまうであろう。今日お前の足を接吻した民衆は、明日は私が小手招きしただけで、お前を焼く火の中へわれさきにと木を搔き込むことであろう」。

次いで大審問官は、キリストの事業を訂正しようとする自分の企図について長い物語をはじめる。『物語』は、大審問官の独白である。キリストは、終始沈黙する。老審問官が雄弁に、情熱的に語る物語は、神人キリストの事業と教説とに対する無神論者の審判である。彼はキリストを批判しつつ、自己の背信を正当づけようとする。彼の非難は、キリストが「人間を幸福になしうる唯一の方法をしりぞけたこと」にむけられる。

つまり大審問官は、キリストが悪魔の三つの誘惑を拒否したことをなじるのである。老審問官が認めたように、悪魔が荒野でキリストに試した三つの問いのうちには、「人間の未来の歴史が、完璧な形で凝結しているのみか、地上における人間性の歴史的矛盾をことごとく包含した三つの形態が現われている」のである。

自由とパン

さて大審問官は、この聖書の意味深長な物語を論評するという形で、キリストにこう語りかける。「おまえは、世の中へ行こうとしている。しかも自由の約束とやらをもったきりで、空手で出かけようとしている。しかし生れつき下劣で愚昧な人民は、その約束の意味を悟ることができず、むしろそれを恐れている。なぜならば人間と人間社会にとって、自由ほど堪えがたいものはないからである！　この真裸の焼野原の石をみよ、もしもおまえがこの石をパンに変えることができたならば、全人類は忠実で従順な羊の群のように、おまえの後を追うことであろう。そしておまえが手を引きこめてパンを与えなくなるのではないかと、それだけを気づかって永久に戦々兢々とするに違いない」。

しかしキリストは、悪魔の申し出をしりぞけた。なぜといって、キリストはパンをもって服従を買うことを欲せず、人間から自由を奪いとることを恐れたからである。他方、大審問官は、キリストにむかってこう予言する――やがて地の精霊が地上のパンの名においてキリストに叛逆し、キリストをうち倒すであろうと。民衆はこれらの叛逆者を目して人民大衆の無謬の指導者と鑽仰し、彼らのあとにしたがうであろう。「幾百千年とすぎ去った後、人類は自己の知性と科学の口をかりて、犯罪もなければ罪業もない、ただ飢えたものだけがある、と宣言するであろう。《食を与えたのち、善行を求めよ！》と記した旗を押したてて、民衆はおまえに叛逆するのだ」。こうしてキリストの建てようとした寺院の代りに、新らしいバビロンの塔が建設される。

民衆は、無神論と社会主義とを標榜する人民の指導者に対して、バビロンの塔の完成を指揮するようにと懇願するであろう。そして彼らは、もって生れた自分の精神的自由――それあるがためにあらゆる種類の不合理や悪やが惹起するところの自由、しかしそれあるがゆえにはじめて人間がたんなる畜群とは異なる存在でありうるような自由を、指導者の足もとに捧げて、「私どもを奴隷にして下さってもよいから、どうかパンを下さい」と訴えるであろう。なぜならば、「彼らが自由である間は、いかなる科学も彼らにパンを与えることができない」からである。

荒野における悪魔の第一の誘惑は、人類の歴史にとって予言的な意味をもつ。「パン」は、まさに無神論的社会主義と、その約束のシンボルなのだ。ドストエフスキー自身は、たんにマルクスやバクーニンの社会主義のみならず、ローマ教会もまた、悪魔の誘惑の手中に陥ったとみた。後述するように、彼はカトリシズムが、早晩、第一インタナショナルの社会主義勢力と手を握り、反キリストの王国であるバビロンの塔を築くべく協力するであろうと予測したものであった！

大審問官の人類愛と人間蔑視

大審問官は、キリストに対する背信をヒューマニスティックな人類愛という大義に訴えることによって正当づけようとする。彼によると、キリストは人間性をあるがままに把握し、理解することができなかったのだ。キリストは人間をあまりにも高く買いかぶり、人間からあまりに多くのものを期待し、求めたのである。大審問官はいう――人間は「無力で、罪を犯しやすく、なんの価値もないくせに、しかも叛逆の徒なのだ。おまえは天上のパンを約束したが、……はたしてあの、か弱く永久に背徳的で、しかも永久に忘恩の徒輩である人間にとって、天上のパンが地上のパンとくらべものになるだろうか？」「おまえは、人間をあまりに買いかぶりすぎたのだ。なぜならば、人間は叛逆の輩に生れついてはいるが、やはり奴隷に違いないからだ。私は誓っていうが、人間はお前が考えたよりも、はるかに弱く、下劣に創られているのだ！」

　このようにして、人間についてのキリストの教えと反キリストの人間観とが対比される。キリストは人間のうちにひそむ神の似姿を信じ、人間のもって生れた自由を、何にもまして尊重しようとする。他方、大審問官は、これらの無力で下劣な叛逆の徒輩たる人間にとって、自由こそがもっとも大きな災であるとみる。大審問官は、彼らを幸福にするために自由をとりあげ、彼らを自己の絶対無謬の支配下に隷属させようとする。「人間という哀れな生物は、生れ落ちるときから授っている自由の賜物を譲りわたすべき人を、少しも早く見つけねばならぬ。この心配ほど、人間にとって苦しいものはないのだ」。

　なるほど選ばれた少数の人間だけは、キリストが約束した天上のパンのために、進んでキリストのあとにしたがうであろう。彼らは、地上のパンよりも精神の自由をより貴重なものと評価する人たちである。彼らは、精神の貴族である。だが、天上のパンのために地上のパンを蔑視することのできない無力な幾千万の大衆は、いったいどうなるというのか。

　悪魔の誘惑に対してキリストが与えた回答——「人はパンのみにて生きるにあらず」——

は、少数の精神的貴族を満足させることができても、これら無数のか弱い大衆の願望をむざんにもつきはなしてしまうのだ。大審問官は、か弱い大衆の味方となり、人類愛の唱導者の姿で、キリストに叛逆する。「おまえに大切なのは、偉大で高邁な幾万かの人間だけで、その他の無力な、しかしお前を愛している幾百万かの人間、いや浜の真砂のように数知れない人間は、偉大で高邁な人間の材料とならなければならないというのか？　いやいや、われわれにとっては、か弱い人間が大切なのだ」。

自由の重荷

ドストエフスキーは、『地下生活者の手記』において、人間にとっての自由の価値を強調した。そこでは、人間の自由意志と恣意が、実証主義者や唯物論的社会主義者たちによって計画される地上の楽園の建設作業を妨害する要素と示されていた。しかし自由そのものは、人間の高貴な特性を成り立たせるものとして、それあるがためにはじめて人間が人間となりうる価値として、残されていた。自由に対するこのような態度のうちには、まだ自由にともなう苦悩と苦汁を残りなく味わったわけではない人の、幾分か楽観的な口調がみられるだろう。

一切の非合理な自由意志を除き去り、ついに調和ある全体的計画社会が実現した時、「退歩的な、人を小馬鹿にした顔つきの紳士」が登場して、この「分別くさい」理想社会を破壊し、「対数表を悪魔の餌食に」するようにと訴える。そうすれば、「かならずや模倣者が出てくるに違いない」――こういったユーモラスな光景を描いた際、ドストエフスキーの心中には、「永久不壊の水晶宮」に対する人間の本能的反撥を信頼する楽天的な気分がひそんでいるように思われよう。

他方『大審問官物語』には、もはや地下生活者の皮肉も、毒舌も、気楽な反語も、嘲笑も姿を消している。大審問官は、キリストと同様に、荒野の苦行に堪えた人である。彼は、あれか―これかの選択の自由が賦課する精神の苦しみを味わいつくし、人間の運命にとって自由の意味する悲劇性をみずから深く体験し、そしてかぎりない混乱と無秩序と不安と寂寥とを生み出すべき自由の重荷を知りぬいた人の姿で登場する。だからこそ、老審問官の口調は重々しく真剣で、その言葉はわれわれ読者の心をしめつけないではおかないのである。このように、ドストエフスキーの自由の哲学は、『地下生活者』から『大審問官』にいたってより深刻に展開されている。

奇蹟と権力の誘惑

さてキリストは、人間の精神的自由の名において、悪魔の第一の誘惑のみか、他の二つの誘惑――奇蹟と地上の王国の誘惑をもしりぞけた。なぜといって、キリストは「人間を奇蹟の奴隷とすることを欲せず、自由な信仰を渇望した」からである。同様に、キリストがシーザーの剣をとり、権力をもって地上の王国を築くという誘惑をしりぞけたのも、その方途が、自由な相互的愛にもとづく共同体を建設する途ではなかったからである。つまりそれは、「崇拝すべき人、良心を託すべき人とすべての人間とが世界的に一致して、蟻塚のように結合する」途であったからである。

大審問官は、しかしながら、キリストがしりぞけた「賢明なる精霊」の三つの誘惑をすべて受けいれる。「われわれは、おまえの事業を訂正して、それを奇蹟と神秘と権威の上にうち建てた。……ちょうど八世紀まえに、われわれは彼の手から、おまえが憤然としりぞけたものを受けとったのだ。彼が地上の王国を示しながらおまえに勧めた、あの最後の賜物をとったのだ。われわれは、彼の手からローマとシーザーの剣をとって、われわれだけが地上における唯一の王であると宣言した」。

自由は、人間社会を相互的な闘争と「人肉食（アンスロポファジイ）の状態へ――つまりトマス・ホッブズのいう「万人に対する万人の戦い」へと導くであろう。そこでの人間の生は、「孤独で、貧しく、険悪で、残忍で、しかも短命である」（『リヴァイアサン』十三章）といわれたような状況が出現するであろう。このような境遇から逃れ、秩序と物質的安寧を享けようと、無力な人間どもは彼らにパンと安全とを保障してくれる者の足下にひれ伏し、彼らの放埓な自由をとり去ってくれるようにと懇願するであろう。その時、大審問官は、みずから精神の自由をはじめ一切の自由を捨て去った大衆の上にまたがって、祝杯をあげる。「その杯には、《神秘》と記されている。その時はじめて、平和と幸福の王国が人類を訪れるのだ」。

大審問官の全体主義的権力

大審問官は、奴隷化した人類の「子供らしい幸福」の状態を描き出す。「彼らはわれわれの怒りを見て哀れにも震えおののき、その心は臆し、その目は女や子供のように涙もろくなるであろう。しかしわれわれがちょっと手招きさえすれば、たちまち軽々と歓楽や笑いや幸福な子供らしい唱歌へ移っていく。むろん、われわれは彼らに労働を強制するけれども、暇な時には彼らのために子供らしい歌と合唱と罪のない舞踏の生活を授けてやるであろう。ちょうどそれは、子供のために遊戯を催してやるようなものだ。われわれは、いうまでもなく、彼らの罪悪をも赦《ゆる》してやる。彼らは弱々しい無力な徒輩であるから、罪を犯すことを赦してやると子供のようにわれわれを愛するようになる。……罪悪を赦してやるのは、われわれが彼らを愛するからである。……その結果、彼らは神に対して自分の罪をかばってくれた恩人として、われわれを崇拝するようになる。したがって、彼らはわれわれに何一つ隠しだてしないようになるのだ」。

大審問官は、これらの従順な畜群に対して、「おまえたちがわれわれに自分の自由を棄てて服従した時、はじめておまえたちは幸福になれるのだ」と説得する。こうして浜の真砂のように無数な人民大衆は、自由とひきかえにパンを、つまり物質的安寧と豊かな社会を得て幸福となり、大審問官の全体主義的権力を心底から鑽仰する。老人は、自分の無神論的王国の建設案を、キリストにむかって誇らしげにこう示す。「おまえは自分の《選ばれた人々》を誇っているが、しかしおまえにはその選ばれた少数の人々しかない。ところがわれわれは、すべての人間を鎮撫するのだ」と。

大審問官は語り終えてから、暫時キリストの返答を待っていた。キリストは終始静かに老人の眼をみつめたまま、無言でじっと聴いていた。大審問官は、相手の沈黙が苦しかった。彼は、キリストがたとえ恐ろしい叱責なりと、返答してくれるのを期待していた。ところが、突然キリストは無言のまま年老いた大審問官の傍に近づいて、その血の気のない唇にそっと接吻した。これが、キリストの答えであった。老人はぎくりとなった。唇の両端が、ぴくっと動いたようであった。彼は扉へ近寄ってさっと開け放し、囚人にむかって「さあ出てゆけ、そして、もう来るな。……もう二度と来るな。……もうけっして！」といい、キリストを釈放した。

自由なき福祉の王国

『大審問官物語』の現代的意味

『大審問官物語』の現代的意味は、非常に大きいものがある。表面上、それはローマ教会の反キリスト教的原理に対する弾劾である。後述するように、そこにはドストエフスキーがスラヴ派から受けついだ東方教会の、西欧教会に対する根深い反感と憎悪とが吐露されている。しかし、天才的な作家の創造した作品は、作者自身の意図とは別に、それ自身の法則をもち、ある意味では作者自身よりも深遠であるとさえいえよう。したがって批評家は、この驚嘆すべき深刻な物語を、作者自身の意図から離れて解釈することができるであろう。

実際、ローザノフをはじめとしてこれまで多くの批評家たちは、たんに文学者や宗教史家のみならず、政治学者や精神分析学者をふくめて心理学の専門家にいたるまで、それぞれの立場から、この物語のうちに作家の天才的な洞察力と卓越した予言の才能とを見出してきた。たとえばアイザック・ドイッチャーのようなソヴェト政治の研究者は、大審問官のうちに全体主義的独裁官スターリンの面影を見出したし、エーリッヒ・フロムのようなフロイト左派は、ナチズムを支える近代人特有の《自由からの逃走》の心理構造のメカニズムの典型を、「大審問官」的隷従のうちに確認している。

無神論的社会主義の秘密

ドストエフスキー自身も、ある読者の質問に答えて、この物語が今日の社会主義——無神論的社会主義の問題を取扱ったものと認めている。一八七六年六月七日の手紙において、彼はこう書いている。「悪魔の誘惑のうちには、三つの巨大な世界的理念が融け合っていて、すでに十八の諸世紀がすぎ去ったにもかかわらず、これ以上困難な理念は存在せず、何びともいぜんとしてこれを解くことができないのです。《石とパン》は、目下の社会問題、環境説を意味します。……ヨーロッパのみならず、わが国の社会主義も、いたるところでキリストを除外して、何よりもまず第一にパンについて配慮し、科学を味方につけて、人間のあらゆる不幸の原因はただ貧困と生存競争と、《環境に蝕ばまれた》ことにすぎないと断言します。……悪魔の理念は、畜生としての人間のみに適用されるものです。もしその他に精神的な生活がなかったならば、美の理念がなかったならば、人間は懊悩のあまり死んでしまうか、発狂するか、自殺するか、それとも異教徒的な妄想にはしるでしょう」。

実際、『大審問官物語』のうちに、無神論的社会主義に対するもっとも鋭利な批判を求めることができるのであり、さらには一般に、自由と権力との形而上学的意味にかんするもっとも深刻な究明を見出すことができよう。『物語』のうちには、二つの根本的な原理の対立衝突が——自由と権力ないし強制との間の、神と隣人へのキリスト教的愛と無神論的な人類愛との間の、人間性と人間の生に対する信頼とそれへの不信との間の、対立が表現される。ドストエフスキーは、ここでキリストの理念に真向から対立する観念を純粋な形でとり上げ、それを大審問官の肖像のうちに結晶したのであった。

大審問官は、その作者イワン・カラマーゾフと同じく、「人類に対する愛という病を癒すことができない」人物である。ただ彼は、大衆がキリストの指示した天上のパンつまり精神的自由が課する重荷に堪える力のないことをみぬいていた。自由の途は、きわめて困難な、苦痛にみちた悲劇的な途だからである。そこで大審問官は、人間への愛と憐憫のゆえに、彼らの自由をとり去り、その代償としてつつましい幸福を与えようと企図する。

こうして人間は、一つの深刻なジレンマの前に立つ。つまり、苦悩にみちた自由の途か、それとも自由なき物質的福祉と安全の途か、の二者択一が人間の前に提出される。第一の途を歩むのは、選ばれた少数の人々である。なぜならば、自由とは本質的に貴族的な価値だからである。これに反して大多数の人間は、第二の途を選びとる。大衆は無神論的独裁者に自己のもつ一切の自由を捧げ、自己の良心を残りなく委託する。彼らは指導者の指令にしたがって、「バビロンの塔」つまり社会主義的「蟻塚」の建設に動員される。その代り、彼らは地上のパンを、物質的福祉と豊かな社会を保障されるであろう。

『物語』の作者イワン・カラマーゾフは、自己の「ユークリッド的知性」の名において神の世界秩序に叛逆した。神は人間を自由の存在と創造することによって、自由と責任の堪えがたい重荷を課し、「ユークリッド的知性」によっては解きえない不合理な苦痛と矛盾とにみちた世界秩序を人間に与えた。他方、神に叛逆する有限な地上的の実証主義的人間理性は、こうした不条理のない、しかしその反面では、同時に責任と自由の重荷のない合理的な社会を建設しようとする。ドストエフスキーは、ここで『地下生活者の手記』以来、くり返し取扱ったテーマをふたたびとりあげているのである。

つまりイワン・カラマーゾフの「ユークリッド的知性」は、大審問官の体系を、自然必然的な法則にもとづく自由なき蟻塚の建設を、不可避的にもたらすであろう。こうして築かれた社会は、人間の物質的幸福＝地上のパンの名において精神の自由を圧殺し、こうすることによって人間の個人的および社会的生活の非合理的根源を除去する。その時、人間は、全体主義的権力を保持する独裁者に全身全霊を挙げて隷従する満ち足りた畜群へと転化するであろう。これら一握りの指導者たちは、支配される大衆に対して永久的な後見的権力を行使するのである。

自由と平等のジレンマ

大審問官は、人類愛を標榜する社会主義者であり、民主主義者である。彼は「選ばれた」少数者の擁護する貴族的な自由の価値を信ぜず、浜の真砂のように数知れない人民大衆の物質的幸福のために配慮する。現代および未来に出現すべき大審問官的権力は、ドストエフスキーが信じたようなローマ教会の神政主義ではなく、無神論的、唯物論的社会主義の形態をとってたち現われるであろう。

新しい宗教としての社会主義——つまりたんなる社会改革案としてでもなければ、またたんなる経済組織の領域に専念するものとしてでもなく、伝統的な宗教に代る新しい疑似宗教として、人間の精神的領域にいたるまで、自己の絶対的な支配権の統制下におこうとする無神論的社会主義は、大審問官のあとにしたがって、キリストがしりぞけた悪魔の三つの誘惑を受けいれ、大衆の民主主義的平等と社会的福祉の名において、精神の自由をしりぞけるであろう。平等は、圧制のもとにおいてのみ可能となり、社会の全般的福祉は、自由を犠牲にした時はじめて達成されるのだ。

後述する『悪霊』のシガリョフによる社会主義的改造案の場合と同様に、大審問官の企図もまた、人類愛をもってはじまり、そしてかぎりない専制主義の理念をもって終る。人間は平等になりはするが、それは結局のところ、抑圧と隷属における平等でしかないのである。ドストエフスキーは、このように自由と平等との間のジレンマをきわめて尖鋭な形で提起している。

独裁権力の民主的基盤

大審問官的独裁者に隷従する大衆は、精神的自由を彼の手中に捧げ出すことによって、無人格で無個性の、「誇りを抱かない」畜群へと転化する。ここで注目すべきことは、大審問官が強制力に訴えて、その無神論的社会主義の独裁権力を大衆に押しつけたわけではなかったということである。むしろこれとは反対に、民衆へのかぎりない同情に燃える大審問官は、大衆の自発的な要求に応えて彼らの指導者となり、バビロンの塔の建設のためにたち働くのである。ドストエフスキーの慧眼は、この間の事情をみのがすことはなかった。

全き自由の状態を享受する社会は、各人がその自由を行使する結果、宿命的に無秩序と混乱と放恣をうみ出し、「万人に対する万人の戦い」を惹起する。こうして「人間の自由な知性と科学と人肉啖食《たんしょく》の放恣きわまりない時代」がうちつづいたあと、人間はついに大審問官の足許へ這《は》い寄って、「その足をなめまわしながら、その上に血の涙を注ぐ」のだ。このようにして、大衆は自発的に、何ものにもまして堪えがたい自分自身の自由の重荷を大審問官に捧げ、それをひきとってくれるようにと懇願する。「あなた方が、正しかった。あなた方だけが、イエスの神秘を所有している。それゆえに、われわれはあなたのところへ帰ります。われわれを、自分自身から救って下さい」と哀願するのである。こうして大審問官の全体主義的独裁権力は、大衆の支持の上にもとづいて成立する。

二十世紀全体主義の予言者たち

バジョットとニイチェ

ドストエフスキーは、現代の、そしてまた未来の全体主義独裁が、下からの自発的な要望に依拠し、民主的基盤にもとづいて形成されるべきことを洞察していた。実際ヒットラーの権力掌握と維持は、その先駆者ともいうべきナポレオン三世の場合と同様に、まさしく民主的な人民投票に依存していたのである。

ナポレオン三世のシーザー主義については、同時代人ウォルター・バジョットがこう書いている。

「《私は君たちの弁護人であり、君たちの指導者だ。私を権力の座に就けたまえ。そうすれば、私は君たちのために、かつ君たちの名において統治するであろう》

これこそが、まさにフランス帝国の原理なのだ。……旧い君主政は、義務を根拠にして人民の服従を要求する。……彼らは良心に訴え、宗教にさえ訴える。しかしルイ・ナポレオンは、ベンサム型の暴君なのだ。彼は、《最大多数の最大幸福》を支持する。彼はいう、《私の今日あるのは、私が他のなにびとよりも、フランス人民の幸福をよりよくわきまえているからであり、私がずっとよくわきまえていることを、彼らもまた知っているからだ》と。彼は神によって帝位を授けられたのではなく、人民の代理人なのだ」（『フランスのクー・デタに関する書簡』）。

二十世紀の全体主義的独裁が民主的基礎の上に成立した事情は、現代政治史の悲劇的な体験からえたわれわれ自身の知識となっている。しかし、全体主義的民主主義の精神的弁証法を指摘したニイチェの言葉は、いまなお予言者的な響きをもってわれわれに迫るであろう。

「今日の諸条件は」――とニイチェは断じた――「平均して人間の平等化、凡庸化を招来し、有益で勤勉な、何の役にもたつ器用な畜群的人間を生みつつあるが、この新しい諸条件は、逆にもっとも危険で誘惑的な性質の例外的人間の発生をうながす。……ヨーロッパの民主主義化は、もっとも精妙な意味における隷従に心の用意のできた人間類型を養育するにいたる。……民主主義化は、同時に、精神的のそれをもふくめて、言葉のあらゆる意味における暴君を育成するための無意識的な組織でもある」（『善悪の彼岸』）。

トクヴィルとドノソ・コルテス

ドストエフスキーの同時代人のうちで、しかも彼より先んじて、この新しい全体主義的独裁権の成立過程を、明敏な眼をもって予見した人は、おそらくフランスのトクヴィルとスペインのドノソ・コルテスの二人であったと思われる。つとに一八四〇年、トクヴィルが『アメリカにおける民主主義について』の第二巻を書いたおり、「民主主義的暴政」の秘められた傾向を看取してこう警告を発している。

「民主的国民を脅かしている種類の抑圧は、この世にこれまで存在したどのような抑圧にも類似しないものであると、私は思う。……ことがら自体が新しいのであって、それを名づけることができないのであるから、私はその特徴をあげるよう努力しなければならない。

この世に生起すべき暴政の新しい特徴について想像してみよう。私が見出すのは、心中一杯につめこんだ矮小俗悪な快楽をえようとして絶えまなく右往左往する人々の群、しかも均等かつ平等な無数の群集である。彼らのおのおのは、互いにはなれ去り、他のあらゆる人間の運命に対してよそよそしい……。

これらの民衆の上に、巨大な後見的権力がそびえ立ち、そしてこの権力が民衆の快楽を確保し、彼らの運命を配慮する仕事を一手にひきうける。この権力は絶対的で、かゆいところまでおよび、几帳面で用心深く、かつやさしい。もしもこの権力の目的が、人間を一人前にするために準備するのであるならば、それは両親の権力のごときものであろう。しかしそれは、これと反対に人々をいつまでも永久に幼年のままにとどめておこうとする。……彼らの幸福のために、この権力は進んでたち働くであろう。しかしそれは、彼らの唯一の代表者であり、唯一の審判官たろうとする。それは彼らの安全のために配慮し、必需品を予見して確保し、快楽の享受を助け、主要な事務を管理し、産業を指揮し、相続を規整し、遺産を分ける。こうして民衆は、考える気苦労と生きる労苦とを、すっかりまぬがれることができるのだ」。

トクヴィルは、こうした言葉で未来に登場すべき人道的なインカ帝国――全体主義的福祉国家の後見的権力像を描いた。民衆の物質的幸福のために、《ゆり籠から墓場まで》の社会保障のために配慮しはするものの、しかし民衆を永続的に幼年時代のままにおしとどめようとする恐るべきこの権力は、トクヴィルによると、民主主義の政治体制に内在的な法則にしたがって、ほとんど不可避的に到来するであろう。彼は、当時いたるところで台頭しつつあった民主主義の前途に暗い影を見出していた。「私は、民主主義の諸制度を、知的には選好する。しかし私は、本能的に貴族なのだ。このことは、私が大衆を憎悪し、恐れていることを意味する。私は自由、合法性、諸権利の前途を、情熱的に愛する。しかし民主主義は、そうではない。……自由こそが私の情熱の最たるものである」と彼は告白している。

このフランスの保守的自由主義者は、民主主義に必然的に随伴するとみた「物質主義《マテリアリスム》」の害毒を除去するために、宗教信仰を喚起する必要を力説した。他方スペインの貴族ドノソ・コルテスにとって、キリスト教は何よりもまず自由の宗教であり、この宗教の力が弱まる時、恐るべき暴政の外的圧力がよりたやすく進捗できるものと思われた。彼もまた、人類の未来に無気味な暗雲がたちこめているのを看取した。一八四九年に、彼はマドリッドの国会においてこう演説した。「諸君、これらの言葉は恐ろしいひびきをもってはいる。しかしそれが真実を表現する以上、われわれがこの恐るべき言葉を述べるのを避けてはならない。すなわち、自由はいまや死に絶えつつあるのだ！　自由は、ふたたび姿を現わすことはないであろう。三日目にも、いや三年目にも、いやおそらくは、三世紀のうちにも。

……諸君は文明と世界が、たんに変化しつつあるにすぎない時でも、それが進歩しているものと信じきっている。だが諸君、世界は急速度で前古未曽有のもっとも大きく、かつもっとも暗黒の暴政の樹立へとむかって進行しているのだ」。

ドノソ・コルテスは、彼独自の「宗教的寒暖計」と「政治的寒暖計」の理論をもって、近代史の諸傾向を検討し、その結果、十九世紀に入るとともに決定的に政治的寒暖計の水銀柱が上昇し、他方宗教的のそれが下降するにいたったと判定する。いまでは、もはや赤裸々な政治権力の行使と暴政の出現を阻止する何ものも存しないのである。「諸君、いまや事態はいかに変化したことであろうか！　諸君、巨大で荘重な、普遍的で途方もない暴政への途が開かれているのだ。……もはや何らの物理的障壁はない。けだし、汽船と鉄道の出現以来、一切の境界線も姿を消したからである。そこには、何らの物理的障害もない。けだし電信のおかげで、一切の距離は問題ではなくなったからだ。その上、何らの道徳的障壁も存しない。けだしあらゆる人間の精神は分裂し、一切の愛国主義は死滅しているからである」。

このようにして、ドノソ・コルテスもまた、人類の未来に反宗教的で、一切の人間的自由をほろぼす巨大な全体主義的帝国の出現を予見していた。ドストエフスキーも、これらの予言者たちと同様に、『地下生活者の手記』以来、終始一貫して無神論的社会主義の大帝国のありうべき出現について警告した。ただ彼は、小説家特有の慧眼さをもって、未来の全体主義独裁権力の特性を、トクヴィルやドノソ・コルテスよりもはるかに具体的に、恐るべき迫真力をもって描写する一方、この権力を進んで受容する大衆心理の内面を、犀《さい》利《り》なメスをふるって解剖し、われわれの眼前に示したのである。

大審問官の動機

ドストエフスキーは、大審問官を卓越した芸術的筆致をもって特徴づけた。彼は、『悪霊』のピョートル・ヴェルホーヴェンスキーのような俗悪な叛逆者ではない。彼は崇高な禁欲家であり、卑しい物欲の汚れにそまっていない。彼は、荒野における苦行のために生涯を費してキリストに奉仕した博愛家である。ただ生涯の日没時になって神への信仰を失った。つまり無力な民衆を幸福にするために、あえてサタンの誘惑を受けいれようと決意したのである。彼がついに信仰を失ったこと、ここにその深い悲劇があった。神をしりぞけた大審問官は、人類愛のために、浜の真砂のように無数なか弱い人間に「自分たちを幸福なものと思わせる」ために、進んでわが身に虚偽と瞞着とを引きうけ、サタンの指図通りに彼らを導こうと決心した。

ドストエフスキーは、この老人を恥ずべき悪人とも、たんなる背信の徒輩としても、描かなかった。彼は、あたかもレーニンのように、あるいはその精神的父祖ベリンスキーのように、賢人であり、禁欲家であり、高遠な人類愛に燃える社会改革家である。彼がキリストに反抗したのは、キリストの愛の教説の名においてであったのだ。イワンも、アリョーシャに対してこのことを指摘している。「注意すべきは、この虚偽もキリストの名においてなのだ。老人は一生涯、熱烈にキリストの理想を信じていたのだ！」と。

神への信仰と人間への信頼

大審問官はキリストの弟子であり、その事業の完成者であるかのように振舞う。彼は偽キリストであり、たんなるキリストの否認者ではなかった。哲学者ソロヴィヨフもまた、その遺作『三つの会話』において、反キリストの姿をこのように描いた。ソロヴィヨフの反キリストも、同様に人類愛に燃え、熱烈な社会改革論者なのである。大審問官にかんするドストエフスキーのこうした特徴づけには、天才的な洞察が見出されよう。大審問官は、「善の姿をとった悪に誘惑された。これが反キリストの誘惑の本性である」とベルジャーエフは論評している。

大審問官は神への愛の戒律を拒否したが、他方では人類への愛の教えの狂信者である。かつてキリストの教えにしたがって苦行の幾十年を過した偉大な精神力は、いまや人類への奉仕のために注がれる。しかし神なき愛は、宿命的に人間蔑視へと堕する。彼が神への信仰を失った時、これと同時に人間への信頼をも失わざるをえなかった。なぜといって、これら二つの信仰は、分離することができないからだ。霊魂不死の観念を否定した時、彼は必然的に人間の精神的資質をも否認するようになってしまう。その結果、人間は、大審問官にとってあわれむべき存在へ、「無力で下劣な」動物へと転化する。もしも人間が「棺の後方にただ死を見出すにすぎない」ようになるならば、その時、人間は自己の人格の尊厳と個性の独自性を失って「誇りを抱かぬ」存在へ、「従順な畜群」へと堕落してしまうのだ。

大審問官は、人民が平穏と物質的安楽のうちに生を過すことができるようにと配慮する。彼は「一般的幸福」をうちたてるために、「奇蹟と神秘と権力」とによって、彼らの非合理的な意志の自由を矯正し、バビロンの塔の完成へと民衆を動員する。かくて大審問官の大帝国は揺ぎないものとなり、「子供のように」無力な大衆を後見し、支配すべき永久政権が樹立される。大審問官は、このように神なき人間愛からはじめ、人間を畜群に転化することをもって終る。人類を幸福にするため、彼はあらゆる人間的なものを人間から除き去る。自由の撲滅は、その最重要な第一歩でなければならない。

神なきヒューマニズムの陥穽

ドストエフスキーは、このような姿でヒューマニズム——世俗的、自然主義的ヒューマニズム——の陥るべき袋小路を摘発したのである。大審問官は、その強靭な論理の力をもって問題を提起し、解決する。帰結は論理的に前提から導き出され、人はその結論に承服せざるをえないと感じる。しかし、それにもかかわらず、大審問官の否定的な論証法は、結局のところ肯定的な論証に転化してしまう。キリストに対する反対論はその肯定論に、近代精神史上もっとも深刻な神に対する告発状は、突如としてもっとも偉大な弁神論に変貌するのである。『物語』は、こうしてドストエフスキーの全生涯の事業である人間のための闘いを完成するものとみなすことができよう。

ドストエフスキーは、ここで人間人格の宗教的基礎を明らかにした。人間への信頼は、神への信仰と不可分に結びつく。前者を否定する時は後者を、そして、後者をしりぞける時は前者を、不可避的に否認し、しりぞけることになってしまう。他方、ドストエフスキーは自由の意義を、人間における神の似姿をなりたたせるものとして確認する。自由を失ったとき人間は野獣となり、人類は畜群に堕してしまう。しかし自由は、本質的に超自然的かつ超合理的なものでなければならない。自然界の秩序のうちに自由はなく、そこには必然性があるにすぎない。自由は神の賜物であり、人間のもっとも貴重な資質をなしている。理性によっても、科学によっても、また自然法則によっても、自由を基礎づけることはできない。むしろ自由は、端的に神に根ざすのであり、神人キリストのうちに開示する。自由は信仰の作用でなければならないのだ。

たとえ自由が人間の個人的および社会的生活における非合理的要素の根元であっても、人間は自由を神の賜物として、大切にしなければならない。人間はもって生れた自由の重荷に堪えぬかなければならないのだ。無神論的人間愛の論者は神をしりぞけ、世界における悪の存在に反抗する。しかし悪は、自由があるからこそ存在するのである。人間世界の苦悩と悪とに対する、一見するとヒューマニスティックな憐憫の背後に、人間の自由と人間のになう神の似姿とに対する悪魔的不信と憎悪がひそむ。そのゆえに、神なきヒューマニズムは人間愛をもってはじめ、結局は恐るべき人間蔑視と暴政の樹立に終るであろう。この弁証法をドストエフスキーは、迫真的に描いたのであった。

『大審問官物語』の逆論証

このように見ると、『大審問官物語』は、一種の逆論証をふくむといえよう。つまりキリストを告発しながら、しかも大審問官は自分の反キリスト的事業に死の宣告を判決しているのである。彼によるキリストの事業の「訂正」が導く結末は、人間の畜群化であり、必然の法則によって徹頭徹尾支配される人間社会の「蟻塚化」にほかならない。彼の狂暴なキリスト弾劾の間、キリストは終始沈黙を守ったが、この沈黙には大審問官の雄弁にもまさる無限の力が秘められていた。そこには、人間と人間の神人的尊厳の確認が示されているからである。こうして弁人論は、弁神論として完了する。キリストへの告発は、キリストの鑽仰に一転する。だからこそアリョーシャは、兄イワンの物語を聴き終って、こう叫んだのだ。「あなたの劇詩は、キリストの讃美です、けっして誹謗ではありません」と。

大審問官は、キリストが人間に堪えがたい自由の重荷を背負わせ、人間のなしがたい絶対的完成の理想を要求することによって人間をまったく愛していないかのように振舞った、と非難した。一方、大審問官は、実際に人間を愛し、人間にパンを与えて満足させ、人間から自由の重荷をとり去って人間を隷属させ、ついに人間を「誇りを失った」従順な畜群に転化させた。こうしてドストエフスキーは、意味深長な人間精神の悲劇的弁証法を展開してみせたのだ。つまり人間の自由な人格的個性的価値は、神のうちにおいてのみ開示され、人類に対する愛は神への愛と結合する時にだけ可能となるのである。

ドストエフスキー自身は、『大審問官物語』において、カトリシズムの虚偽と社会主義の欺瞞とを摘発したと信じていた。しかし彼の摘発はより深く、より深刻である。大審問官の反キリスト性は、奇蹟と神秘と権力という三原理に依拠する。ここで彼は、精神生活における一切の権力原理が、悪魔の誘惑から発することを看破した。ドストエフスキーのキリスト教は、あくまでも精神的自由の宗教であり、人間の心を支配しようとするいかなる外的な権威の存在理由をも、きっぱりとしりぞけるであろう。彼のこうしたキリスト教観、その無限の精神的自由の尊重は、ツァーリズムの精神的憲兵に堕していたロシヤ正教会の保守的な僧侶たちを驚愕させたに違いない。『カラマーゾフ兄弟』がロシヤの公式の官許的正教僧侶たちに歓迎されなかったことは、不思議ではないのである。ドストエフスキーの教会観、また人間的自由の強調は、キレエーフスキーやホミャーコフのようなスラヴ派たち、在野の宗教思想家たちと共通している。実際ドストエフスキーの自由観には、スラヴ派の場合と同様に、一種の宗教的アナーキズムの要素が秘められているのである。

【第五章】ヒューマニズムの危機

『罪と罰』におけるラスコーリニコフの理論

楽観的ヒューマニズムの破綻

「疑惑の熔鉱炉」をへてニヒリズムを克服し、キリストの信仰へ到達したドストエフスキーは、その作品のなかで神なきヒューマニズムの破綻を劇的な形で暴露する。ヒューマニズムの危機と破滅とを明らかにした点で、ドストエフスキーはニイチェの先駆者ということができよう。彼のあと、もはやかつての合理的、楽天的なヒューマニズムへ復帰することはできないはずである。すでに『地下生活者の手記』は、このことを告げていた。ここで作者が明るみに出したのは、あらゆる人間の魂にひそむ「地下世界」であり、暗い意識下の非合理性の領域であった。彼がそこで描いた人間像を好むにせよ、忌むにせよ、人はドストエフスキーの作品が、近代精神史の上に一つの転回点を形成したことを承認しなければならない。

自然主義的かつ楽観的なヒューマニズムは、人間性の暗い爆発的要素に眼をふさぎ、人間を理性的な存在（「自然と真理の人間」）と眺め、合理的な教育とよりよき環境のもとで無限の進歩が可能になると信じた。ドストエフスキーが『地下生活者の手記』以来、多くの作品のなかで鉄槌を下したのは、ルネサンスから発し、啓蒙主義と科学の発達によって助長され、今世紀の初頭にいたるまで支配してきた、この合理主義的な人間観であり、楽天的で明澄な進歩への信仰であった。

神人と人神

彼は人間の魂の奥底を深く究めて、そこに人間の神秘と人間性の明暗両面の葛藤とを認めた。彼のなしたもっとも偉大な洞察の一つは、純粋に人間的な次元で人間的実存を説明することはできないこと、そして人間のうちに全宇宙の秘密が宿ること、このことを見出したことにある。もはや、たんに人間的なものの上に停止することはできない。人間の実存は神を予想し、神の拒否は、ただちに人間の否定をもたらす。換言すると、善と悪との間の戦いにかんするドストエフスキーの分析は、善と悪とを創造したのは人間ではなく、それら両者の力はともに人間の外に淵源するのであって、人間性は善と悪との闘争する戦場である、という結論に導いたのであった。

人間が善への途を選びとって上昇する時、そこには予想もされなかったような神人的完成の頂上をかいまみることができる。しかし他面、人間が神をしりぞけるや、超人ないし人神の虚偽へと導き、ついに人間自身の否定へいたるであろう。彼はこのことを、『罪と罰』、『悪霊』、『カラマーゾフ』といった芸術作品のなかで、具体的な作中人物の運命的悲劇として描いたのである。

人間がその悲劇的な自由の途を歩む時、人間の前に一つの問題が宿命的に発現する。つまり、いったい善とは何か、悪とは何か、はたして人間の前に踏み越えてはならない道徳的限界があるのかどうか、といった問題がこれである。悪への自由と不信仰とを生み出す人間の倨傲《きょごう》な意志は、いかなる聖物も、どうような既成道徳の掟をも認めようとはしない。もしも神がなければ、「すべてが許されている」のではないか。人間は自由の途に出て、人神たろうとする自己の力量を試そうとする。ラスコーリニコフは、この誘惑に陥った悲劇の人物の最初の一人である。

功利主義の道徳説

ラスコーリニコフは、合理主義の論理を駆使し、一見するとヒューマニスティックな言辞をもって犯罪への意志を隠す。彼は妹の非難に対して、傲然と次のように語る。

「罪だって？　いったいどんな罪なのか？　それは、ぼくがあのけがらわしい有害な虱《しらみ》を――誰の役にもたたない金貸し婆を殺したことなのか？　貧乏人の汁を吸っていた婆を殺すのは、かえって四十の罪が許されるくらいだ。……ぼくは人類のために善を望んだのだ」。

彼は人類の幸福を達成しようという高遠な事業を企図し、それをはたす目的で権力と金銭とをえようとした。有害無益としか思われない金貸しの老婆の殺害は、この高邁な目的を達成するたんなる手段にすぎない。「有害な虱」を殺してえた金を、罪なくして貧苦に泣く多くの人々のために使用しようと意図したのであるから、彼の行動は犯罪ではありえない。彼はこのように、自己の行動を正当づける。

「一個の些細な犯罪は、数千の善事で償えないだろうか？　たった一つの生命のために、幾千の生命が堕落と腐敗から救われるのだ。一つの死が百の生にかわるのだ。――これは簡単な算術ではないか？」——ラスコーリニコフが犯行を決しかねて逡巡していた時、ふと偶然にとある安レストラントで耳にしたこの言葉は、彼にとってほとんど一つの宿命として、一種の啓示のように響いた。彼は、こうした簡単明瞭な功利的計算によって問題が解決されると信じた。「彼のカズイスチックは、剃刀のように砥ぎすまされて、もはや自分の内部に意識的な反論を見出すことができなかった」。しかしながら、この簡単明瞭な功利主義の「算術」は、人間存在のもっとも重要なあるものを把捉することができないのである。

ベンサム的計算の導くもの

ベンサムの功利主義は、人間の微妙な質的差異を無視し、人間性が無限に多様であることを没却する。だからこそ彼の社会哲学において、個人はたんにアトムとして取扱われ、何らの質的差異も無視される。個人は快楽と苦痛を感じる存在にすぎず、そして快楽と苦痛の量だけが計算される。周知のように、ベンサムの「最大多数の最大幸福」という原則は、すべての人間は一人として、しかもかならず一人としてのみ数えられなければならない、という算術的な考え方に依拠している。

この際すべての人間が平等に取扱われるのは、人間がすべてみな神の子であり、神の似姿を宿すからではない。社会における人間と集団の利益の人工的な調和を実現すべき立法者が、科学的に人間を扱って、すべての人間を同質的なアトムとみなし、彼らの実際的な目的がすべて快楽を求め、苦痛を避けることにある、と認めたからである。

しかし最大多数の最大幸福という定式が道徳と立法の原理と主張される時、その結果は意外にも、不正な行動をも正当づけることになるであろう。なぜといって、少数者に対する不正と不幸とを代償として、圧倒的な多数者がその幸福を贖《あがな》うことが承認されてしまうからである。

もしも人類多数の幸福を築くために絶対に必要とあるならば、少数の個人を強制収容所の冷たい壁のなかに閉じ込めることが正当化されねばならなくなろう。こうして、この一見すると民主主義的で、合理的とみえる功利主義の定式は、暴君や独裁者が多数の人民大衆の幸福に奉仕すると称する政策を採るかぎり、独裁政治や専制主義を正当化し、それに奉仕する理論となりうるのである。

ラスコーリニコフは、功利主義の道徳理論によって、人類愛の名において、社会全体の幸福という秤にかけて、有害無益な金貸し老婆の生命を否定した。しかしその時、彼の計算は、社会の害虫、「虱」としか思われないような老婆のうちにも一個の人格として見出されるべきもっとも枢要なもの、神の似姿を看過した。万人は、神の子として、神の前において絶対に平等であり、身分、階級、出身、財産、教育、職業、知能などの点でいかに大きな差異があるにせよ、すべて人間は自己に与えられた生命をみずから生きる責務をもち、たとえいかに高遠な目的であれ、それを達成するためのたんなる手段として取扱われてはならないのだ。ラスコーリニコフは、社会にとって有害無益と断じたこの老婆を殺すことによって、その実、自己のうちにある人間性と人格的価値の源泉――神の似姿を殺したのである。

自己主張と自己犠牲

ニイチェ的理念

ところで、ラスコーリニコフの殺人は、たんに功利主義的計算だけにもとづくものではなかった。他面、彼はそれとはまったく異質の新しい観念に捕えられていた。彼は、『犯罪について』という論文のなかで、自分の根本思想をこう説明する。「人間は自然法則によって、概略して二つの範疇に分けられる。すなわち、自分と同様なものを生殖する以外に何らの能力をもたず、たんなる素材にすぎない低級種属（凡人）と、他方真の人間、つまり……新しい言葉を発する天稟なり、才能なりをもつ人間である」。

こうして、通常人の道徳の枠を超越する超人という観念をはじめて宣言したのは、学生ラスコーリニコフであった。やがてまもなくニイチェが登場し、この理念を壮大な一つの哲学にまで発展させるであろう。そして今世紀に入り、「ニヒリズムの革命」（ラウシュニング）の権化であるヒットラーは、この観念を濫用ないし俗流化して、恐るべき全体主義の体制を築いた。周知のようにヒットラーは、「生物学的自然法則」にしたがって人類を優秀種属ないし民族と、劣等種属ないし民族とに区別し、こうすることによってラスコーリニコフの理論を国際政治の場裡へ拡大適用したのであった。

さてラスコーリニコフは、次のようにつづける。「第一の範疇すなわち材料は、概括的にいえば、保守的で秩序を守り、服従のうちに生活する。……彼らは服従的であるべき義務をもつ。……第二の範疇はすべてみな、法律を踏み越す破壊者であるか、ないしはそのような傾向をもつ。……もしも自分の理念の実現のために死体や血潮を踏み越えなければならない場合には、彼らは自己の内部において良心の判断によって血潮を踏み越える許可をみずから与えることができる」。

大衆は、いつの時代にも、第二のカテゴリイに属する選ばれた少数者の特権を認めず、彼らを迫害する。しかも次の時代になると、同じ大衆がかつて罰せられた犯罪人を台座にのせ、その前に跪拝《きはい》する。「第一の範疇は現在の支配者であり、第二のそれは未来の支配者である」。

ラスコーリニコフは、第二のカテゴリイに、つまり「すべてが許される」超人に――「ナポレオン」に、「ガリレオ」になろうと欲する。そうした彼にとって、老婆の殺害はそのための第一歩、きわめて些細な第一歩にすぎないと思われた。「すべてを許されている真の主権者は、トゥーロンを廃墟にしたり、パリで大虐殺をしたり、エジプトに大軍を置き忘れたり、モスクワ遠征に五十万の大兵を消費したりしたのち、ヴィリナでは、すべてを洒落のめして平気でいる。しかも死んだあと、群集は彼を偶像に祭り上げるのだ。——要するに、すべてが許されているのだ」。

超人の哲学の破綻

自己に「超人」となるべき資質を認めたラスコーリニコフは、こうして善悪の彼岸にたち、すべてが許されていると宣言する。だがその結果は、絶望であり、破綻であった。すべてが許されているのではない、あらゆる人間は神の創造物として、神の似姿を宿し、したがって無条件的な価値をもつ。——ドストエフスキーは、このことをラスコーリニコフの悲痛な体験を描くことによって力強く示した。人間が自己の倨傲な意志によって他の人間を、何らかの目的のための手段とみなし、その独自な生の価値を否認する時、その結果は彼自身の人間的形姿を失墜して自己の人格を解体させ、人間たることを止めるようになるであろう。いかに崇高な観念も、どのように高遠な目的も、もっとも卑賤な人間に対してくわえられる犯罪を正当づけるものではないのである。倨傲の観念にとりつかれたラスコーリニコフが、みずから超人、人神、「ナポレオン」たることを僭上し、神の創造物としての人間本性に許された限界を踏み越えるや否や、たちどころに転落して、超人どころか無力で低劣な憐れむべき動物にすぎないことを悟る。彼は自己の自由と能力の限界を試みて、結局は恐るべき末路をとげてしまう。「もしかすると、おれ自身のほうが、殺された虱よりもっといやな穢《けが》らわしい人間かもしれない。そして殺してしまった後で、きっとこんなことをいうだろうと、前から予感していたのだ」。

　ラスコーリニコフは、このようにわれとわが身をせめさいなむ。彼は、金貸しの老婆を殺すことによって、自分自身をも滅したのだ。自分自身のうちに宿した神の似姿を殺したのである。この「実験」からは、なんら「偉大なこと」、非凡も、世界的意義も生じず、彼は自分のみにくい行為の無価値さにうちひしがれる。ラスコーリニコフの理論は彼を生かす道ではなかったのだ。

功利主義の平等理論と貴族主義的不平等の哲学

ラスコーリニコフに老婆殺しを正当づけた第一の理論は、功利主義的道徳説であり、第二のそれは、超人ないし人神の理論であった。前者は個体としての万人の平等を承認するが、その平等とは神の創造物として神の前における宗教・道徳的平等ではなく、アトム的個人の科学的平等ないし均等性であった。このような人間観を前提とした時はじめて、「一つの死が百の生にかわる」という「簡単な算術」の帰結が是認されるであろう。

他方、後者の理論は、人間と人間との間の平等を完全に否認し、人類のうちに絶対的、質的な差別を設ける。「新しい思想をもつ人は……きわめて少数しか生れない。……そしてこれらの範疇に属する人の生れる秩序は、何らかの自然法則によって、正確に定められている」「天才的な人間は、百万人のうちに一人しか生れないし、偉大な天才、人類の完成者は、幾百万人と流れすぎた後にはじめて生れ出る。一口にいえば、こうした事態が醸成されるレトルトを私は覗いてみたわけではないが、一定の法則がかならず存在する」――ラスコーリニコフはこう述べている。

一種の生物学的法則にしたがって生み出された一人の超人は、たんなる歴史の「素材」

でしかない平凡人の種属と絶対に異なる優越種属を代表し、その行手に平凡人を拘束する既成道徳——ニイチェ的にいえば「奴隷道徳」——の掟は、何らの障壁ともならないであろう。超人は、人間的道徳を顧慮しない自由をもち、自己の思想と事業とを実現するために人間の血潮を踏み越える権利をもつ。

第一の理論——功利主義の倫理的、社会的教説が科学的なアトム的個人の平等説であったとすれば、第二の超人の哲学は生物学的不平等の教説である。しかし両者はともに、すべての人間が神の子として絶対的な人格的、個性的価値と尊厳を与えられている、という宗教的観念をしりぞける点で軌を一にする。そして第一の《民主主義的》な功利主義の平等理論も、第二の《貴族主義的》な不平等の哲学も、ともにあらゆる個人の人格を自己目的として取扱わず、何らかの目的や観念を実現するための手段とみなす結果へと導いた。

しかしながら、あらゆる人間は、有害無益としか思われない金貸しの醜い老婆もまた、みずから生きるべき自己の生命を与えられ、神の似姿をもつ一個の人格として、絶対的な価値をもつ。何らかの観念のために人間を否定することは、許しえない罪でなければならない。超人や人神の観念は、「人類」や「階級」や「民族」という名の集団的人神観念と同様に、いかに小なる個人をも犠牲にする権利を有しないのである。ドストエフスキーは、このことをラスコーリニコフの悲劇を通してこの上なく力強く表現した。

ラスコーリニコフとソーニャ

ドストエフスキーの創作に一貫するのは、キリスト教的人格主義の思想である。ラスコーリニコフは、その超人理論において自己主張の極を代表したが、他方、清純な売春婦ソーニャは、自己犠牲の極を代表している。前者の哲学が孤我の上に建てられているとすれば、彼女の哲学は自我の否定の上にもとづいているといえよう。

しかし、いかに高潔で人道的な同情心と配慮とによって動機づけられたものであったとしても、自己の人格的価値を否定して、自己を他人の幸福のための手段としてのみ扱うことは、人間が神によって支えられた人格の絶対価値を毀損することを意味するであろう。だからこそ、ラスコーリニコフはソーニャにむかって、「われわれは、同じ道づれだ」と述べたのであった。「われわれは、ともに呪われた人間なのだ。だからいっしょに行こう……君だって、ぼくと同じことをしたのだ。君もやはり踏み越えたのだ。……君は一つの生命を滅ぼしたのだ。……自分の生命を」。

ニヒリズムの革命理論

『悪霊』の世界

ラスコーリニコフを捕えた悪夢は、『悪霊』においては社会的現実のなかで人々の心を蝕ばむ。いかなる既成道徳の戒律をも踏み越えることを許した無神論は、ここでは既存社会の破壊を企てるニヒリズムの革命理論に受けつがれる。人間の幸福の名においてラスコーリニコフに個人的犯行の権利を与えたニヒリストの自由は、未来における人民大衆の全般的幸福の名においてなされる共同犯罪を生み出す。両者は、同一の定式――「神がなければ、すべてが許される」――から導き出された帰結である。こうして『罪と罰』で扱われた個人の倫理問題は、『悪霊』においては政治倫理の問題に拡大される。「私は『悪霊』のなかで、この上なく純潔な心をもった……人たちさえも、身の毛のよだつ悪事のなかへまき込まれていく、その多様をきわめた動機を描こうとした」とドストエフスキーは述べている（『作家の日記』）。

ラスコーリニコフの論文を評して、ラズーミヒンはこう述べた。「実際の創見は……君が理念の名において流血を是認したことだ」と。ラスコーリニコフも、「ぼくは人間を殺したのではない。主義を殺したのだ」と宣言した。他方『悪霊』においては、バクーニンの弟子であり、悪名高い革命的ニヒリストであるネチャーエフが、ピョートル・ヴェルホーヴェンスキーの名で登場し、ラスコーリニコフの個人主義的ないし唯我論的な殺人の正当づけを、無神論的革命の集団テロリズムのために利用する。「ネチャーエフの原則、彼の新しい言葉は」――とドストエフスキーは『悪霊』の『創作ノート』のなかで書いている――「混沌と無秩序と、血と崩壊と、火と破壊とが、多ければ多いほどますますよいということだ」。

ピョートルは、バクーニンの「全般的破壊」の使徒である。彼はそのニヒリストの革命理論をバクーニンにしたがってこう述べている。「未来の社会は、全般的破壊のあとに民衆によって建設されよう。そしてそれ〔破壊〕は、早ければ早いほどよい」。同じく「あらゆる改革とか修正とか、改善とかはすべて愚劣である。改善したり、改革したりすればするほど、ますます悪くなる。なぜならば、無条件的に死滅し、崩壊すべきものに、暫時人為的に生命を与えるからだ。崩壊が早ければ早いほど、それが早く始まれば始まるだけ、いっそうよいのだ」（『創作ノート』）。

レーニンの破壊のパトス

この定式は、その後二十年をへて一八九二年に、無神論的革命の輝かしい指導者レーニンによってふたたびくり返される。一伝記者によると、当時マルクスの『資本論』を孜々《しし》として研究し、《ロシヤにおける資本主義の発達》について勉強していた若いニコライ・レーニンは、おりしもロシヤ農村を見舞った大飢饉に際して、飢えた農民に食物を与えようとする「センチメンタルな」人道主義者に反対したという。「飢饉は、特定の社会制度の直接的な結果である。この組織が存続するかぎり、飢饉は避けられない。飢饉は、この社会組織を廃棄することによってのみはじめて除去できる。この意味で避けがたい飢饉は、今日進歩的な役割をはたすことができる。

飢饉は農民経済を破壊し、農民を農村から都市へと投げこむ。かくてプロレタリアートは形成され、国家の工業化は促進される。……農民は飢饉のために、資本主義社会の根本的事実を反省せざるをえないであろう。飢饉はツァーとツァーリズムに対する農民の信仰を破壊し、やがて革命の勝利を速めることになろう。……飢えた者に食を与えようとする企みは、心理的には、わが国のインテリゲンツィヤの特徴であるサッカリンのように甘ったるい感傷性の表現でしかない」と（シューブ『レーニン伝』）。

功利主義の革命綱領

無神論的革命主義のパトスは、ピョートル・ヴェルホーヴェンスキーが父スチェパンに与えた返答のうちにはっきりと示されている。四〇年代の自由主義的西欧派スチェパンは、子供の世代つまり六〇年代以後に登場した新世代のニヒリストのドグマチズムに動転する。「どうして君たちは、自分の綱領を完全無欠なものと信じきっているのか？……君たちにいわせると、君たちを支持しないものは、すなわち君たちの敵であり、反対の信念をもつ者にすべて死が宣告されるのだ。……もしも自分のプログラムが真理であることを説明できないならば、どうして破壊の悪行を自分の良心に引きうけようとするのか？」

息子は答える。「われわれは自分のプログラムが真理であり、したがってそれを受けいれた者は幸福だと信じている。だからこそ流血を決行するのだ。なぜならば、その血によって幸福が贖えるからだ」「もしも贖われなかったら、その時はどうするのか？」「われわれは贖われると確信する。われわれとしては、それだけで充分だ」。

流血の代償によって一般的幸福が、つまり未来における地上の楽園の建設が与えられる――この定式は、ラスコーリニコフの犯罪を正当づけた理論の一つ、功利主義理論の適用にほかならない。無神論的社会主義革命の使徒ピョートルは、こう信じる――未来における大衆の幸福――「最大多数の最大幸福」は、今日生きる生身の人間たちの血を代償として築かれるであろうと。しかもその際、「混沌と無秩序と、血と崩壊と、火と破壊とが、多ければ多いほどよい」「崩壊が早ければ早いほどいっそうよい」という定式が付加される。

ここから築き出される宿命的な帰結こそは、ニヒリズムの革命理論の核心を露呈する。つまり、今日、現在生きている現実の、生身の個人の状態が悪くなればなるほど、それだけ未来において、社会、人民大衆、プロレタリアート、人類の状態はよりすみやかに救済される、というのである。このようにして、現在の利益は未来のために、現実の、生身の、具体的な諸個人の幸福は、未来における抽象的な人間――人類のために、犠牲に供されるのである。

「シガリョフシチーナ」

ヴェルホーヴェンスキーが実践するニヒリズムの革命綱領の理論的指導者は、『悪霊』においては、シガリョフによって代表される。彼は、無限の自由からはじめて無限の隷属へと終る社会理論を編み出した。「現在の社会組織に代る未来の社会組織の問題の研究に精力を注いで以来、私は次のような信念に到達した。すなわち、遠い古代よりわが一八七〇年にいたるすべての社会制度の建設者たちは、自然科学および人間という名の奇妙な動物について何ら知るところのなかった空想家、憧憬者、愚者、自己撞着家にすぎないということである。プラトン、ルソー、フーリエ、その他さまざまのユートピア説、これらはすべて……人類社会のために何ら益するところはない。しかし今日……未来社会の形態はきわめて必要な問題となっているから、私はいま世界改造にかんする自分の体系を提示しよう。……私の結論は、出発点となった最初の観念と真向から対立する。つまり無限の自由から出発しつつ、無限の専制主義をもって終るのである。しかし一言つけくわえると、私の到達した結論以外、断じて社会形態の解決案はありえない」。

ピョートルも、この「シガリョフシチーナ」(シガリョフ主義)を讃美してこう述べる。「シガリョフは、天才的な男です。……彼はフーリエ型の天才です。しかしフーリエよりも大胆で強いです。……専制主義のないところに自由も平等もありえない。……ぼくはシガリョフ説を支持します」と。

『悪霊』は、一八六九年十一月二十一日に発生したネチャーエフの悪名高い政治的殺人事件をモデルに構想された政治小説である。作中には、ロシヤの革命運動史や思想史に名をとどめる実在人物たちが登場する。たとえば、ネチャーエフはピョートル・ヴェルホーヴェンスキーとして、自由主義的西欧派に属した有名な歴史家グラノフスキーはピョートルの父スチェパンとなって、バクーニンは謎めいた人物スタヴローギンの形姿で、トゥルゲーネフは文豪カルマジーノフの形で、また作者自身と同様に青年期にペトラシェフスキーのサークルに加盟してフーリエ主義を信奉したものの、後にスラヴ派へと転向して有名な文明論『ロシヤとヨーロッパ』を発表したダニレフスキーはシャートフの姿をとって、われわれの前にたち現われる。ドストエフスキーは、社会主義者とその革命運動を悪意をもって扱い、彼らの形姿をはなはだしく戯画化し、手のこんだ中傷やあてこすりを作中いたるところにちりばめている。その結果、『悪霊』の発表このかた、社会主義的傾向の批評家たち（ミハイロフスキー、トカチョフなど）は、この作を目して反動の手になる政治的攻撃論文と毒づいたものである。ゴーリキイ以来のソ連の批評家たちの論調も、本質的には同じであったといえよう。

しかし、「長い耳をもった」偏屈漢シガリョフの描く未来社会の社会主義的平等図をもって、たんなるカリカチュアとか、誇張した諷刺画とかみなして等閑視することはできないであろう。それは、プラトン以来、民主主義や社会主義を批判した多くの政治思想家たちの所説と奇妙にも類似点をもつ。すでにプラトンは、民主主義の政治変動を取扱い、それが宿命的に僭主制へと陥るべき過程を分析した際、「過度の自由」が「極端な圧制」を生み出す政治力学を指摘した。アリストテレースも同様に、独裁と平等主義との間の不可分の結びつきを力説している。

他方、トクヴィル、ニイチェ、さらにまたブルクハルトやクーランジュのような古代史家が、未来にその出現を予想した全体主義体制の特徴づけも、シガリョフによる未来社会の青写真と多くの点で一致しているのである。

現代全体主義の特徴とヴェルホーヴェンスキー

シガリョフとラスコーリニコフ、イワン・カラマーゾフ

さてシガリョフは、社会問題の最終解決策として、無限の自由から出発して無限の暴政へと終る。彼は、人類を二つの部分に分割する。その十分の一が絶対的自由を行使し、残余の十分の九に対する無限の権力を授与される。これら残余の大衆は、その個性を完全に失って一種の「羊の群」に転化する。「人類の十分の九から自由を奪って、幾世代にわたる改造をへてこれを畜群に化する方法は……自然科学にもとづいて論理的に構成される」。シガリョフは、「この地上にこれ以外の楽園はありません」と断言する。

人類を二つの部分に分割するというシガリョフの体系は、凡人と非凡人、人間と超人とに人類を峻別するラスコーリニコフの理論の論理的継続である。他方、シガリョフ主義は大審問官の反キリスト的企図へと連結する。権力の座に就いた絶対無謬の指導者たちが、大衆からそのやっかい千万な自由の重荷をとりあげ、それとひきかえに物質的安寧と豊か

な社会を保障するのである。シガリョフも、イワン・カラマーゾフと同様に、「人類愛の狂信者」として描かれている。

ピョートルは、シガリョフ理論をこう解説する。「各人は、奴隷という点において平等である……その出発点として、教育、科学、才能などの水準を引き下げる……キケロは舌を抜かれ、コペルニクスは眼をえぐり出され、シェイクスピアは石を投じられる。――これがシガリョフ主義だ！　奴隷はみな平等でなければならない」。

二十世紀のナチズムやスターリン主義の全体主義独裁において、徹底的に実行されたテクニック――人間を何らの絆によっても結ばれない孤立した没個性的なアトムに転化させるという方法は、すでにシガリョフ＝ヴェルホーヴェンスキーの理論と綱領のうちに明白に示されている。「山をならして平地にする――これはよい思いつきだ」――とピョートルはいう――「ぼくはシガリョフ主義に賛成する！　教育もいらない。科学も不必要だ。……ただ服従を巧妙に達成しなければならない。この世にただ一つ不足しているのは、服従だ。……あらゆる天才を二葉のうちに窒息させる。こうして一切のものを、一つに通分するのだ。つまりそれは絶対の平等であり、……絶対の服従、絶対の没個性である。……希望と苦闘とは、われわれのために必要であり、奴隷たちのためにはシガリョフ主義がある」。

シガリョフの革命綱領

ピョートルはこうしてあらゆる科学者、学者、芸術家などの活動が「一つに通分され」、自己の独立自主的な判断を放棄して、自分の良心や確信ではなく独裁党の基本方針——世界観《ヴェルトアンシャウウンク》や根本路線に盲従するようになる未来社会を構想する。彼の計画案を、二十世紀の全体主義独裁の体制と比較することは、われわれにとって教訓的であろう。全体主義運動の研究者ハンナ・アレントは、こう述べている。

「もしも全体主義が自己の要求を真剣にとりあげるならば、それはチェスの中立性すら、つまりおよそありとあらゆる種類の活動の自治的存在をも、完全に終らせるまでに達しなければならない。《チェスのためのチェス》の愛好者は、それを非難する者によって、《芸術のための芸術》の愛好者にしばしば比較されるのであるが、彼らは大衆社会におけるまだ絶対的にアトム化された要素なのではないからだ。だが大衆社会の完璧に同質的な画一性こそは、全体主義にとってもっとも重要な条件の一つなのだ」（『全体主義の起源』）。

こうした画一性を生み出すために、全体的支配を独占する党は一切の個人的、社会的の絆を除去し切断するであろう。その際、個人生活の牙城としての家庭の絆と愛情とは、人間をアトム化された画一的な「畜群」に転化する上に、もっとも大きな障害となるに違いない。むろんこのことを、ピョートルは看過していない。「われわれは、こうした欲望を除去するであろう」と彼は確言する。その目的のために使用されるのは、ピョートルによると、「飲酒、誹謗、密告」の方法である。ところで全体主義運動の目標は、アレントによると、いかなる個人的、集団的な絆によっても結合せず、アトム化し、孤立化した諸個人のマス的組織化でなければならない。そこで密告は、人々の間に相互不信を植えつけることによって、この目的を達成するもっとも効果的な方式となる。ピョートルは、こう述べている。「シガリョフは、天才的な男です……。彼の説くのは、スパイ制度です。彼によると、社会の各成員は相互に他人を監視しあい、それを密告する義務をもつ。個人は社会に属し、全社会は個人に属して、すべての者はことごとく奴隷となる」。

ここでもまた、スターリン体制下の粛清の隠された意図にかんするアレントの指摘は、期せずしてドストエフスキーの予言者的洞察力を立証するようすがとなろう。彼女はこう書いている。

「あらゆる社会的および家族的の絆を打破するために、粛清は被告とともに、彼のたんなる知人から親友と親族とにいたるまで、あらゆる友人を同一の運命をもって脅かす仕方で実行されたのだ。……ある一人が告訴されるやいなや、彼のかつての友人たちは、自分の身の安全を守るために、即座に彼のもっとも容赦ない敵へと変貌し、彼にかんするありもしない証拠を確認するため自発的に情報を提供し、また大急ぎで彼を非難するようになる。これこそが、彼ら自身の身の潔白を証明するただ一つの方法であることは明らかなのだ。……結局のところ、こうした方策を徹底的に、法外なまでに発展させることによって、ボリシェヴィキの支配者たちは、前古未曽有の域にまで達したところのアトム化し、個人化した社会を作り出すことに成功したのだ」。

革命軍の兵士と同伴者たち

ドストエフスキーは、シガリョフ＝ヴェルホーヴェンスキーの無神論的革命が人間社会の全般的な強制的平均化と没個性化とをもたらすものとみた。彼こそは、二十世紀の全体主義独裁の心理構造と力学とをみぬいて、その出現に警鐘を乱打した数少ない予言者の一人であった。「プロレタリアがいないのは、実に残念だ。しかし、それもまもなく発生するだろう」とピョートルはいう。いうまでもなく、ロシヤ資本主義の発達は、彼の期待を満たした。「われわれは破壊を宣伝する。……この世界がまだ見たことのない大動乱が勃発する……ロシヤは一面に濛気《もうき》に閉ざされ、大地は古い神を慕って号泣するだろう」。

むろん彼は、自分の革命運動のシンパ、同伴者の存在を忘れてはいない。「ぼくはこういう連中をすっかり勘定した。児童たちといっしょに神を笑う教師、これはもうわれわれのものだ。……金をとるためには殺人を犯さざるをえなかった、などといって犯人を弁護する弁護士、これもたしかにわれわれのものだ。……自分の自由主義がまだ不十分でないかと法廷でびくびくしている検事も、同じくわれわれのものだ。その他、官吏、文士など味方は沢山ある。しかもこういう連中は、自分でもこのことを知らないのだ」。

彼はこうした言葉で、まだ資本主義の未発達な、したがって革命軍の厖大な一般兵士＝プロレタリアが少数にとどまる後進国で、社会革命が急進的知識人の手によって代行される事情を示唆している。革命運動の同調者とピョートルがみなした人たちは、資本主義発達にともなう階級的矛盾の激化のなかで、右こ左べんし、右往左往する知識人に属する。彼らは未来に恐るべき社会革命の切迫を予見して、いま即刻自分の進歩性を立証しようと努め、何らかの形で政治的ないし道徳的なアリバイを作っておこうと腐心する。

ドストエフスキーは、こうした知識人と大衆の心理的およびイデオロギー的行動様式の背後にある決定的な要因が、信仰の欠如にあるとみた。彼は未来の革命運動が、無神論を旗印に出現するものと信じていた。『悪霊』の『創作ノート』において、彼はピョートルにこう語らせている。「神を撲滅した時、人類のために新しい世紀が来る」と。同様にピョートルは、小説のなかではこう叫ぶ。「いまや、新しい宗教が古いものにとって代ろうとしている。だからこんなにも多くの戦士が現われるのだ」。ドストエフスキーは、社会主義が無神論をスローガンとして出現し、「新しい宗教」を僭称するものと信じた。しかし、たとえ社会主義のうちに人類愛が見出され、貧苦に悩む民衆を救済しようという理想主義的情熱が流れていても、それがひとたび神への叛逆の形をとるや、宿命的な仕方で人間を新しい隷従へと導かざるをえないであろう。無神論的社会主義は、しょせんニヒリズムの政治的現われにすぎない――彼はこのようにみたのである。

『悪霊』の人神キリーロフの世界

ニイチェ哲学の先駆

ところでラスコーリニコフの「超人」の理論は、『悪霊』においてはキリーロフに受けつがれる。ドストエフスキーは、マルクスを知らず、バクーニンについてもその思想の全貌を知らずに、しかも革命的社会主義ないしアナーキズムの帰結を予見したように、ここではニイチェの哲学を先取りしている。その上、彼は、キリーロフのうちにニイチェ自身の人間的特徴をも描き出しているのである。ニイチェは、既成道徳と宗教の成りたちを強者に対する弱者のルサンチマンに求め、強者にとってすべてが許されていると断じて、超人への人間の変貌を告示した。キリーロフは、ニイチェが十九世紀の西欧精神史においてはたした役割を、つとに悲劇的な姿ではたし終える。

ラスコーリニコフが『罪と罰』において超人の特権を宣言していた当時、ニイチェは若い神学生であった。次いでドストエフスキーがキリーロフを創作した時、二十四歳のニイチェはギリシア文献学の研究に没頭していた。その後十年をへて、ニイチェは『ツァラトゥストラ』を書いた。『権力への意志』が現われたのは、ドストエフスキーの死後のことであったが、この著作のうちに定式づけられた理念の最初の表明は、ドストエフスキーの作品のうちに認められるのである。

キリーロフと『白痴』のムィシキン

さてキリーロフの悲劇は、理性と感情との間の分裂と乖離《かいり》にある。理性は、彼に神の拒否と自殺すべき必要とを告げる。他方、感情は、彼に人生を愛させ、同胞に深い憐憫の情を抱かせる。彼は子供を愛し、生をこよなく愛する。下宿の女主人への同情から、信じもしない神のために燈明をつける人――キリーロフはこうした男である。彼の哲学は、二つの対立する極から成立する。一は神秘主義的前提であり、他は論理的帰結である。

第一の点で、キリーロフは『白痴』のムィシキン公爵の思想と結びつく。「永久調和の瞬間」についての彼の述懐は、ムィシキンの法悦境の記述とまったく一致する。「君は永久調和の瞬間を経験することがあるか?」――と彼はシャートフに問う――「ある数秒間がある。

……そのとき忽然として、完全に獲得された永久調和の存在を直観するのだ。これはもはや地上のものではない。しかし、それは天上のものでもない。それは現在のままの人間には、堪えきれないものだ。生理的に変化するか、それとも死ぬか、二つに一つしかない。……ちょうど忽然として全宇宙を直観して、《しかし、それは正し》といったような気持なのだ。神は世界を創造する時、その創造の一日の終るごとに、《しかり、そは正し、そはよし》といったのだ。……人はもはや赦《ゆる》すことを要しない。なぜならば、何も赦すべきことがないからだ。……ぼくはこの五秒間に、一生を生きるのだ」。

ムィシキン公爵もまた、キリーロフと同様な永久調和の体験者である。そして両人の世界調和の体験の背後には、作者ドストエフスキー自身の癲癇《てんかん》のなまなましい経験がひそむ。その発作のおりに体験される、もちこたえることのできないような法悦の瞬間こそが、ドストエフスキーの宗教的世界観の源泉であったと思われる。この数秒間に、忽然と時間は歩みを停止して未来は現在と融合し、永遠の調和がたち現われ、異なる次元の存在が現前して彼を圧倒したのであった。

ニイチェ的な生の肯定

キリーロフは、こうした永遠の今の神秘的体験から、現在のうちに永久調和が実現され、すでにして世界調和が現に達成され、この世はそのままの姿で楽園であるという観念を、否定しようにも否定できない実感として受けとる。彼はこの世の神的な基盤をかいまみ、世界が悪と罪からまったく解放されていると考える。「私は未来の永世でなく、この世の永世を信じる」と彼はスタヴローギンに語っている。こうした夢幻的な宗教意識を、一種の神秘的自然主義と名づけることができるであろう。

キリーロフは、ムィシキンと同様に、生とこの世を熱愛する。「君は葉を見たことがありますか、木の葉を?」ドストエフスキーにとって、「木の葉」は宇宙美の象徴である。キリーロフは、この世が、現にあるままの世界が、すべてそのままの姿で美しく、あらゆる人間がそのままで幸福であると語る。「ぼくはすべてのものに祈ります。ほら蜘蛛が壁を這っているでしょう。ぼくはじっと見ているうちに、その這っているのが有難くなる」。悪もなく、罪もなく、すべては自然のままに美しく、善いのである。

キリーロフの述懐は、「重力の霊」の抵抗を乾坤一擲の勇気をもって払いのけ、「かかるものが生なりしか、さらばよし、もう一度」(War das–das Leben? Noch ein-mal)と叫んだツァラトゥストラ――「運命愛」と「永劫回帰」の思想によってニヒリズムを克服しようと決意する超人の哲学者の言葉を想起させるであろう。「月光をあびてゆっくり這うこの蜘蛛、また月光そのもの、また門のそばで永遠の事物について語る私とおまえ――これらすべては、すでに存在したのでないか。そしてそれらは、すべてみな回帰するのでないか。……われわれは、永劫に回帰する定めを負うているのでないか。……突然近くで、犬がほえた。だが、犬がこのようにほえるのを、いつか聞いたことがあったか。……そうだ。子供のとき、遠いあのころのこと、このように犬がほえるのを聞いたのだ」（ニイチェ『ツァラトゥストラ』第三部、「幻影と謎」）。

ツァラトゥストラとキリーロフの神秘的体験は、驚くほど酷似する。両者はともに、この一瞬のうちに全存在が一点に凝集して現前する永遠の現在性をかいまみた。そして永遠の過去と未来の円環運動のうちに、生は肯定され、すべては呵々大笑のうちに受け入れられる。こうしてキリーロフは、ニイチェのように生に偉大なる肯定《グローセス・ヤー》を宣言する。「何もかも、すべてがよい。……人間が不幸なのは、ただ自己の幸福を知らないからだ。それだけにすぎないのだ。……これを自覚したものは、すぐ幸福になる。あの老婆が死に、女の子が一人とり残される。——それもすべてよいのだ。ぼくは、忽然としてこれを発見した」。

人神思想と人生苦の克服

しかし、こうした同じ神秘的な前提から、ムィシキンとキリーロフとはそれぞれ異なる帰結をひき出した。ムィシキン公爵は、モラリストである。人間を善人へと教化し、人間性が本質的に善であることを悟らせ、彼らの生を神的な至高の生へと向上浄化させるよう説得しなければならない——このようにムィシキンは考えた。しかし彼の崇高な企図はついに挫折し、彼は身を滅ぼしてしまう。

他方キリーロフの場合、彼の心が直観した真理は、頭が把握する真理と真向から衝突する。彼の心は、法悦の歓喜のうちに人生がそのままの姿で楽園であると告げる。これに反して冷厳な理智は、「生が苦痛であり、恐怖であり、そして人間は不幸である」と語る。このような根本的に対立する思想を抱いて生きていくことは、とうていできないのだ。そこでキリーロフは、この矛盾から逃れ出る途を求めて人神という観念に到達する。今日の人間の状態は、過渡的で不完全なものであり、それは克服されなければならない。人間は生理的に変貌して新人へと甦生し、人神とならねばならぬ。その時、もはや時間の歩みははたと止み、未来における永世ではなく現世における永世が獲得される。

「今日では、すべてが苦痛と恐怖である。……今日生活は、苦痛と恐怖の代償として与えられている。しかもそのなかに、一切の欺瞞がある。今の人間は、本当の人間ではない。やがて幸福と誇りに満ちた新人が出現するであろう。生きても、生きなくても、同じになった人間が、すなわち新人なのだ」。

人生は苦痛であり、恐怖である。神は存在しないが、しかし人間は、死と来世の秘密を何にもまして恐れる。そしてこの恐怖心に、神の名を冠せたのだ。神とは、死に対する恐怖の苦痛なのだ。こうしたキリーロフの思想は、たしかに人間が神に求めるもっとも深いことがらを端的に示している。死と死後の世界——これこそは、人間にとって解くことのできない永遠の謎であり、そのゆえに人間は救いを神に求めるのだ。

キリーロフは、そこで今日の人間の不完全さを打破するために、恐怖の源泉を根絶し、厭世と虚無感とを克服しようとする。「完全な自由とは、生きても生きなくても、まったく同じになった時はじめて得られるのだ」。こうしてキリーロフの哲学において、生の絶対肯定は、人神という名の新人の出現を前提することになる。新人の出現は、今日の不完全な人間、弱者の超克によって可能となる。神、宗教信仰は、死と死後の世界への恐怖におののくか弱い人間たちの心理的代償にすぎない。しかし、苦痛と恐怖を克服しえた者こそが、新人であり、みずから神となる人間なのだ。神から自分を解放して最高の自由を表現する唯一の方途は、死への恐怖を克服することであり、それを証明するために自殺せねばならない。こうして企てられた自殺こそは、自意志によって行なう最大の行為であり、それは人類史に変革をもたらす。つまりゴリラから神の観念までの前史はそれによって完了し、それ以後、地球と人間の物理的、生理的変化が生起する。

人間と神との関係

キリーロフの悲劇は、人格の主権と価値を無限に高めるべく神の観念と決闘することにある。自殺は、神からの人間の独立の確認行為なのである。彼の人神思想の核心は、自殺を決行する直前にピョートル・ヴェルホーヴェンスキーと交した対話のうちに要約される。彼はいう、「神は必要であり、したがって存在せねばならない――しかしぼくは神が存在しないこと、かつ存在しえないことを知っている。……もし神がないならば、その時ぼくが神なのだ。……もし神があるならば、神の意志がすべてである。そして神の意志から、ぼくは一歩も出られないのだ。ところがもし神がないとすれば、すべてはぼくの意志のみである。そしてぼくは、我意を主張しなければならない。……ぼくの我意のもっとも完全なものは、ほかでもない、自分で自分を殺すことにある」。

ここに、彼の哲学の核心がある。「ぼくは一生神に苦しめられてきた」と、キリーロフはかつて告白した。彼はいまや、彼独自の無神論に到達して、自分自身に対してのみならず、全人類のために神からの人間の独立と最高の自由を確保しようとする。もしも神があるならば、すべては神の意志の支配下にあり、神の意志から人間は一歩も出られない。そこでキリーロフは、人類のために神を征服しようと試みる。人間はいまやすべての虚偽と迷妄の根本である神の観念を打破し、これまで人間を支配してきた宗教的・倫理的隷従の枷《かせ》を投げすてなければならない。

人間は自己目的であって、他の人間の、また何らかの集合名詞の、あるいは人類の、さらには神さえもの、手段であってはならない。キリーロフは、この最後の関係、つまり人間と神との関係にもっぱら執着する。人間は、みずから神とならなければならないというのである。人間が何ものかの手段であることと、なにびとかの意志の下にあることとが同義であるのを、キリーロフははっきり認識する。したがって彼は我意を、つまり自己の意志の主権性を要求することによって、他のなにびとかの、神さえもの、手段に堕すことをば決然と拒否する。「人間は神を滅して、我意を信じながら、もっとも完全な意味で、この我意を主張する勇気のあるものは、この地上にはたして一人もいないのか？——ぼくは自殺しなければならない。ぼくの我意のもっとも完全な点は、ほかでもない、自分で自分を殺すことにあるのだ」。

このように人間の自由は、キリーロフにおいて、神を否定してみずから神を僭上するために自殺の途を選ぶという結果へ導く。「ぼくの属性は、ほかならぬ我意である。これこそぼくが最高の意味において自分の独立不羈《ふき》と新しい恐るべき自由を示しうる唯一の方法なのだ。実際この自由は、恐ろしいものだ」。かくして自意志、我意の自由は、みずからの生命を絶つ結果へいたる。

キリーロフの哲学の悲劇性

キリーロフの理念の逆説は、彼が鉄のように冷厳かつ強靭な論理をもって神秘主義的前提から無神論の帰結をひき出したことにある。この世の神的性質の意識は、その創造主の拒否へと導き、生の絶対肯定は、生の絶対否定へと到達する。しかし、神の否認は、神に対する癒しがたい愛の裏面でしかないのである。実際キリーロフは、「神が私を一生涯苦しめた」と述懐していたのだ。彼の心は、神なしで生きることはできない。しかし他面、彼の理智は、神の存在を許容することができないのである。そのゆえに、「神は必要であり、したがって存在すべきである。……しかし神は存在しない、かつ存在しえない。……このような二重の思想をもっている人間は、とうてい生きていくわけにはいかないのだ」。

哀れな無神論者の思想は、このように悲劇的な分裂を示している。一方では神の否認、我意の宣言、人神にかんするデーモン的な空想がある。しかも他方、理性の不信を克服しえないところの信仰する心の絶望と空虚がある。一方では生に対してイエスといい、他方では生に対してノーという。キリーロフが自殺したのは、そのゆえに、たんに神の観念を除去しようとするためであったのみか、神なしで生きることができなかったからでもあったといわねばならない。

キリーロフの哲学の誤謬は、どこに求められるであろうか。無制限の自由、一切の境界線を踏み越えた自由は、人間に許容されえないものであり、人間は何らの限界のない自由の空虚のうちに堪えることができないであろう——キリーロフは、このことを悟りえなかったのである。「もしも神があるならば、すべては神の意志である。……もしも神がなければ、すべてが私の意志である」という定式——すべてが神の意志か、それとも一切が私の意志か、神的意志の全能か、我意の全能かという悲劇的な二者択一は、キリーロフをぎりぎりの限界へと導く。「すべてが神の意志である」という摂理主義の宿命論を、彼は承服できず、したがって我意の専制の途を——つまり完全な非決定論を採ったのである。彼の破滅は、そこにあったのだ。

　キリーロフの不幸は、神の宗教的理念と人間の倫理的自由と自主性とが並存しうる途を見出しえず、神的意志の観念と人間の自由な意志とを和解しえなかったことにある。この問題は、いうまでもなく、哲学的には自由と必然性の問題にほかならない。キリーロフは、自由と必然性とを和解しうるような解決法を求めえなかった。彼は我意の自由の途を最後まで徹底し、そこで「新しい恐るべき自由」の深淵に逢着して破滅した。彼にとって、恐怖と苦痛の源泉である神から解放された自由な人間の実存は、死の自由を意味するほかはなかった。

　ドストエフスキーは、キリーロフの人神思想のうちに、自我の絶対肯定から出発して結局はその否定に終る無神論の宿命的ななりゆきを示唆したのである。形而上学において、絶対的自由の容認は、絶対的必然性の容認と同様に、ともに人間を生かす途ではなく、ついに人格を滅亡の淵においやるであろう——キリーロフの悲劇は、このことを暗示する。

キリーロフとヴェルホーヴェンスキーの内的連関

他方においてドストエフスキーは、キリーロフの人神思想が、ピョートル・ヴェルホーヴェンスキーの革命的無神論と精神的に密接不可分に連関することを、両人の間の対話を通して示唆している。キリーロフとピョートルの両人は、互いに相手を認めず、二人の間に相互理解は阻まれているにもかかわらず、眼にみえない糸によって深く結ばれた精神的な兄弟なのだ。「君は卑劣漢だ、君は偽りの智慧だ、しかしぼくもやはり君と同じような卑劣漢だ」とキリーロフはいう。他方ピョートルは、キリーロフにこう語る。「ぼくが君の位置にあったら、自分の我意を示すために、自分を殺さないでたれか他の人間を殺すでしょう。その方が、いっそう有益だ」と。これに対して、キリーロフは答える。「他人を殺すのは、ぼくの我意のうちでもっとも下級のものなのだ。その言葉のうちに君の全面目が現われているのだ。ぼくは君とちがう。ぼくは最高のものを欲する。だから自殺するのだ」と。

もしも神がなければ、人間は「恐ろしい自由」に直面する。この点で二人の無神論者、キリーロフとヴェルホーヴェンスキーとは一致する。しかし彼らは、それぞれ異なった仕方で「我意を主張する」のである。キリーロフは、我意の最高の発現を選んで自分の生命を殺そうとする。他方ピョートルは、もっとも低劣な我意の形態を示して他人を、裏切者のシャートフを殺害する。孤高の哲人であるキリーロフは、人神の絶頂にいたりついて、ついに自己破滅した。他方ピョートルは、我意の観念を革命的マキァヴェリズムの用語に移しかえる。「すべてが許される」という定式は、ニヒリスト革命家のもとで政治的瞞着、脅迫、虚偽、裏切り、犯罪、策略、殺人、破壊をほしいままに行なう権利に転化する。つまり彼は、無神論の前提から革命的ニヒリズムとマキァヴェリズムの理論を導き出したのだ。ドストエフスキーは、こうして社会主義と革命を、無神論の必然的な帰結とみなしたのである。

このようにして、ドストエフスキーは、「神がなければ、すべてが許される」という定式の表現を、ラスコーリニコフの殺人からヴェルホーヴェンスキーの革命的マキァヴェリズムとテロリズム、キリーロフの自殺、スタヴローギンによるありとあらゆる種類の醜行を経て、イワン・カラマーゾフの悲劇にいたるまで、種々な形態で示したのであった。神の観念の撲滅は、人間の自己破滅へと導く――これが『悪霊』によって与えられた結論である。ドストエフスキーは、人間の精神的破滅にかんするもう一つの様相を、『カラマーゾフ兄弟』のなかで描き出す。

『カラマーゾフ兄弟』の世界

イワン・カラマーゾフ

イワン・カラマーゾフは、多くの点で『罪と罰』のラスコーリニコフと『悪霊』のキリーロフとの思想の承継者であり、その発展者である。彼もまた、「神がなければ、すべてが許される」という定式を受けいれる。しかしイワンは、ラスコーリニコフとキリーロフの個人主義的人神の方向のみならず、他方では、「大審問官」においてピョートル・ヴェルホーヴェンスキーやシガリョフの集団的人神観念の方向をも開拓し、発展させる。この意味で、イワンの無神論とその帰結はもっとも多面的であり、その思想はよりいっそう深刻かつ複雑であるといえよう。

イワンは、その《alter-ego》(分身)である「悪魔」と夢のなかで語りながら、次のように自分の思想を表現している。すなわち、人類を呪縛している一切の迷妄を追いはらい、人類を解放するためには、「ただ一つ、人類のうちにある神の観念さえ破壊すればよい。まずこれから着手しなければならない。……ひとたび人類がひとり残らず神を否定すると(この時代が地質学上の時代と並行して到来することを、ぼくは信じているのだ)、その時、以前の世界観、ことに以前の道徳が……自然に滅び去り、新しいものが登場する。人間は、生の提供するすべてのものを享受するであろう。しかし、それはただ現在この世における幸福と悦びのためである。人間は神聖な巨人的倨傲の精神によって偉大化され、そこに人神が出現する。人間は、意志と科学とによって以前のような天上の快楽に代りうるほどの高遠な快楽を不断に感じるようになる」。

このイワンの言葉は、すでに見たように、キリーロフの人神思想と酷似する。イワンは、キリーロフと精神的につながりをもつのである。キリーロフの哲学は、「万人にすべてが許される」という定式に要約することができるであろう。すなわち、なるほど現実のか弱い人間どもは盲目であり、死への苦痛と死後の世界の恐怖のゆえに神をつくり出し、神に救いを求めて神を信じている。その結果、彼らはこの真理を知らないではいるが、実は万人にすべてが許されているのである。キリーロフの課題は、したがって、迷妄と虚偽を一掃して人々の眼を開かせ、自由の扉を彼らの前に開放すべく、あえて自殺の先例を示すことであった。

イワン・カラマーゾフもまた、キリーロフと同様に主張する――人類がひとたび神の観念を拒否した時、すべての者は神となり、万人に対して一切が許されると。このように、理論の点でイワンの思想は、キリーロフのそれと本質的に等しいのである。

イワンとラスコーリニコフ

しかし、もっと詳細にイワンの思想を検討すると、やがて彼の帰結はラスコーリニコフの思想へと偏向していくことが判明する。イワンは、こう考える。「この場合、問題は次の点にある。すなわち、はたしてそのような時代がいつ到来するであろうか？　もし到来するとすれば、すべては解決され、人類も永久にその基礎をうるであろう。しかしながら、人類の無知が探く根を下しているから、千年たってもこのように進まないかもしれない。したがって、いまこの真理を認めたものは、誰でもその新しい原則の上に勝手に自己の基礎をうちたてることが許されるのだ。この意味において、彼は《すべてが許されている》のだ」。

いや、それどころか、――とイワンは一歩を進めてこう結論する――たとえ万人が神の観念を追放するという新時代はついに到来しなくても、もともと神も霊魂の不死も彼岸の世界もないのであるから、この真実を把握した新人は、たとえ全世界に一人であろうとも、即刻人神となることができるのだ。「そして人神という新しい位についた以上、必要な場合には、以前の奴隷人の道徳的限界を平気で乗り越えることが許されるのだ。神にとって法律はない。神の立つところは、すなわち神の場所だし、私が立つところは、ただちに第一の場所となる。……《すべてが許されているのだ》」。

このようにして、ラスコーリニコフの実践が、キリーロフ的理論の発展として導き出される。つまり、人間を超克して超人となった者、少数の選ばれた者、「新人」に対して、奴隷人の道徳的限界を踏み越える権利が与えられるのである。すでにみたように、ラスコーリニコフも、ほかならぬこの権利——奴隷的人間どもが生み出した既成道徳の掟を無視し、蹂躙《じゅうりん》する権利を、「新しい言葉」を述べる、選ばれた非凡人、「超人」に許したのであった。

イワンとスメルジャーコフ

ラスコーリニコフもイワンも、ともに自分自身をこの新しい選ばれた者の地位にすえ、ともに血を流した。ラスコーリニコフは、老婆を殺害した。他方イワンは、父親殺しに精神的責任をもつ。ここに『罪と罰』と『カラマーゾフ兄弟』との間の連関がある。差異は、その理論に求められる。ラスコーリニコフは少数者、非凡人にのみ、すべてが許されると説き、他方イワンは理論的には万人すべてに、一切が許されると主張する。

イワンは父を殺したのである。なるほどアリョーシャは、「お父さんを殺したのは、あなたではない」と兄を説得しようとする。しかしイワンは、これに納得しない。彼は自分の魂の奥底で、たとえ父親の死を積極的に望んでいたのではないにせよ、少なくとも父の殺害を黙認したことを意識していた。たとえスメルジャーコフの犯行を助けなかったとしても、それを妨げはしなかったことを認めざるをえないのだ。

そのゆえに、イワンはスメルジャーコフの非難に対して、返す言葉もないのである。「あなたが張本人です、私はただ、あなたの手先です。あなたの忠実なしもべ、リチャルドです」。スメルジャーコフはこういい、イワンの狼狽《ろうばい》をみて嘲笑する。「あなたは、幾度も私にこういったではありませんか、——もし永遠の神様がなければ、善行はない。第一、善行など不必要である。……あなたはいつも口ぐせのように、すべてが許されるといっていたのに、いまはどうしてそんなにびくびくしているのですか？」

イワンは、実際、張本人なのだ。異腹弟スメルジャーコフの下劣な心に「すべては許される」という思想を吹き込んだのは、彼イワンであった。スメルジャーコフは、この言葉を下男的仕方で解釈し、そして殺人を実行した。ちょうど夢に現われた悪魔がイワンの無神論的知性の化身であったように、スメルジャーコフは彼の無神論的妄念の肉体化を意味した。ここでドストエフスキーが暴露してみせたのは、イワンの頭脳に宿った人神という高遠な思想が、俗物スメルジャーコフの劣等な実践へと宿命的に移されていくなりゆきであった。

ラスコーリニコフの殺人は、原理として奴隷人の道徳法を侵犯する行為であった。彼は、あやまって道徳を破ったのではなく、主義としてこれに挑戦した。「ぼくは老婆を殺したのではない」——と彼はいう——「原則を殺したのだ」。同様にイワンもまた、原理の上で血を流すことを承認し、そしてスメルジャーコフがこれを実行した。キリーロフもまた、人神説の理論的帰結として、自己の血を流した。「ぼくは、我意を主張する義務がある」と彼は述べた。彼の自殺は、自分の理論を確認するための必然の行為であった。

彼らはいずれもみな、神を否認する必然的な結果として、他人の、ないしは自分の血を流したのである。しかし、自分の血であろうと、他人の血であろうと、本質的な差異はない。それはともに、人間の人格を踏みにじる行為でなければならない。ドストエフスキーはこうして、人間が神をしりぞけるや、同時にまた人間自身を破滅させるべきことを指摘したのであった。

無神論の疑似宗教性

ロシヤ的特性

ドストエフスキーの世界観のうちに、神と不死の信仰は中心的な地位を占める。もしも神がなければ、絶対的な善の基準は消滅し、また確固とした人生の意味も生の目的も失われるであろう。人間は、神なしに生きることはできないのだ。実際ドストエフスキーの作品に登場する人物は、いかに激越な無神論者であっても、いや彼らが熱烈な神への叛逆者であればあるほど、いずれもみな作者自身と同様に、「一生、神に苦しめられた」人たちであり、執拗な神の探求者であった。

『未成年』のマカール・イワノヴィチは、こう語っている。「人間は、何によれ崇拝せざるをえない。神をしりぞけると、こんどは偶像を拝み出す」と。実際、神に叛逆した人間は、あるいは個人主義的な形の「人神」に（ラスコーリニコフやキリーロフ）、あるいは集団的な形態における「人神」ないしは偶像化された「人類」に（シガリョフ、ピョートル・ヴェルホーヴェンスキー、そしてある一面でイワン・カラマーゾフも）跪拝《きはい》し、そしてその結果、彼らの崇拝する偶像神が逆に人間を破滅に導く——ドストエフスキーが摘発したのは、このようなプロセスであった。ラスコーリニコフもピョートル・ヴェルホーヴェンスキーも、ともに抽象的な観念の名において殺人を犯したのである。

無神論は、たしかに真理と善とに対する人間の悲しくもあわれな模索を意味するであろう。しかし神性をしりぞけたものは、その探求の道程で、精神的遍歴の過程でほとんど宿命的に迷路にさまよい、自己の魂を空虚と自分自身に対する不信とによって満たすようになろう——ドストエフスキーはこう信じた。それゆえに、無神論は情熱的な人間の許では、しばしば狂信的かつ戦闘的な形をとるのである。ベリンスキーがそうであった。バクーニンもそうであった。チェルヌィシェフスキーもレーニンも、そうであったのだ。そこには、ロシヤ的心性に特徴的な狂信的無神論がある。彼らの無神論は、西欧の無神論者がしばしばそうであったように、宗教的無関心から、心の冷淡さから発する不信ではなく、神への燃えるような憧憬がひそんでいる。だからこそ、『白痴』のムィシキン公爵は、こう述べたのである。

「いったんロシヤ人が無神論者となった時、彼はかならず暴力をもって、つまり剣をもって神に対する信仰の根絶を要求するようになる。……ロシヤ人は世界中のどの国民よりも、一番容易に無神論者になる傾向をもつ。しかもたんに無神論者になるばかりでなく、必然的に無神論を信仰する。ちょうど新しい宗教のように信仰するのだ。そして自分が無を信仰していることに、少しも気がつかない」。

ドストエフスキーにとって、無神論者たちは真理と社会正義の探求途上で迷路に陥った不幸な魂と思われた。だからこそドストエフスキーは『悪霊』のチーホン僧正の口をかりて、「完全な無神論のほうが、俗世間の無関心よりもはるかに尊敬に価する。……完全な無神論者は、完全な信仰に達する最後の一つ手前の段階に立っている」と述べたのである。同様に死の直前、スチェパン・トロフィーモヴィチ（ヴェルホーヴェンスキー）もまた、黙示録の一節に感動してこういう。「私は今まで、この偉大な章を少しも知らずにいた！　まったくだ、なまぬるいよりは、むしろ冷たいほうがよい！……私はそれを証明する」と。

イワンの大審問官とシガリョフ主義

ところでイワンの物語る「大審問官」の企図は、無神論が導くべき人間の自己破壊と隷属とを集団的、社会的な形で露呈する。「大審問官」は、『悪霊』のシガリョフ理論における新社会建設の青写真を受けついでいる。ドストエフスキーは、すでにみたように、「シガリョフシチーナ」を戯画化して、一種のパロディとして描いた。これに反して『カラマーゾフ兄弟』の大審問官は、純化され、理想化されたシガリョフである。彼は、十六世紀のジェスイットの姿をとって現われたシガリョフであるといえよう。

シガリョフは「人類愛の狂信者」であったが、大審問官もまた同様に、「人類への癒しがたい愛」のために、キリストをしりぞけて荒野におけるサタンの三つの誘惑を受けいれたのであった。しかしその結末は、すでに前章でみたように、シガリョフの「平等案」と本質的に等しい状況へ導く。シガリョフは、人類を二つの範疇に区分し、その十分の一に絶対の自由を与え、残りの十分の九には全き隷従を賦課した。大審問官は、このシガリョフ理論を発展させる。しかもその際、彼は同時にラスコーリニコフの思想をもある面で伝えている。つまり、十分の一の人々は、ラスコーリニコフの超人と同じく「権利をもつ人々」なのである。

これらの選ばれた少数者は、キリーロフと同様に、かぎりない悲哀を抱く。なぜならば、一般的水準の上に屹立《きつりつ》するこれらの人々は、自由の重荷を担わねばならない。しかもこの目(め)が眩(くら)むような絶対的自由の絶頂にたたずむことは、人間にとって堪えがたい苦しみであるからだ。「幾百万というすべての人間は、幸福になるであろう。しかし彼らを支配する幾万人かの者は除外される。秘密を保持するわれわればかりは、不幸に陥らねばならない」と大審問官は述懐する。こうして大審問官の教説は、シガリョフ、ラスコーリニコフ、およびキリーロフの各理念を一点に凝集し、集中的に表現する。

ある批評家は、こう指摘している。「ドストエフスキーの大審問官物語は、そのあらゆる逆説的な複雑性における現代全体主義国家の心理構造に対するすばらしい洞察を提供している。平等は、それを保証する暴君なしにはありえないのであり、他方抑圧による万人の平等化という結末を惹起しないような暴政は存しないのである。……実際に、独裁と集団性《コレクティヴィティ》とは、相互に必要な前提条件であり、一は他を、互いに自己自身のうちから生み出すのだ。さらにまた、大審問官は幾百万人の人間が自発的に、また喜悦の情を抱いてさえも、自分自身の自由を放擲《ほうほう》して独裁権力に服従するという謎を解明する答を、われわれに与えてくれる。ほとんど七十年も前に、ドストエフスキーが描いた中世風の大審問官は、今日われわれが苦心して作りあげた大衆心理学の理論を顔色なからしめるほど巧妙に、指導者の魔術的感応力と集団心理の並存を知りつくして行動しているのだ」（ルネ・フューレプーミラー『フョードル・ドストエフスキー』)。

人間主義と人道主義

近代ヨーロッパ精神史におけるヒューマニズムの危機

十八世紀の世俗的啓蒙主義は、摂理の支配の代りに人間理性の支配を置いた。正統的キリスト教が原罪をあらゆる罪悪の根源とみたのに対して、啓蒙主義は無知をもって悪の根源とみなした。こうして理性の時代は、正統キリスト教の悲観主義的人間観と世界観とを棄てて楽観主義をとったが、しかしそれにもかかわらず、キリスト教の伝統的な道徳理想を容認し、それが不可侵の絶対的善であることを暗黙の裡に前提していた。

その結果、神と隣人への愛にもとづく人間の精神的結合という宗教的な理念は、いまや世俗化されて寛容と利益の自然調和、および妥協による人類統一の理想へと転化した。万人が神の子であるという伝統的信仰は、自由民主主義のイデオロギーのなかへ世俗的な形態で受けつがれ、すべての市民は法の前に平等であり、同一の不可譲の権利をもつと主張されることになった。

しかしながら、二十世紀に出現した全体主義の理論とその実践的帰結は、こうした十八世紀と十九世紀はじめの楽天的な期待を無惨にも破壊してしまい、人類の統一にかんする宗教的および人間主義的信仰をも根底から動揺させてしまった。いまや個人の人格性は、人種ないし階級のうちに解体し、併呑《へいどん》されるにいたった。右と左の全体主義は、人間人格の絶対的価値を拒否する点で軌を一にする。マルクスの共産主義は、その唯物史観によって人間を「社会諸関係の総和」に還元し、他方ヒットラー主義はその生物学的人種理論によって、人間を彼が属する人種ないし民族の一細胞に化してしまう。

世俗的ヒューマニズムの自己否定の弁証法

ナチズムの反革命的ニヒリズムの正体は、今日なにびとの眼にも明瞭であろう。しかしドストエフスキーが何よりもまず力をこめて警告したのは、「遠き者への愛」、人類愛の名において唱導される社会主義的ヒューマニズムが、ひとたび神への叛逆の形でおし進められる時、もともとヒューマニズムの蔵していた人道的な理想は次第々々に歪曲され、ついには傷ましい人間蔑視と人間の否定とに導くおそれがあることであった。

換言すると、《Humanism》（人間主義）は、通常は《Humanitarianism》（人道主義）と重なり合う。しかしそれが、神からの離反という形で論理的決着点まで導かれるや、戦慄すべき人間の自己否定とみじめな人間蔑視とに終るのだ。なぜといって、神が拒否される結果、何らかの形の偶像化された集団が定立され、それらの地上的な価値によって絶対的価値がとり代えられ、それらの名において「近き者」、つまり生き、愛し、悩み、悦ぶ生身の諸個人の権利と生命とが犠牲に供されるからである。

啓蒙主義は、人間の理性と良心とをあらゆる外的な権威の上にたつ最終的法廷とみなし、それによって客観的な自然法秩序を把握できると信じていた。こうして主張された諸個人の尊厳性、自由、責任といった理念は、結局のところ、人間人格の本質的な道徳的価値にかんするキリスト教の伝統的思想を、暗黙のうちに認め、その力によって養われていたのである。しかしながら、やがて十九世紀にはいり良心の実体的内容が空洞化し、理性に対する信仰が薄れるにつれて、この人間人格の絶対的普遍的な道徳的価値という観念は漸次に掘りくずされ、形骸化していく――十九世紀の前半においては、個人的差別を強調する浪漫主義の風潮によって、後半においては、生物学的進化論や広義の実証主義のあらゆる思想領域への侵入によって。このようにして、人間として万人が具有すべき自然権という観念や超越的な自然法の思想は、次第に衰弱枯死するようになり、いまやそれに代って生物学的ないし経済学的な一種の自然法則による人間と社会の規整統御に対する信奉が現われた。同時に、従来の世俗的ヒューマニズムの基礎に暗黙裡に前提され、それに支持を与えていたキリスト教的価値の絶対性や普遍性はみうしなわれていったのである。

しかしながら、人格の絶対的な道徳的価値という理念が稀薄化し、赤裸々な権力から人間を守護すべき何らの実体的な倫理的防壁も崩れ落ちてしまった時、世俗的ヒューマニズムも宿命的に空洞化し、人間肯定のエネルギーを消耗して、ついに人間否定に転化してしまう。二十世紀の全体主義のイデオロギーとその政治的実践は、このことを劇的な形で暴露する。ドストエフスキーがその創作において明るみに出し、われわれの眼前につきつけてみせたのは、この意味で、神なきヒューマニズムの秘める悲劇的弁証法の展開であったということができるであろう。

【第六章】 宗教と倫理

——弁神論の問題——

科学時代に住まうものの疑惑

懐疑と不信の子

かつてドストエフスキーは、『手帳』のなかで、次のように述懐したものである。「卑劣漢たちは私のことを、神などというものを信仰している無教育な退歩主義者と嘲弄した。これらの馬鹿者たちは、『大審問官』とそれに先行する章のなかで描いた神の否定のような力強さを夢にもみたことがないであろう。これらの章に対する答が、すなわちあの長篇全部なのである。私は白痴のように（狂信的に）神を信じているのではない。ところがあの連中は、私を教化しようとして私の頭が発達していないのを嘲笑しているのだ！　いや彼らの愚鈍な天性には、私が乗りこえてきたような、ああした力強い否定など夢にもみたことがないのである」。

実際ドストエフスキーの全作品は、彼自身血の涙とともに体験した精神的遍歴の、赤裸々な告白なのだ。彼の創造した作中人物たちの姿には、疑いもなくドストエフスキー自身の姿の断片が刻まれている。彼はこれらの主人公たちの悲劇を通して、自分自身の魂の奥底にひそむディレンマを解剖してみせているのである。彼らの間でくりひろげられる真剣な討論や弁論は、作家自身のうちにある神の信仰者と神の否定者との間でなされた対決を表現する。ドストエフスキーの創造した無神論者たちの思想は、かつて青年時代に彼自身がベリンスキーの影響下に形成した自己の無神論や、神的創造に対する懐疑の影を映している。他方、ムィシキン公爵、マカール老人、チーホン僧正、アリョーシャ、ゾシマ長老など、神の伝道を行なう人物たちもまた、ドストエフスキーみずからシベリア流刑の煉獄のなかで到達した信仰の境地を分有しているのである。

疑いもなく、彼は同時代の合理主義者、功利主義者、実証主義者、唯物論者たち――ベリンスキー、グラノフスキー、カヴェーリン、ゲルツェン、バクーニン、チェルヌィシェフスキー、ピーサレフ、ラヴロフ、ミハイロフスキー、その他のナロードニキ社会主義者たちの立脚する哲学的基礎を、彼ら自身よりもはるかに奥深く究め、ずっと深刻にみずから体験し、そして、ニヒリズムを徹底してその限界を究めた後に、ふたたび神と正教会の懐へ身を投じたのであった。彼の作品には、いたるところで懐疑と信仰の間にひき裂かれた人間の精神的彷徨と魂の葛藤とが描かれている。なぜといって、作者自身が何にもまして神の問題に、終生苦しんでいたからである。一八五四年の二月に、彼はデカブリスト、フォンヴィージンの妻にあてた手紙のなかで、きわめて率直にもこうみずからの心境を告白している。

「私は世紀の子です。今日まで、いやそれどころか、棺を蔽《おお》われるまで、不信と懐疑の子です。信仰に対する渇望は、私にとってどれだけ恐ろしい苦悶に価したか、また現に価しているか、わからないほどです。その渇望は、私の内部に反対の論証が増せば増すほど、いよいよ魂のうちに根をはるのです」。

『白痴』におけるイポリットの告白

たしかにドストエフスキーの作中人物は、こうした彼の内心の告白に示されているような「不信と懐疑の子」であり、「世紀の子」の面影を宿している。つまり彼らは、自然科学のめざましい進歩と、科学主義的思考の深い影響下にある「世紀の子」なのである。自然科学の必然性——「二二が四」といった数学的法則の冷厳な貫徹をうち眺め、人間の合理性だけに頼ろうとする近代人にとって、もはや神の実在を単純素朴に信じることはきわめてむずかしい。近代人の理性——イワン・カラマーゾフのいう「ユークリッド的知性」——は、神の奇蹟にも、キリストの神人性にも疑いの眼をむけざるをえないのである。近代人にとって、いまや冷厳非情な自然法則の作用は、人間的自由のみならず、神に対しても対立するものと迫ってくる。ドストエフスキーは、この問題を『白痴』におけるイポリットの「告白」のなかで展開する。イポリットは、ラゴージン邸でみた陰鬱な絵——十字架からおろされた直後のキリストを描いたホルバインの絵画に、いたたまれないような気持をもつ。

この絵は、「十字架にのぼる前にも、十字架を背負い、十字架の下になって倒れたり、傷や拷問や番人の鞭や愚民の笞《しもと》をうけたりしたあげく、最後に六時間の十字架の苦しみを忍んだ一個の人間の死骸の赤裸々な描写である。……まだどの部分も硬直していないから、いまでもまだ死骸の感じている苦痛が、その顔に覗いているようにさえ見える。……そこには自然があるのみだ。……彼の体も十字架上で、まったく完全に自然律に服従させられたに違いない。この絵の顔は、鞭の打擲《だてき》でおそろしく頽れ、ものすごい血みどろな打身のために腫れあがって、目は開いたままで、瞳をやぶにしている……。

この責めさいなまれた人間の死体をみているうちに、一つの興味ある奇妙な疑問が浮んでくる。もしもこうした死骸を、キリストの弟子一同や、未来のおもな使徒たちや、キリストを慕って十字架のそばに立っていた女たちや、その他すべて彼を信じ、崇拝していた人々が見たとしたら、現在こんな死骸を目の前に控えながら、どうしてこの殉教者が復活するなどと、信じることができようか？　もしも死がかように恐ろしく、また自然の法則がかように強いものならば、どうしてこれを征服することができよう、こういう観念がひとりでに浮んでくるはずだ。生きているうちには、《娘よ、起て》と叫んで死せる女を立たせ、《ラザロよ来たれ》といって死者を歩ませるなどして、自然を服従させたキリストさえ、ついにはうち破ることのできなかった法則なのである……。

この絵を見ているうちに、自然は、何かしら巨大な、貪婪《どんらん》飽くなき唖の獣のように感じられてくる。いや、それよりももっと正確な――すこし妙ないい方だが、はるかに正確な比喩がある。ほかでもない、最新式の大きな機械が、無限に貴く偉大な創造物を、無意味にひきつかみ、こなごなに打ち砕き、なんの感動もない鈍い表情で呑み込んでしまった、といった感じが、この絵に現われた自然である」。

イポリットをとらえた疑惑は、恐ろしい疑惑である。それは、科学時代に住まうわれわれ自身の疑惑でなければならない。自然とその冷酷なまでに一切を貫く法則の作用は、暗愚で、無意味な、永遠の力であり、人間の希望も、信じようとする心も、すべてを粉砕してしまう。それはキリストさえもついに征服できなかった力であり、自然への神の敗北、いや神の実在そのものを否認してしまう力、キリストの復活をも疑わしめる力なのだ。いったいなぜ神は、その子イエスにこのような死を与えたのであろうか？　ムィシキン公爵も、「あの絵を見ているうちに信仰を失う人さえあるに違いない」と述懐する。

現代人と宗教

われわれは、理性に頼って生きる傲慢な自我中心の人間である。われわれが住まうのは科学と技術万能の時代であり、広義の実証主義的思考様式がわれわれを捕えている。こうした精神風土のなかで、われわれの生のあらゆる根本問題は解きえない永遠の謎のまま残されている。われわれの生とこの世界にかんして、何か、なぜに、また何のために、といった問いを実証科学に発してみてもむだであろう。科学は、生の難問に対して、せいぜいのところ、いかにして世界と生命とは発生し、成立しているか、を答えうるにすぎないからである。

われわれの多くは、もはやこうした生の難問を解決しようともせず、ひたすら日常生活のルーティンにひきいれられ、生活の些事に心を奪われている。いまやわれわれは、「いかに生きるべきか」、「生の目的とは何か」、「生とは何か、死とは何か」といった自己の生の根本問題を沈思しようとはせず、静夜にまたたく天空の星影を仰ごうともしない。いやむしろ、こうした恐るべき生の難問に直面するのを避け、われわれの魂の根源を忘却するために、ただただ日々の俗事に没頭し、増大したレジャーの時間を低級ななぐさめごとをもって充満させようとあくせく努めている。そして死ぬが死ぬ日まで、われわれは科学や医学の進歩に大きな期待をかけている。死に臨んでトルストイの《イワン・イリッチ》をおそったあの恐ろしい問いをみずから問う間もなく、すっぽり空虚な死がわれわれをつつみ隠してくれるように、と願っているのだ。

「神は実在するのか？――わからない。霊魂は存在するか？――わからない。死後に生は残されているのか、いないのか？――わからない。生に目的はあるのか？――わからない。なぜ生きているか？――わからない。本当に生きているのか、真に存在しているのか？――わからない。では、いったい何を知っているのか？　何か知ることはそもそも可能なのか？――わからない。ところで、こうした一貫した《わからない》こそが、科学と呼ばれているのであり、しかも人々は大みえをきって手をたたき、満面笑をうかべてこう叫ぶ。《人間精神の進歩は無窮であり、われわれは、もはや神への信仰さえも必要ではない。なぜといって、やかんの水がたぎると蓋をあげる……ことを、いまや科学が観察しているからである》と」（トマス・マサリク『近代人と宗教』）。

われわれの多くは、こうして自己の精神の根源を忘失し、神と信仰の問題を不問にふしたまま、空虚で無意味な生を送っている。しかしながら、ドストエフスキーにとって、また彼の作中人物にとって、神と信仰の問題こそは最重要な問題――その解決なしには、もはや生きていくことのできないような問題であった。もしも神の実在を信じることができ、被造物がすべて神に依拠するならば、その時はじめて世界と人間の生は意味をもち、目的を有するものとなるであろう。ドストエフスキー自身、シベリア流刑のおり、また生涯の苦難の時期に、心の支柱を求めて放浪した。彼の作中人物はすべてみな、一生、神に苦しめられた人たちであった。ミーチャ・カラマーゾフが有罪を宣告され、シベリアの炭坑へ送られることが決定した時、「神なしで囚人は生きていくことはできない」と叫ぶ。このミーチャの悲痛な叫びは、いうまでもなく作者自身の告白の言葉であったに違いない。

『ヨブ記』

さて、ドストエフスキーと彼の創作した作中人物たちを苦しめた問題――それは、はたして神が実在するか否か、神が実在するとして、なぜに神の創造したこの世界はかくも多くの非合理や悪に充満しているか、といった問題であった。

ドストエフスキーが少年時代に、教会の聖歌隊の一人として奉仕していた頃のことである。彼は旧約の『ヨブ記』を読み、いたく感動した。神はサタンと契約し、神の忠実なしもべヨブをサタンの手に委ねる。サタンはヨブを神に対して叛逆させようと、ありとあらゆる不合理的な苦痛を彼の身にふりそそぐ。しかしヨブはついに神への信仰を貫き通し、サタンは神に敗退する。――この『ヨブ記』の物語は、一生涯にわたって苦難に面したドストエフスキーに心の支柱を与えたものである。

後年エムスで療養中、彼は故郷の妻にあててこう書いた。「ヨブ記を読んでいる。この書は、私に病的な感激を喚び起す。本をすててほとんど泣かんほどで、一時間ほど部屋のなかを歩き回る。……この書は、アーニャ、不思議な話だが、私の生涯のうちで深い感銘をうけた最初の書物の一つだ。その当時、私はまだほとんど赤ん坊だったが！」（一八七五

年六月十日付の手紙)

現代のヨブたち

ドストエフスキーの全作品は、ヨブの精神的ドラマを、十九世紀ロシヤのインテリゲンツィヤの精神的彷徨の形で再構成する。現代のサタンは、エホヴァ神と賭けた旧約のサタンと異なって、ずっと巧妙な仕方で人間を苦しめる。たんに疫病や天変地変などの災害のみならず、今日のサタンは新しい方法に、つまり人間を「信仰と不信との間に彷徨させる」という心理的方法に訴えて、魂のうちに堪えがたい苦痛を惹起させる。なぜならば――イワン・カラマーゾフが夢のなかで悪魔と交した有名な対話において悪魔が述べているように――「動揺、不安、信仰との闘い、これは君のように良心ある人間にとって、首を縊《くく》った方がましだと思わせるほどの苦痛を与える」からだ。

旧約のサタンは、義人ヨブの心中に懐疑と不信をよび起し、彼を神から離反させるために、ヨブにとって不当な、身におぼえのない数々の苦痛を注いだ。この同じ不当で不合理な苦しみこそ、ドストエフスキーの主人公たち――啓蒙的知性の洗礼をうけた合理主義の知識人たちが、神に対する不信と叛逆とをよびさまされる躓《つまず》きの石であった。良心的な人道主義者として、全人類の苦悩をわが身にひき受けて悩むロシヤのインテリゲンツィヤ——彼らこそは現代のヨブにほかならない。彼らはこの世にかくも多くの苦悩、矛盾、不正を創造した神を認め、信仰することができない。その上、ロシヤの正教会は、農奴制度にもとづくツァーリズムと抱合し、ツァーリをもって地上における神的権力の代理者と祝福しているではないか。《良心の呵責に悩む》ロシヤ・インテリゲンツィヤは、ドストエフスキーの作中人物たちと同様に、人類に対する限りない同情のゆえに、その博愛的なヒューマニズムのゆえに、神と神の創造した世界とに叛逆したのであった。青年時代のドストエフスキーを無神論的社会主義者ベリンスキーと交らせ、次いでペトラシェフスキーの社会主義的サークルに加入させたのも、この同じ不当かつ不合理な人類の苦痛に対する疑惑であった。

神への不信と弁神論の拒否

イワン・カラマーゾフの不信

『カラマーゾフ兄弟』は、信仰と不信との間の精神的対決にかんするドストエフスキーのテーマを、もっとも深刻に展開している。ドストエフスキーは、かつてみずから嘗めた疑惑の精神をイワン・カラマーゾフに体現させる。イワンは、作者自身の鋭敏な知性の力と道徳的純潔さとを付与された人物である。神に対する彼の不信と疑惑は、きわめて鋭い。これほどまで深刻に神と対決した文学作品は、近代文学のうちで他に求めることはできないであろう。

ドストエフスキー自身も『手帳』のなかで、自分に公開状を寄せた、自由主義者カヴェーリン――ベリンスキーに多大の期待を寄せられ、後年ロシヤ法史学と法哲学の分野におけるすぐれた学者となったカヴェーリンに対して、『カラマーゾフ』を弁護してこう書いている。「大審問官と、子供にかんする章。これらの章にかんして、君は私に対して科学的な態度で臨むことはできない。また哲学の面についても、あれほど高慢な態度をとるべきではなかったはずだ。……ヨーロッパにおいても、あれほどの力をもった無神論の表現は、現在もないし、また過去にもなかった」と。ドストエフスキーがニイチェの先輩である以上、彼の自負は、正当なものと認めなければならないであろう。

さてイワンは、ありきたりの自己満足した無神論者ではない。いわんや彼は、神なしで安んじて生きる宗教的に無関心な徒輩ではない。神の問題、霊魂不死の問題は、イワンを塗炭の苦しみに陥らせる。信仰と不信の間の精神的彷徨と苦悶のあまり、悲劇的運命をたどった思想の殉教者——イワンはこうした人物である。イワンの心中の秘密をみぬいたのは、人間の魂の奥底を透視する力をもつゾシマ長老である。「実際あなたの心中で、この問題はまだ解決されていない。この点にあなたの大きな悲しみがある。なぜならば、それはどこまでも解決を強要するからです。……しかし、こういう苦しみを悩むことのできる高邁な心をお授け下さった創造主に、感謝なされよ」と長老はイワンに語る。こうして長老は、イワンの偉大な心の悩みに敬意を表し、彼が長い精神的遍歴のあと、ついに神の許へたち帰るように祈った。「どうか神様のお恵みで、まだこの世におられるうちにこの解決があなたの心に訪れますように」と、長老はイワンを祝福する。

幼児の涙

イワンは、徹底的な合理主義者である。アナクサゴラス、プラトンから、デカルト、カントにいたる西欧の理性の哲学の伝統的知性は、彼の一身に体現される。イワンは自己の人間的理性を誇り、理性を拒否するよりは神の世界を拒否するほうが、彼にとってやさしい。もしも世界の秩序が理性によって承服されないならば、世界を受けいれることはできない。彼は、一切の不合理な、ないし非合理的な要素と妥協することができない。彼の悲劇は、ここに発生する。つまり、彼の理性的認識は、この世の秩序のうちに何らの意味をも見出しえないのである。

世界には非合理的な要素、理性によって納得しえない悪と苦痛とが充満している。イワンは、こうした悪のもっとも純粋な形態の上に――罪のない幼児の身にふりかかる苦痛の上に、自分の無神論をもとづかせる。「ぼくは一般人類の苦悶について話すつもりだったが、それよりもむしろ子供の苦悶だけにとどめよう」――とイワンは弟アリョーシャに語る。なぜといって、「大人は知恵の実を食べて善悪を知り、《神のごとく》なってしまった。そして今でもやはりつづけてその実を食べている。だが、子供はまだ何も食べないから、今のところまったく純真無垢なのだ」。

イワンは、罪なき幼児のうけた苦痛の「コレクション」から、数例を語って聞かせる。ブルガリアでトルコ兵によって八つ裂きにされる子供、善人ときこえた一将軍の愛犬を傷つけたばかりに、猟犬に狩りたてられてかみ殺される召使の子供、ベッドをよごしたばかりに寒い一夜を便所に閉じ込められた五歳の子供——これらの子供たちの涙と苦痛は、いかなる理由づけも許されず、絶対に承認されないのだ。

「まだ自分の身に生じていることを完全に理解することのできない小さな子供が、暗い寒い便所のなかでいたいけな拳を固めながら、痙攣に引きむしられたように胸を叩いたり、悪げのない素直な涙を流しながら、《神ちゃま》に助けを祈ったりするのだ——え、アリョーシャ、君はこの不合理な話が説明できるかい。君はぼくの親友だ。神の聴法者だ。いったい何の必要があって、こんな不合理が創り出されたのか、一つ説明してくれないか！　この不合理がなくしては、人間は地上に生活できない、なぜならば善悪を認識することができないからだ、などと人はいうけれども、このような価を払ってまで、くだらない善悪を認識する必要がどこにあるのか？　もしそうならば、認識の世界全部をあげても、この子供が《神ちゃま》に流した涙だけの価もないのだ。ぼくは大人の苦痛のことはいうまい。大人は禁断の実を食べたのだから、……みんな悪魔の餌食になってもかまわない。ぼくがいうのは、ただ子供だけだ、子供だけだ」。

もしも世界の調和、神の国が、不合理な血と涙とを代償としてのみ得られるのであるならば、そのような調和は拒否されなければならない――イワンは、このように結論する。なぜならば、こうした「調和はあまりにも高価なのだから、そんな入場料を払うのは、ぼくの懐ろに合わないのだ。だからぼくは、自分の入場券を急いでお返しする。……アリョーシャ、ぼくは神を承認しないのではない。ただ《調和》の入場券をつつしんでお返しするだけだ」。

ベリンスキーによるヘーゲルへの叛逆

こうしたイワンの叫び――「ぼくは調和など欲しくない。つまり人類に対する愛のために欲しくないのだ」という悲痛な言葉は、ロシヤ・インテリゲンツィヤの精神的な父、無神論的社会主義者ベリンスキーを想起させるであろう。

ベリンスキーは、友人にあてた手紙のなかで、ヘーゲル哲学に対する自己の総決算を与えた。それは、歴史の神学としての、弁神論としてのヘーゲルの歴史哲学に対する挑戦を意味した。「ヘーゲル哲学において」——と彼はいう——「主体は自己目的でなく、普遍者の瞬間的な表現のための手段にすぎない。そして普遍者は、主体に対してモロークなのだ」と。さらに彼はつづけてこう書いた。

「主体、個人、人格の運命は、全世界の運命とシナ皇帝（すなわちヘーゲルのアルゲマインハイト）の安全よりも、より重要なのだ。人は私にいう。精神の自由な自己悦楽のために自己の精神の全宝庫を発展させよ。泣いて慰安を求めよ。喜悦せんがために悲しめ。完成に一路精進して、発展の階段の最高段へ昇れ。しかし躓いたら——急転直下、勝手にくたばるがよいと。うやうやしく感謝します、エゴール・フェオドルィチよ（ヘーゲルのロシヤ風の呼び名）。私はあなたの哲学帽にお辞儀いたします。だが、あなたの哲学的俗物主義に恰好な尊敬をもって、私はあなたにこう申し上げる光栄をもつ。

もしも私が発展の階段の最高段までのぼることができた暁には、私はそこからあなたに対して、生と歴史の諸条件のあらゆる犠牲、偶然と迷信とフィリップ二世の宗教裁判などのあらゆる犠牲について、説明を求めるであろう。さもなくば、私は最高段からまっさかさまに身を投げるであろう。血をともにする兄弟、骨と骨、血と血とをもって結合した同胞の各人について、私の心が安らかでないならば、私は幸福を、たとえそれが無料《タダ》であっても求めはすまい。人はいう、不調和は調和の条件であると。定めしこれは、音楽狂にとってこそ、好都合でもあり、快くもあろう。しかし、むろんこれは、自己の運命によって不調和の理念を体現すべく決定づけられた人々にとっては、そうではないのだ」(一八四一年三月一日付のボトキンあて手紙)。

歴史の神学としてのヘーゲル哲学

神はその意志の表現である世界を超越するのみならず、同時に世界に内在するという想定は、およそ歴史の神学的解釈の本質的な要素である。神の意志が善であり、絶対的価値である以上、現実世界は完全なものとみなされねばならない。現実と価値とのドゥアリズムは、神学において認められず、価値は現実のうちに内在すると想定されるのである。こうした神学的思想こそがヘーゲルの歴史哲学の神髄であり、それによると世界史は絶対的な論理的価値とともに論理的価値をも代表する理性の自己実現にほかならない。もしもこの想定が正しいならば、いかなる歴史的事件も世界精神の顕現であり、それゆえに理性的であり、そこには偶然性のどのような支配も考えられないことになろう。

この意味においてヘーゲルは、その『歴史哲学講義』を、「過去に起ったこと、また日々起っていることは、神なしにありえないどころか、むしろ本質的に神の業そのものである」という言葉をもって結んだのであった。

したがってベリンスキーが、「個人の運命は全世界の運命よりも重要である」と断じ、「偶然と迷信とフィリップ二世の宗教裁判などのあらゆる犠牲」について、ヘーゲルの釈明を求めた時、彼は弁神論としてのヘーゲル体系に挑戦したのであった。

歴史の進歩に対する抗議

全体の調和と個人の犠牲、「最大多数の最大幸福」と一握りの少数者の不幸、「調和の国」と「子供の涙」というアンチノミイは、たんに社会的空間においてのみならず、歴史的時間の次元においても発生しよう。今日の世代の不幸を明日以後の多くの世代の幸福によって、現在の生の不条理を未来に実現されるべき地上の、ないしは天上の調和完成によって正当化し、意味づけようという理論——歴史の「進歩」の理論も、こうしたアンチノミイを免がれることはできない。ベリンスキーは、究極の未来の進歩完成によって、個人がこうむった犠牲を償うことができると説く社会哲学や歴史哲学を、絶対に許すことはできなかった。

「もしも私が、偶然と不合理と本能の力が克服されることを見ることができたならば、理性が勝利し、未来はよくなるであろうと私が確信するに違いないとしたところで、いったいそれが私にとって何の価値があるだろうか？　もしも私が汚辱にまみれ、しかもそのことに私の罪がないならば、私と君の子供たちがよき未来をもつであろうとしても、私にとってそれがいったい何の価値があろうか？」。このような言葉でベリンスキーは、現実の生身の個人の不幸と進歩の過程に実現される社会の全般的幸福との間の二律背反という悲劇的問題を提起したのであった。

疑いもなくドストエフスキーは、イワン・カラマーゾフの神への叛逆を構想する際、自分の処女作『貧しい人々』を激賞して文壇へのはなばなしいデビューを助けたベリンスキー、青年時代に自己の精神形成に巨大な感化をおよぼしたベリンスキーの面影を、イワンのうちに刻みこもうとしたのである。このベリンスキーこそは、個人の罪なくして受けた苦痛と汚辱のために全体のうるわしい調和を拒否し、何らの罪なき子供の涙を条件として、その上に築かれた楽園へはいる入場券を神に返上したイワン・カラマーゾフのモデルであった。

イワン＝ベリンスキーにとって、この世に不調和を許し、罪なき個人の犠牲を黙認する神は、しりぞけられなければならない。今日生きる生身の諸個人の贖《あがな》われない血や涙の上に築かれる未来の進歩は、拒否されなければならない。そしてかような神を否認し、こうした進歩を拒絶させたものは熱情的な人類への愛であった。イワンと同様に、ベリンスキーもまたこう述べている。「私のうちには、何かこう、野蛮な悪鬼に憑かれたような、狂気じみた人間人格の自由と独立とに対する愛情が発展した」と（一八四一年六月二十七―二十八日付のボトキンあて手紙）。

このように、イワン＝ベリンスキーの神への不信と疑惑は、有名なライプニッツの弁神論――悪は、ちょうど食物の薬味のように、また音楽における不協和音のように、世界全体の調和と美とをこれによってかえって増す、と論じる楽観的弁神論の教説を、苦もなく突き破ってしまう。

「死の家」における苦悩と不信の克服

イワンの無神論的論理の強靭さ

イワンは、ヴォルテール流の瀆神《とくしん》の嘲笑や、月並な神の否定者の言説を無視し、軽蔑する。彼の論証はより真剣であり、巧妙であり、そのゆえに一段と危険である。イワンは、神の実在を確信する信仰者に対して、もっとも重要な一点を、つまり神の存在を譲歩し、容認する。このような巧妙きわまる戦術の結果、イワンはかえって自分の論証の効果をいっそう強めるのである。彼は「神様を承認しないのではない」、ただ、神の創造した世界を認めないのである。彼は神を認める――しかしそれは、神が創造した世界の不合理な要素や悪や不当な苦痛に対して、神に責任を負わせ、そうすることによって、神に対して「つつしんで」神の国、調和の国へはいる入場券を返上するためなのだ。

このようにイワンの「叛逆」は、十八世紀のそうぞうしい、しかしナイーヴな無神論者や瀆神者たちの不信よりも、はるかに恐るべきものとなる。イワンは、たんなる月並の無神論者ではなく、ちょうどバクーニンのように戦闘的な神への叛逆者なのだ。イワンの不信は、ベリンスキーやバクーニンの無神論と同様に深刻である。彼は西欧の無神論者たち――シュティルナー、フォイエルバッハ、マルクス、プルードンたちよりも、いわんやヴォルテールやディドロよりも、より狂信的な神の否定者であった。

イワンの論証は、もはや論駁《ろんばく》できないように思われよう。彼は、「神の聴法者」アリョーシャに向って、自分の無神論的帰結を受け容れるようにと要求する。「さあ、ぼくは君を名ざして尋ねるから、真直に返事をしてくれ。いいかい、かりにだね、君が最後に人間を幸福にし、平和と安静を与える目的をもって人類の運命の塔を建設しているものとして、このためにただ一つの小さな生物を――例のいたいけな拳を固めて自分の胸を打った女の子でもよい、――どうしても苦しめなければならない、この子供の贖われない涙の上でなければ、その塔を建てることができないと仮定したら、君ははたしてこんな条件で、その建設の技師となることを承諾するか？　さあ、偽らずにいってくれ！」

このイワンの問に対して、ゾシマ長老の愛弟子は、「いいえ、同意しません」と答えざるをえない。アリョーシャもまた、罪なき人間の上に築かれた調和の国の建設技師になることはできないのだ。このような神の国を、アリョーシャも信じ、受けいれることはできない。こうしてイワンは、アリョーシャを説伏してみずからの「叛逆」に加担させる。この世に充満する不当かつ不合理な悪や苦悩——世界悪、歴史悪は、人間の理性、つまりイワンのいう「哀れな地上的の、ユークリッド的知性」をもってしては、とうてい説明し、解決することはできないのである。したがって、「ユークリッド的知性」を前提するかぎり、不合理な悪を存在せしめた神とその創造になる世界を承認することはできない。

　精神的苦悩と神への疑惑のうちに身を滅ぼすイワンのうちには、疑いもなくかつての作者自身の姿が刻まれている。そしてドストエフスキーは、一生涯の間、ミーチャがあの有名な夢のなかで行なった、同じ問をみずからくり返していたことであろう。「聞かせてくれ、なぜその焼け出された母親たちは、ああして立っているのか、なぜ人間は貧乏なのだ。なぜ子供たちは不幸なのだ。なぜ真裸な野原があるのだ。なぜあの女たちは抱き合わないのだ。なぜ接吻しないのだ。なぜ歓喜の歌を歌わないのだ。なぜ黒い不幸のために、こんなに黒くなっているのか。なぜ子供たちに、乳を飲ませないのか？」と。

神なき人類愛の導くさき

アリョーシャは、兄の無神論的論証に承服しないわけにはいかなかった。なぜといって、もしも彼が「子供の涙」を代償として人類の幸福と歴史の進歩を贖うことに同意したならば、その時、彼は、自己のうちにある神の似姿を失い去って人間たることを止めるにいたったであろうからである。イワンの論証の鋭さは、彼が悩める人類への愛のために神を否認し、不当な苦しみに泣く被造物の擁護者として、創造主に反抗した点にあった。しかし、ほかならぬこうしたイワンの神への挑戦のうちに、すでにしてサタンの誘惑と欺瞞とがひそんでいる。無神論者は、ベリンスキーのように、バクーニンのように、はたまたフォイエルバッハやコントのように、高邁な人道的感情に訴え、人間主義（ヒューマニズム）の旗を掲げる。しかし、ひとたび神と不死の観念をしりぞけた時、宿命的に無神論者の語る愛と同苦の言葉はたんなる修辞となり、虚言と化してしまう。アリョーシャは、かつてイワンがみずから述べた思想を彼に想い起させることができたはずであったのだ。すなわち、「地球上には、人間同士の愛を強いるようなものはけっしてない。人類を愛すべしという法則は、まったく存しない。もしもこれまで地上に愛があり、今日もあるならば、それは自然法則のためではなくして、人間がみずからの不死を信じたからである。……人間から不死の信仰を除去したならば、人類の愛がただちに枯死するのみならず、この世の生活をつづけるために必要なあらゆる生命力が消滅するであろう。それればかりか、その時は非道徳的なことはすべてなくなり、すべてが、人食いさえもが許される……」。

他方、『未成年』のヴェルシーロフも、哲学的自然神論者《ディスト》と自称し、神なき未来の世界像をフォイエルバッハ流に想像する。しかし彼には、この「黄金時代」の空想において、しょせん人類はキリストなしにすますことができないものと思われた。神なき人間同士の愛とは幻想にすぎないことを、ヴェルシーロフは認めないわけにはいかなかったのである。彼はこう告白する。

「どうして人間が神なしに生きていけるのか、いつかそれが可能になる時がくるだろうか、と時に想像してみないわけにはいかなかったが、しかし私の心はいつも不可能の方へ判決を下していた。……私はどうしても、キリストなしにすますことができないのだ。孤独になった人間のあいだに、キリストを想像せずにいられないのだ」と。

後述するように、フォイエルバッハもコントも、ともに同胞愛の名において神とキリストを拒否した。しかも両人は神を撲滅した未来の合理主義的時代のうちに、それぞれの仕方で新しい神を——人類という名で呼ばれる疑似神性をうちたてないわけにはいかなかったのである。

神とその不合理な創造に対して「叛逆」し、不死の思想をしりぞけたイワンは、彼自身認めたように、真に人間を愛することができなくなるであろう。しかし、それにもかかわらず、イワンはここで神の世界をしりぞけつつ、人類愛の仮面をつけてたち現われる。彼は、あたかも神よりもいっそう善良で、憐憫と愛とをより多くもつかのように振舞うのだ。そして彼は、神の創造よりも、いっそう正当かつ合理的な世界秩序を建設しようという、あの「大審問官」の誘惑に身を委ねる。

しかし、「ユークリッド的知性」にもとづく大審問官の事業は、すでに第四章において述べたように、神なきヒューマニズムの導くべき陥穽《かんせい》を、自然必然的な法則の支配する合理的社会——つまり自由の死滅した「蟻塚」式の人間社会図を告げ知らせた。イワンの企図は、魔王ルキフェルとともに古くて新しい人間の僭越と倨傲《きょごう》とを意味した。青年ドストエフスキーもまた、この野望からまぬがれることはできなかったのである。

神への不信＝人間への不信

ドストエフスキーがイワン＝ベリンスキー的無神論を克服して、決定的に「信仰への渇望」を満たす途に出たのは、シベリヤの懲役生活においてであった。彼はそこで、まったく新しい側面から、つまり「死の家」から生を眺め、苦役と孤独の境遇のなかで、魂の改心を体験した。彼はシベリヤにおいてはじめて徹底的に人間の魂の奥底を覗き、その恐るべき深淵を究めたのである。その結果、彼は、人間の魂の基底にひそむ隠れた矛盾や危険を知り、理性と本能との間の葛藤をみた。人間とは、本質的に非合理的な存在であり、意志こそが生の真実の源泉なのだ。人間の実存は、たんなる理性によっては把捉しえない力によって決定されるのだ。

同時にドストエフスキーは、流刑生活の言語に絶するつらい体験を通して、苦悩による自己浄化について確信するようになる。彼が倫理の根本問題について、倫理の形而上学的ないし神秘的基礎について確信するようになったのも、このような深刻なニヒリズムの克服と精神的甦生の過程においてであった。

人間のプロメテウス的倨傲と無神論の導く袋小路は、いまや苦悩の浄火をくぐり抜けたドストエフスキーの眼に明白となった。人間は神への信仰を失った時、同時に人間自身への信頼をも失っていくであろう。無神論的知性はヒューマニズム（人間主義）の名において、人間を神から解放すると称しつつ、しかもその実、新たな偶像――個人的、集団的な「人神」に人間を隷属させるであろう。しかも、もしも神がなく、霊魂不死の観念が撲滅されるならば、その時、虚無的な恐ろしい結末――「すべては許される」という帰結が不可避的に生じるであろう。

神と神の創造した世界の秘義は、人間の理性――「地上的なユークリッド的知性」によって捕捉することはできないのだ。イワン＝ベリンスキーは、神を、はかり知ることのできない神の大いなる意志を、自分の「ユークリッド的知性」によって捕捉できることを要求する。しかし把捉しえた意志は、神の意志ではなく、理解できた調和はどこまでも此岸の調和にとどまるのだ。イワン＝ベリンスキーの傲慢と僭越は、「哀れな地上的のユークリッド的知性」の次元に神の大いなる意図を引きおろし、その限界内でしか神の意志を認めまいとすることにある。

あくまでも自己の小なる人間理性を固執し、はかり知ることのできない神の大いなる意志の前に謙虚な心をもって頭を下げない者、そのような人間は、破滅を運命づけられている。一切の不合理、背理をすて去って信仰へと《死の跳躍》をなしえた者だけが、真にニヒリズムを克服して、生を肯定することができるのだ。神の実在を確信しえた者――冷やかな理性の論証によってではなく、苦悩の浄火のうちに神の実在を全身的に体験し、感得しえた者だけが、もっとも悲しむべき不幸のうちにあっても、あのミーチャ・カラマーゾフのように、大地の底から頌歌《しょうか》を唱い出すであろう。

「いや、生命は充満している、生命は大地の下にもあるのだ……どんなに多くの苦しみの中にも、自分は存在する。拷問にさいなまれても、自分は存在するのだ！……そして太陽を見ている。たとえ見えなくても、太陽のあることを知っている。太陽があるのを知るのが、すなわち全生命なのだ」。

ドストエフスキーはこうして、シベリヤ流刑の絶望の日々のうちに、無神論に代る新しいもの――人間の生に意味を与え、生きる力を与えるようなものを渇望し、探求して、ついにそれを神への信仰に見出した。「私は子供のようにキリストを信じ、宣伝するのではない。私のホザナは、疑惑の溶鉱炉をくぐってきたのだ」と、彼は死の直前に述べている（『手帳』）。

スタヴローギンの精神的放浪

まことにドストエフスキーにおいて、神は恐るべき苦悩として人間の魂のうちに現前する。神の実在性は、苦悩の浄火、「疑惑の溶鉱炉」をくぐる者の魂だけに、ありありと開示されるのだ。ドストエフスキーの作中人物にとっても、作者自身と同様に、神とは呻き声をたてずにおられないような、筆舌につくしがたい苦悩を意味した。『悪霊』の主人公スタヴローギンにとっても、神とはまさにこのようなもの、人間に襲いかかってくる宿命のごときものであり、それを避けようとしても避けることのできない実在であった。スタヴローギンの「告白」のなかで、ドストエフスキーは主人公の「マトリョーシャ体験」を通して、こうした責苦の形で現われる神の実在性を、おそらくカフカを除くと、近代文学上、他に比類ないほどの芸術的迫真力をもって描いている。

スタヴローギンは、ニヒリズムの化身である。「神がなければ、すべてが許される」という格言を、彼は生のあらゆる局面で平然と実行に移す。「自分は善悪の区別を知りもしなければ、感じもしない」——と彼はチーホン僧正に読ませた「告白」のなかで述べている——「いや、自分が善悪の感覚を失ったばかりでなく、もともと善悪などというものは存在しない。ただ偏見があるにすぎない。自分はあらゆる偏見から自由になることができるが、しかしこの自由を獲得したら身は破滅だ――とこういう風に感じた」。

善悪の彼岸にあって既成道徳のあらゆる掟からその身を解放したスタヴローギンは、冷静な自意識をもって平然と、ありとあらゆる種類の醜行と犯罪を犯す。上流社交界における、人の意表に出た不作法とスキャンダルをはじめ、窃盗、不信義、白痴女との結婚、重婚、暴行などなど、およそ彼の心中には一般人の行動を縛る世間的体面も、恥の意識も、良心さえも、すべては姿を消している。マトリョーシャという少女を陵辱し、ついに自殺へおいやったのも、彼にとってはたんに生活の上の一エピソードにすぎない。

一切の「偏見」から解放されたスタヴローギンは、こうして得られた自由の空虚のうちに生を支えるすべてのものを失い、限りない退屈と不安と懊悩を味わう。「何よりもいやなことは、頭がぼうとするほど、生活に飽き飽きしたことである」と彼は告白している。そこで彼は世界を放浪する。東洋へも行った。エジプトへも足を踏み入れた。アイスランドも訪れた。ゲッチンゲン大学では、一年間退屈な講義を聴講しもした。

「マトリョーシャ体験」

「二年前にフランクフルトで」——と彼は回想する——「ある紙屋の店先を通りかかった時、私はたくさんな写真の中で、優美な子供服を着た娘の小さな写真に眼をつけた。それが、恐ろしくマトリョーシャに似ているのであった。私はすぐそれを買い、ホテルへ帰ると煖炉の上に飾っておいた。そこに写真は、一週間ばかり手つかずにのっていた。私はちらとも振り返って見なかった。フランクフルトを出発する時、持っていくのも忘れてしまった。こんなことをここへ書き入れるのは、ほかでもない、どれだけ私が自分の追憶を支配して、無感覚になりえたかを証明するためである。私はそれらの追憶をひとまとめにして、いちどに投げ出してしまう。すると一群の追憶が、いつも私の欲するままに、おとなしく消えていくのだった」。マトリョーシャの記憶は、もはや彼の心に一片も残されてはいない。むろん、罪の意識のひとかけらもないのである。

次いで一年ほどたって、スタヴローギンはとあるドイツの田舎町のホテルに宿泊する。その夜、彼は、思いがけない夢をみた。それは、ドレスデン画廊に陳列されているクロード・ローレンの絵に描かれた人類の「黄金時代」にかんする夢であった。彼はこう回想している。「ここには美しい人々が住んでいた。彼らは幸福な穢《けが》れのない心持で、眠りから目ざめていた。森は彼らの楽しい歌声にみたされ、新鮮な力の余剰は、単純な喜びと愛に向けられていた。太陽は自分の美しい子供たちを喜ばしげに眺めながら、島々や海に光を注いでいた。これは人類のすばらしい夢であり、偉大な迷いである！」

人類の「黄金時代」——これは堕罪以前のアダムとイヴの住まう楽園である。そこには個の分裂もなく、個人と社会の対立もなく、自我の反抗や苦悩もない。人々は子供のように単純素朴な生を営み、すべては神の恩寵のなかにある。スタヴローギンも、心の奥底にはこうした清浄無垢な人間の世界を渇望していたのである。だからこそ、彼は眠りからさめた時、「かつて味わったことのない幸福感が痛いほど心臓にしみ込んできた」。彼は急いでまた両眼をとじ、すぎ去った夢を呼び返そうとする。

「けれども不意に」——とスタヴローギンはつづける——「さんさんたる日光の中から、何かしら小さな一点が浮き出すのを見つけた。この点は不意に何かの形になっていき、突然まざまざと小さな赤い蜘蛛が私の眼前にその姿を現わした。私は忽然と思い起した。それは同じように落日の光線がさんさんと注いでいた時、銭葵の葉の上に這っていたものだ。私は、何ものかが、ぐさっと体を刺し貫いたような気がして、身を起してベッドの上に坐った。

私が眼の前に見たものは！……私が目前に見たのは、痩せて熱病やみのような眼つきをしたマトリョーシャ――いつか私の部屋の閾《しきみ》の上に立って、頤《あご》をしゃくりながら、小さな拳をふり上げたのと、そっくりそのままなマトリョーシャである。私は、これまでかつてこれほど悩ましい体験をしたことがない！……私は夜がふけるまで、じっと身動きもせず坐ったまま時の移るのを忘れていた。これが良心の苛責とか、悔恨とか呼ばれているものだろうか、私にはわからない。……しかし私は、ただこの姿だけがたまらないのだ。……今でもほとんど毎日のように、これが私の心を訪れる。いや映像のほうから訪れるのではなく、私が自分で呼び出すのだ。こういう風では生きていくことができないくせに、呼び出さずにはいられないのだ」。

完全に、あくまで冷静に「自分の意志を制御できる」はずのスタヴローギンに対して、たえずマトリョーシャの映像をつきまとわせるもの――これこそが実在者なのだ。マトリョーシャを通して、「堪えられない」思いを彼に投げつけるもの――これが神なのである。スタヴローギンのようなニヒリズムの化身さえ、実在者から逃れきることはとうていできないのである。

スタヴローギンが、「黄金時代」の夢をみ、生れてはじめて涙にしとど濡れ、いいしれぬ幸福感を抱いて眼をさました時、彼は真実の人間性のなかにあったのであろう。まさにその時、実在者が「ぐさりと体を刺し貫いた」のだ。それはたんなる「良心の苛責」でも、「悔恨」でもなく、まぎれもなく絶対者が、上からスタヴローギンの心臓を刺し貫いたのである。いかに神を否認し、神を攻撃しても、この絶対者から身を解きはなすことはなしえないのだ。スタヴローギンのようなニヒリズムに魅入られた人間も、自己の深奥のあこがれを満たそうとするかぎり、ついにこの名状しがたい実在者の責苦に遭遇しなければならない。そしてこの苦痛こそは、いかなる知性の論証もなしえないほどありありと、神の実在を感じさせるであろう。

ドストエフスキーはこのように、スタヴローギンの「告白」を通して、逃れようのない宿命のごとく人間に襲いかかる、神の実在性を示そうとしたのである。そして彼は、あくまでも神の懐に身を投じようとしない人たちが強情と絶望の無神論者となり、そのたどるべき運命が精神錯乱か、ないしは自殺であることを示唆している。スタヴローギンは、そのような型の無神論者である。これに反してニヒリズムを克服する唯一の途は、信仰の世界へ跳躍し、神の手に全身を投げ出すほかはない。その時はじめて、人は真の人間性、真実の「自己」に覚醒できるのだ。

無神論者の代用宗教

ミーチャ・カラマーゾフの反省

ドストエフスキーが『カラマーゾフ兄弟』において、ミーチャの精神的甦生を叙述した時、彼は自己自身のかつての体験を想い浮べたことであろう。ミーチャは、青年ドストエフスキーと同様に、身におぼえのない罪名を着せられて懲役を宣告された。そしてドストエフスキーと同様に、ミーチャも牢獄の苦悩と反省の日夜を経て、精神的浄化を体験した。

「ぼくはこの二カ月間の間に、新しい人間を自分のなかに感じた。ぼくのなかに新しい人間が蘇生したのだ。この人間は今までぼくのなかに固く閉じこめられていたので、もしも今度の打撃がなかったならば、外へ現われずにしまったであろう」。ミーチャはこのように、感激のうちに自己の復活を述べている。

ミーチャは、牢獄のなかで神について、また生の意味について沈思する。同時に、倫理の宗教的根源について次のように反省する。「ぼくは神のことで苦しんでいる。ただこのことだけが、ぼくを苦しめるのだ。……もしもラキーチンのように、神は人類のもっている人為的観念にすぎないとしたならば、どうであろうか。もし神がないならば、人類は地上の――宇宙の主人である。偉いものだ！　だが、人間は神なしで、どうして善行を行なうことができるのだろうか？……そうなったら、人間は誰を愛するのだろうか？　誰に感謝するだろうか？　また誰に向って頌歌を歌うのだろうか？　こういうと、ラキーチンは笑い出して、神がなくても人類を愛しうるというが、それはあの不潔な奴がいうだけで、ぼくにはそれが理解できないのだ」。

ミーチャはこうした言葉で、ラキーチン輩の無神論的人類愛論者たち――つまり、オーギュスト・コント流の実証主義者やフォイエルバッハ流の唯物論者――を罵倒する。

コントの人類教

コントは周知のように、実証主義的段階をもって人間知性の進歩の最終段階とみなした。人間は、はじめ自然現象を神々の作用として、次いで種々の抽象的観念によって説明していたが、最後に科学的方法、観察および実験によってこれを理解するようになる。こうした人間精神と社会の進歩にかんする「三段階説」をもって、コントは人類の精神文化の全領域を解明する一方、神学的および形而上学的の段階に生み出され、いまなお人間の精神を呪縛している過去の偶像と妄想——神と形而上学的諸観念とを一掃しようとした。

しかしながら、晩年にいたってコントは、人工的な新宗教——人類教を編み出したものである。彼はこう考える——社会が安定した強固なものであるためには、神話が必要となる。ところで、もしも古色蒼然たるキリスト教が廃棄されるべきであるならば、これに代って新しい合理的宗教がうちたてられねばならない。たとえ旧い神学と形而上学とが実証主義によって駆逐されるべきであるとしても、迷える小羊たちの群は、依然として救済されねばならない。新しい宗教——人間の科学的知性の批判に堪えうるような、実証主義の新宗教、これが「人類の礼拝」でなければならない。彼はこう書いた。

「われわれは、現実的な存在〔人類を指す〕に、われわれの全配慮を集中しつつ、この存在に……たんに現在のみならず、過去と、さらに未来の人間の全身全霊を帰属させるであろう。われわれの主要な幸福を普遍的愛のうちに見出して、われわれはできるかぎり他人のために生き、もって科学的ドグマにしたがう真に唯美的な礼拝にもとづいて、私的生活を深く公的生活に結びつけるであろう」(『実証政治体系』第一巻)。

むろんコントの「人類教」は、真の宗教とはいえず、たんなる代用宗教でしかないであろう。より正確には、それは旧い宗教的信仰と結合していた感情を受けつごうとする道徳でしかないのである。しかしコント自身は、大真面目でこの人工的な新宗教の福音を伝道する。彼は、一八五一年の手紙の一節でこう予言したものであった――やがてまもなく一八六〇年までに、ノートル・ダム寺院において「唯一の現実的かつ完全な宗教である」実証主義の福音が説教されるに違いないと。

フォイエルバッハの疑似宗教

いったいなぜ、コントは人類を神格化したのであろうか？　それは、クロポトキンが『近代科学とアナーキズム』のなかで示唆したように、晩年におけるコントの知力の衰弱、つまり、コントがもうろくした結果ではかならずしもないと思われる。むしろ、この実証主義者をそこで駆りたてたのは、秘められた宗教的要求なのである。実際、人間にとってこの現世の、一時的、過渡的かつ偶然的な存在に終局の目的を与えることは堪えがたいことでなければならない。しかし、実証主義の哲学は、生の絶対的な意味をば、超越的な領域に、宗教的信仰の領域に求めることを許さない。それは、経験的、感性的な領域のうちに見出されなければならないのだ。

そこで実証主義者は、次のような結論に出口を求める――個々の人間は死すべき存在であるが、他方人類は不死の存在である。人間は有限であるが、人類は無限に発展する能力をもつ。そこで人間は、他の人々のために生きることによって死への恐怖にうちかち、永遠の生と融合することができるのだと。

フォイエルバッハの伝統的なキリスト教批判、そして彼自身の宗教――より正しくは代用宗教――もまた、まさにこうしたパトスから出発しているのだ。彼の『キリスト教の本質』は、コントの『実証哲学講義』の最終巻が出た翌年に発表された。たしかにフォイエルバッハはここでキリスト教を人間学に還元し、「神は人間の自己疎外態」であると断じた。たしかにフォイエルバッハハは反神学的ではあった。しかし彼はかならずしも反宗教的ではない。むしろ彼は、新しい宗教を説こうとする。すでにその処女作『死と不死とについて』は、こうした新しい宗教の基礎づけの試みにほかならない。

彼はまず現世の影のために現実の現世を没却する既成宗教――彼岸宗教を批判する。そして彼は、人間の自己疎外にすぎない霊魂不死の観念を投げすて、この世に対する尊重を説く。ヒューマニズム（人間主義）の哲学が堅固な地盤の上にうち立てられる前に、霊魂不死の思想は一掃されねばならない。

だが、不死の観念を撲殺したのち、孤独な人間は、いかに生き、何を信ずべきであろうか？　はたして人間は、自分独りで生きることができるか――フォイエルバッハはこう問題を提起して、次のように答える。「もしも人間がたんなる充実しない孤独と孤我とを我慢できるとすれば、彼はもっとも耐えがたいもの、すなわち虚無をさえ我慢できるであろう」。そこで彼は、個人が社会のうちに他者と不可分な連関のうちに生活している事実に注目する。ブルックベルク城の隠者であるこの孤高の哲人は、セーヌに身を投じた薄幸な哲人コントと同様に、人間愛に至上の倫理的意義をみとめるのだ。

人間は愛する、しかも愛さないではいられないのである。そして「愛の対象の内容が深ければ深いほど、対象の規模も大きい」。むろん愛のもっとも大きな対象は――超越的な絶対者をしりぞけてしまった以上――人類でなければならない。個人は、巨大な人類の歴史的実存の特定の一環なのだ。そこで人類を信じ、人類のために奉仕する場合にのみ、個人は生の意義を見出し、永遠に生きることが可能となるのである。

かつて啓蒙時代の無神論者ディドロは、友人の彫刻家ファルコネにあてて、「哲学者にとって後代は、宗教的人間にとっての、あの世に等しい」と述べたものである。フォイエルバッハもまたこういう。「君の死後には他人が残り、君の実体すなわち人間性は、君の死によって傷つかず、減らずに残存する」と。結局フォイエルバッハも、コントと同じく、人類の不滅の青春を信じ、人類が特定の、現在の諸個人の実存から独立した実存をもつことを信じるようにと説く(『死と不死とについて』)。

ゲルツェンの問い

『未成年』のマカール老人は、こう述べたものである。「人間は、何によれ崇拝せざるをえない。神をしりぞけると、こんどは偶像神を拝み出す――木で彫ったものであろうと、金で作ったものであろうと、それとも心の中で考え出したものであろうと、みな同じことなのだ……」。

　コントのような実証主義者も、フォイエルバッハのような唯物論者も、はたまたディドロのような啓蒙主義の哲学者も、ともにキリスト教の伝統的な神をしりぞけ、霊魂不死の観念を否認した。しかも彼らは、それぞれの仕方で新しい疑似宗教――人類教を説き、人類への愛と奉仕のうちに生の意味を見出すように命じた。しかしながら、前章において見たように、こうした人工的な代用宗教、人類教は、それを支えた伝統的宗教の残滓《ざんし》である愛の教えを次第に食いつぶし、結局は偶像崇拝へと堕落していく。そして、ついに抽象的な人類――「遠き者」――の名において、生身の具体的な人間個人――「近き者」――の権利を剥奪し、犠牲に供してしまう、――これこそが、その宿命的な弁証法の展開であったのだ。

　コントやフォイエルバッハは、彼らと本質的に同様な哲学的世界観の持主ではあるが、しかも彼ら両人よりもより厳格に自己の世界観の枠を遵守しようとしたゲルツェンの発する鋭い問いに、はたしてどう答えることができるであろうか。「どうか私に説明して下さい。なぜに神への信仰が笑うべきものであるのに、人類への信仰は笑うべきものでなく、またなぜに天国を信じることが愚かであるのに、地上のユートピアを信じることは賢いのでしょうか？　既成の宗教をすて去った後も、われわれは依然としてあらゆる宗教的習慣を保持しつづけ、天上の楽園をみすてた後も、なお地上の楽園の到来を信仰して、これを誇りとしているのです」（ゲルツェン『向う岸から』）。

善の基礎づけ

人間倫理の根本問題

さて、ミーチャ・カラマーゾフは、少なくともフォイエルバッハやコントたちの亜流よりもより明敏な知性をもち、事物の根源に肉迫する思索力をそなえている。彼は、弟アリョーシャに語る。「いったい善とは何だろうか？　……ぼくには一つの善があるだけだ。しかしシナ人には、別の善がある。つまり善とは相対的なものなのだ。どうだろう？　違うだろうか？……ぼくはこの問題のために、二晩も眠れなかった。ぼくは世間の人が平気で生きていて、このことを少しも考えてもみないのに驚いている」。

はたして善とは、相対的なものであろうか。われわれはより高い倫理的権威に拘束されることなく、たんに相対的、過渡的な世俗的価値規準にしたがって行動しているのであろうか。日常の社会生活を営む際、われわれの多くは世間体の道徳ないしは体面の道徳ともいうべき規準にしたがって行動している、というのが実相ではないであろうか？ もしもそうなら、世間体を気づかう必要のない時、体面を失うはずがないおり、われわれは安んじて世俗の道徳を無視することができるであろう。「旅の恥はかきすて」という諺は、このことを示唆している。なぜといって、旅先では、人々はすべて赤の他人にすぎず、そこでは自分を知る社会――「世間」――は存在しないからである。

換言すると、もしも道徳がたんに人と人との間の平面に成りたつ社会的規範にすぎないならば、「旅の恥はかきすて」の行為は当然の帰結であろう。むろんこうした狭隘《きょうあい》な世間的体面の道徳は、人類愛のモラルによって克服されもしよう。人類は、世間という狭い限界をうち破り、その境界はほとんど無限のように思われる。そこで人類愛論者たちは、人間倫理を基礎づける際、依然として神に根拠を求める必要はないと考えるであろう。人類は、人間と人間との間の平面に成り立つ道徳に絶対的な規準を与え、ゆるぎない制裁をもってこれを支えることができるようにみえるからだ。もはや人はどこに旅しても、この世にあるかぎり常に人類の監視下にたち、人類の賞罰を顧みなければならない。

しかしながら、もしもこの人生そのものを旅にすぎず、人間をもって虚無から虚無へと向う旅人と眺める人があるとすれば、その時、人類の道徳律はもはや彼を拘束することができなくなろう。『悪霊』のスタヴローギンは、まさしくそのような人間であった。

スタヴローギンの徹底的ニヒリズム

彼はキリーロフにこう語る。「非常に兇悪なこと、ないしは非常に恥かしいこと……、しかも思いきって陋劣《ろうれつ》なことをしでかす。……そして人がそのために千年も万年も覚えていて非難する、と仮定しよう。その時忽然として、《こめかみにどんと一発ぶち込んだら、もう何一つ残らないではないか》という想念が浮んだらどうであろう。そうしたら、人がどう思おうと、千年も万年も非難しようと、いっこうかまわないではないか、そうでしょう」。まことにいっさいの世俗的道徳の掟は、霊魂不死の思想を拒否する人の良心を真に拘束することはできないであろう。

さらにつづけて、「かりに君が月の世界に住んでいて……ありとあらゆる滑稽かつ醜悪なことをしたとしよう。……ところが君は、この地球に居を移して、月世界で君の名を千年も万年も、永久に月の存在のつづくかぎり、笑ったり非難したりしているのを、君がちゃんと百も承知していると仮定しよう。しかし、君はここにいて、ここから月世界を眺めているのだから、君が向うで何をしたにせよ、また向うの連中が千年も万年も君をつまはじきするにせよ、そんなことはここにいる以上、かまったことではない、そうではありませんか」。

もしも倫理が人間と人間との間の社会的平面においてのみ成立するにすぎないならば、たとえそれが人類のうちに制裁を見出したとしても、スタヴローギンの徹底的ニヒリズムは平然として背徳を許すであろう。人類教に支えられた人類愛は、しょせん地球人のモラルにすぎない。地球人の道徳は月世界におよばず、人類の制裁は永世の思想を拒否する徹底的な無神論者の良心におよぶことはできない。スタヴローギンを拘束する倫理は、もし神がない以上、存在しないであろう。

このことは、倫理が真に人間を拘束するものであるかぎり、その根拠を神への信仰と死後の永生の思想のうちに見出さねばならないことを示唆している。換言すると、たとえ倫理の成立する場が人間と人間との間の社会的平面であるとしても、その最終的な根拠は、人間対神の垂直的関係のなかに求めなければならない。その時はじめて人対人の水平的関係においても、人対動物の関係においても、確乎たる道徳が成立しよう。神に対する人間の関係は、畏怖により、人対人の関係は隣人愛によって、最後に、下位の動物界に対する関係は、憐憫によって規定されることが可能となるのである。

これに反して、もしも神がなければ、全宇宙は盲目の自然力によって動く混沌にすぎず、人間の生はつまるところ無意味かつ無目的な偶然の所産にすぎなくなるであろう。そしてもしも生のより高い意味が消滅すれば、人間の道徳的、精神的生活に絶対の指針となるべき基準を見出しえなくなるのである。その結果は、つきつめていえば、善と悪とを区別すべき道徳律の成立する基礎の消滅へとつながるであろう。

むろん通常人は、――ミーチャ・カラマーゾフが嘆じたように――「平気で生きていて、このことを少しも考えてもみない」であろう。彼らには、世間的体面の道徳があり、また人類愛のモラルが残存する。しかしスタヴローギンやイワン・カラマーゾフのように、論理を徹底する勇気と知的誠実さの持主なら、自己対地球人の間にのみ成立して、神のうちにその最後の根拠を見出さない倫理の掟を平然と踏み越え、「もしも神がなければ、すべてが許される」と宣言するに違いないのである。

サルトルの実存主義

もしも神がなければ、人間はより高い厳粛な倫理的権威に拘束されることなく、本質的に自己の欲する何ごとをもなしうるはずである。ここから、イワン・カラマーゾフの例の命題が生じる。すなわち、「人類から不死の信仰を滅した時、人類愛はただちに枯死するのみならず、この世の生活をつづけていくために必要なあらゆる生命力も消滅する。それだけではない。その時は、非道徳的なものはまったく姿を消し、あらゆることが、人食いさえもが許される」。

サルトルによると、このイワンの命題こそは、実存主義哲学の出発点であった。彼はいう。「……神がなくなると同時に、明瞭な神意のなかにさまざまの価値を発見する一切の可能性が消滅する。もはや先験的に善はありえない。善を思惟するための無限完全な意識が存在しないからである。善は存在するとか、正直なるべしとか、嘘をいうべからず、などということは、どこにも書かれてはいない。われわれは、ただ人間のみが存在する、そのような平面の上にいるからである。ドストエフスキーは、《もしも神が存在しないならば、すべては許されるであろう》と書いたが、それこそ実存主義の出発点である。いかにも、もし神が存在しないならば、すべてが許される。したがって人間は、孤独である。なぜならば、人間はすがりつくべき可能性を自分のなかにも、自分の外にも見出しえないからである」（『実存主義は、ヒューマニズムである』）。

倫理の宗教的基礎づけ

ドストエフスキーにとって、人生の意味が見出されるためには、神と不死の観念が前提されねばならないと思われた。究極の価値は神によってのみ支えられ、神のうちにはじめて強固で揺ぎない基礎をうるのである。人間の尊厳という理念を含めて、あらゆる価値の根源も、すべての文化も、その力は神の観念から由来し、神を志向する。ドストエフスキーはこうして、倫理の神秘的ないし宗教的基礎づけの必要を確信した。

この意味で、彼は実証主義者カヴェーリン教授にあてて書いた。「神なき良心は、恐るべきものである。それはもっとも不道徳なものにまで達する迷妄に陥る可能性をもつ」。また、「自己の信念に対する忠実によってのみ道徳性を決定するだけでは、不充分である。……判定すべき規準はただ一つ、キリストしかない。しかしその時、それはもはや哲学ではなくして信仰であり、信仰は赤き花である。……私の道徳性の規準と理想は、キリストである」（『手帳』）。

『カラマーゾフ兄弟』のゾシマ長老は、疑いもなく、ドストエフスキーの倫理観を、積極的に表現している。彼はいう、「この地上においては、多くのものが人間から隠されてはいるが、その代りわれわれは他の世界、より高き世界と生きたつながりをもつ、という神秘な貴い感覚《オシチュシチエニエ》を与えられている。それゆえに、われわれの思想、感情の根源は、この地になく、他の世界に存するのだ」。

もしも人間の内部にひそむ神秘な世界とのつながりの感覚が失われた時、人間は人生に対して冷淡になり、ついには生を憎むようになろう。ゾシマ長老の説教は、ドストエフスキーがたどりついた神秘的、宗教的倫理の定式――一種のキリスト教的心情と感情の道徳とみることができよう。つまり生に対する生きた真正な関係は、悟性や理性の限界を超越する愛によってのみ、生み出され、決定される。そして愛は、神の創造した全宇宙との内的つながりの神聖な感得にまで高まるであろう。「有益なものが善であり、有益ならざるものが悪であろうか、いな、われわれの愛するものである」と彼は『手帳』に認めている。同様に、「道徳的理念は存在する。それは宗教的感情から生じるが、たんなる論理によってこれを是とすることはまったく不可能である」と。

他方ゾシマ長老は、愛の普遍主義にもとづく宗教倫理を、次のように説いている。「人間の罪を恐れてはならない。罪あるままの人間を愛さなければならない。けだし、これはすでに神の愛に近いものであり、地上における愛の頂上であるからだ。あらゆる神の創造物を、全体としても、部分としても、一様に愛さねばならぬ。一枚の木の葉、一条の日光をも、愛さねばならない。動物を愛し、植物を愛し、あらゆる事物を愛すべきである。あらゆる事物を愛すれば、やがてそれらの事物のうちに、神の神秘を発見するであろう」。

ウラディーミル・ソロヴィヨフの有名な『善の基礎づけ』に説かれた宗教、倫理哲学は、ゾシマ長老の教説の体系化であるといえよう。ドストエフスキーとこの年少の親友ソロヴィヨフとの間の精神的な交渉は、疑いもなく明らかである。

信仰への「死の跳躍」

こうしてドストエフスキーは、無神論と背徳の論理的帰結を徹底し、その深淵を究めたのち、キリストへの信仰に身を投じることによって、救済を見出した。ちょうどキルケゴールと同様に、彼にとっても信仰は《死の跳躍》であり、自己の理性――「地上的なユークリッド的知性」――を十字架にかけることを意味した。彼もまたキルケゴールのように、信仰と疑惑、《あれか――これか》におけるぎりぎりの決断をへて神の懐に飛び込み、キリストと同時的存在となったのである。ドストエフスキーに対して、神と人間の問題の真の解決を与えたのは、キリストの教えであった。かつてのテルトゥリアヌス、アウグスチヌス、パスカルのように、また同時代人キルケゴールと同様に、ドストエフスキーはその深刻な精神的ジレンマから逃れる途を、キリストのうちに求めるほかはなかった。

シベリアの流刑地からフォンヴィージン夫人にあてた手紙は、言語に絶する苦悩の浄火をくぐりぬけてニヒリズムをついに克服し、自己の内部に「信仰のシンボル」を確認したドストエフスキーの姿を、如実に伝えている。「このシンボルは」――と彼は書いている――「きわめて簡単であります。すなわち、キリストよりもより美しく、深く、同情のある、理性的な、雄々しい、完璧なものは何一つない、ということです。たんにないのみならず、ありえないと、われとわが身に熱烈な愛をもって断言します。もしも誰かが私に向って、キリストは真理の外にある、まったくのところ真理はキリストの外にある、と証明したとしても、私はむしろ真理よりも、キリストとともにあることを望むでしょう」。

まことに信仰とは、まったき背理であり、絶対的な逆説なのだ。そしてこのなかに《死の跳躍》を敢行することによってのみ、人は救済されるであろう。

【第七章】　社会哲学 ——罪の共同体——

ドストエフスキーの説く新しい言葉

キリスト教的社会主義

アレクサンドル三世の師輔《しほ》となり、かつ宗務院総長としてロシヤ専制主義の理論づけに指導的役割をはたした有名な反動思想家カ・ペ・ポベドノスツェフは、イワン・カラマーゾフの『叛逆』と『大審問官』の章を読んで深く感動し、作家に対してこう質問した。「これらすべての無神論的命題に対して、いかに答えることができるでしょうか?」と。

ドストエフスキーは、療養地エムスから彼にあてた返答のなかで、小説の第六部において、「ロシヤの一修道僧」が芸術的な情景のうちにイワンに対する反駁《はんばく》を与えるでしょう、だが、「はたしてそれが、充分な解答となりますかどうか」と彼はつけくわえている。

ドストエフスキーの心配は、たんなる杞憂ではなかった。従来批評家の多くは、イワン・カラマーゾフによる神の否定が、ゾシマ長老とアリョーシャとによる神の擁護論よりも、より強烈であると印象づけられてきたのである。これらの批評家たちは、ドストエフスキー自身がかつて書いた手紙の一節——「私は世紀の子です。今日まで、いやそれどころか棺を蔽《おお》われるまで、不信と懐疑の子です」——を引用して、彼の心中にひそむ限りない分裂を指摘し、自分の解釈を証拠だてるものとみなすことができたであろう。

しかし他方では、ドストエフスキーをもって新しいキリスト教の宣布者と認める批評家たちは、イワンの無神論に対する反論が、論理的な命題の形ではなくして「芸術的な情景」のうちに与えられており、ゾシマ長老とアリョーシャの生き生きした個性のうちにふくめられていることに読者の注意を喚起するであろう。「それだけでない」——と、ある哲学者はいう——「ゾシマやアリョーシャの人物を芸術的な完全さにおいて把握しうるのは、キリスト教の精神的体験を感得できる読者だけである」と（エヌ・ロスキー『ドストエフスキーとそのキリスト教的世界観』）。

ともあれ、自己の世界観の積極的な側面を宣べる新しい言葉は、反対説の誤謬を暴露する否定的駁論の論理的な力と比較すると、しばしば脆弱で魅力を欠くことが、多くの思想家の場合に認められねばなるまい。このことは、ドストエフスキーにも妥当するように思われる。無神論者の陥る袋小路を追跡する際、いや、それどころか、無神論者の口をかりて伝統的な宗教と倫理を批判の俎上にのせる時にも、ドストエフスキーの強靭かつ徹底的な思索力と並はずれた洞察力とはいかんなく発揮され、読者の心に圧倒的な印象を与える。しかし他面、自分自身の積極的な世界観を説く時にはその教説は多くの矛盾にみち、迫力の点でも劣るのだ。ことに政治や文明の評論家としてのドストエフスキーの筆になる『作家の日記』のうちには、実際多くの混乱や矛盾撞着を指摘することができよう。

さて、ドストエフスキーの新しい言葉は、どのような政治・社会理論と綱領を定式づけているのであろうか？　ゾシマ長老の口をかりて、彼はこう説いている。

「私は空想のうちにわが国の未来を見る。いや、もう明らかに見えるように思われる。すなわち、もっとも堕落した富者さえも、ついには自己の富を恥じるようになる。すると貧者はこの富者の謙譲さをみて、その心持を理解して彼に譲歩し、悦びと愛とをもってその美しい羞恥に答えるであろう。まさしくこうした結果が生じるであろう。大勢はこの方向をさして動いている。平等はただ人間の精神的価値のうちにのみ存在するのであって、このことを理解するのはわがロシヤのみである。はじめに兄弟があれば、やがて同胞愛も実現される。同胞愛が実現されるまでは、人々はとうていすべてのものをわかち合うことはできないであろう。キリストの姿を保持する時、やがて貴いダイヤモンドのように全世界に輝きわたるであろう」。

これこそが、ドストエフスキーの「キリスト教的社会主義」の理念なのだ！ その内容は、おそろしく明瞭さを欠く。ここでドストエフスキーは、ただ何を避けるべきか、を明白に述べたにすぎない。彼は革命的、無神論的社会主義のサタン的側面を喝破して、その危険性について芸術家として、また時論家として、絶えず警告した。しかし彼自身は、キリスト教社会主義の積極的な理想と、それを実現するための綱領や政策については明白に定式づけることがなかったのだ。

社会主義の道徳性

すでに一八四九年、ドストエフスキーがペトラシェフスキー事件に連坐して尋問をうけたおり、フーリエ主義も、いかなる社会主義的「体系」も、彼を心から満足させなかった、と陳述したものである。しかし青年ドストエフスキーは、社会主義の諸理念をもって、ちょうどベリンスキーが信じたように、「神聖で道徳的で普遍人間的であり」、「全人類の未来における法則」であると述べたという（エヌ・ベリチコフ『ペトラシェフスキー事件に関するエヌ・エム・ドストエフスキーの陳述』（クラースヌィ・アルヒーフ、四五号、一九三一年））。

こうした彼の「道徳的」な社会主義への接近は、晩年までつづいたように思われる。たとえば、ジョルジュ・サンドにかんして書かれた晩年の一文は、彼女の社会主義的理念に好意的に言及している。すなわち、彼女の理念は人間人格の尊厳を信じ、個人の精神的自律を保証しつつ倫理的な原理の上に――「けっして蟻塚式の必然性ではなく」――基礎づけられた社会主義なのであると（『作家の日記』）。

ドストエフスキーの確信は、人間人格の尊厳と個人の道徳的自由とがキリスト教によって、はじめて確固とした基礎をうるのであり、他方、無神論的社会主義は人間の精神的側面を没却してその動物的な存在にのみもっぱら関心をもつ、ということであった。「もしもその他に精神的生活がなかったならば……人間は懊悩のあまり死にいたるか、発狂するか、自殺するか、さもなければ異教徒的な妄想に走るでしょう。……〔キリストの理想を〕心に抱く時、すべての人々は相互に兄弟となり、そしてむろん、お互いのために働いて裕福になるでしょう」と彼は書いている（一八七六年六月七日付アレクセーエフあての手紙）。

社会問題解決の綱領は、何よりもまず、キリスト教の精神にもとづくものでなければならない。彼はその「キリスト教的社会主義」の理想について、こう述べている。「ロシヤ社会主義の究極の目的は、この地球が容れうるかぎりの範囲内で、地上に実現される全民衆的、全宇宙的教会である」。また、「ロシヤ民衆の社会主義は、共産主義や機械的公式に存するのではない。彼らは、究極においてはキリストの名における輝かしい結合によってのみ救済されるものと固く信じている。これこそわがロシヤの社会主義である」（『作家の日記』）。

西欧ブルジョワ社会とその文明の批判

ところで、ここでより重要なことは、ゾシマ長老の説く曖昧模糊とした「キリスト教的社会主義」の背後に、一つの興味ある社会哲学が見出されることであろう。ドストエフスキーはこうしたテーマについて、すでに『夏の印象に関する冬の記録』を書いている。この文章は、一八六二年における彼の最初のヨーロッパ旅行の印象記である。

彼はその眼でしたしく西欧各国を眺め、西欧文明の精神的原理が分離した個人を基礎とし、自我の自己主張の上に依拠しているとみた。ここでドストエフスキーは、幻滅した西欧派ゲルツェンがなしたきわめて興味ある文明批判を想起させるような言葉で、西欧ブルジョワ精神の俗物性を手ひどく罵倒する。

「なぜブルジョワの間には、あのような下司《ラケイ》がいるのだろう。しかもあんなに上品な顔付をした下司が？……下司根性《ラケイストヴォ》は、次第にひどくブルジョワの本性に食い込んで、しかもますます美徳と見なされるようになっている」。ドストエフスキーは、西欧市民社会が上から下まで、拝金主義《マンモニズム》によって毒されているのをみた。

「財産を作ってできるだけたくさんの品物をもつ、これがパリジャンのもっとも普遍的な道徳の法典となり、問答教示書となったのだ。……ブルジョワは不思議な人種である。金は最高の美徳であり、人間としての義務であると、真向うから高唱しているくせに、しかも最高のお上品ぶりを演じるのが大好きなのだ」。その上、俗物精神に感染しているのは、有産階級ばかりではない。西欧労働者階級も、その例外ではないのである。

「……労働者もやはり腹のなかでは、みな私有主義者ばかりなのだ。彼らの理想は、ことごとく財産私有者になることであり、できるかぎりたくさん蓄財したいということである」。そこでドストエフスキーは、ゲルツェン——一八四〇年代の西欧社会を眺めて幻滅し、精神的にロシヤへ復帰してナロードニキ主義の社会思想と哲学の鼻祖となったあのゲルツェンとまったく同じ皮肉な言葉でこう述べる。すなわち、シェイエスの予言は的中したのだと。

「僧院長のシェイエスが、あの有名なパンフレットのなかで、ブルジョワ——それはすべてである、と予言したではないか。《第三階級とは何か、無である。それは何になるべきか、一切に》。いや、まったく彼のいった通りになった。あの当時いわれたすべての言葉のうちで、ただこの言葉だけが実現した」。

個我と孤立の原理

このような俗物的自我主義の物質文明の内部で、自由、平等、友愛というフランス大革命の原理はまったく歪曲されてしまうのだ。なぜといって、利己主義ないし自我中心主義の西欧社会体制においては、真の意味での同胞愛はとうてい実現不可能であるからだ。

ドストエフスキーは、西欧文明のなかで主張され、擁護される自由を目して孤独の自由とみなす。そこに支配するのは、「個我の原理《ナチャーロ・リーチノエ》」であり、「孤立の原理《ナチャーロ・オソブニャカ》」であって、それはようするに、自我をもって自分以外のすべてに対立する独立自主の根元と認めるのだ。このように受けとられた自由を基礎として、真の精神的同胞愛を築くことはできるものではない。ドストエフスキーは、他のところでこう述べている。「富は個人性の強化であり、機械的かつ精神的満足である。したがって全一性からの個人の分離である」（『手帳』）。この思想こそ、ドストエフスキーの西欧市民社会とそのブルジョワ文明批判の骨子ということができるであろう。彼はこうした思想を、『作家の日記』その他でくり返し述べている。

「謎の客」の言葉

『カラマーゾフ兄弟』において、青年時代のゾシマを訪れた「謎の客」は、彼にこう述べる。「今すべての人は、できるだけ自分を分離させようと努め、自分自身のうちに生の充実を味わおうと欲しています。ところが、彼らのあらゆる努力の結果はどうかといえば、生の充実どころか、まるで自殺に等しい状態が襲うてくるのです。なぜならば、彼らは自分の本質を十分究めようとして、かえって極端な孤独に陥っているからです。現代の人々は、すべて個々の分子に分裂してしまい、誰もみな自分の穴の中に隠れてしまいます。万人は相互に遠く隔てて姿を隠しあい、自分の持物をかくし合っているのです。そしてその結果、自分で自分を他人から切りはなし、自分で自分から他人を切り離すのです。ひとり秘かに富を貯えながら、自分は今やこんなに強くなった、こんなに物質的保証をえた、と考えていますが、富を蓄えれば蓄えるほど、自殺的な無力に沈んでいくことには、愚かにも気がつかないのです。けだし自分独り依拠することになれ、一個の分子として全から離れ、他人の扶助も人間も人類も、何ものも信じないように自分の心を教えこみ、ただ自分の金や自分の獲得した権利を失いはしないかと、戦々兢々としているからです」。

西欧社会主義のブルジョワ性

このような個別化と孤立の精神が支配する精神風土のなかで、自由と同様に平等の原理もまた歪曲されてしまう。ドストエフスキーは、キルケゴールやニイチェと同じく、現代のブルジョワ西欧文明社会において主張される平等のうちに、「羨望」と「嫉妬」の隠された心理をみる。それはようするに、精神的に優れたものを低下させ、傷つける水平化の心性だ、というのである。歪曲された自由と平等とを基礎として、真の友愛が成立することは、とうてい望みうべくもないのである。

こうした精神風土のなかに成立する西欧社会主義は、俗物根性の根底的な変革をなしうるものではありえない。ブルジョワ社会の精神原理をそのまま容認し前提して、その経済制度の変革だけに満足するかぎり、真の意味における愛の共同体を築く望みはないであろう。ドストエフスキーによる西欧社会主義の社会道徳的批判は、ここでもまたゲルツェンのそれと本質的に一致する。今日の西欧社会主義は、「計算」や「利益」で人間を動かそうと努め、「誰にどれだけの利益が当り、誰がどれだけ得をするかを説明したり、教えたりしている」のだ（『夏の印象に関する冬の記録』）。

『未成年』の懐疑主義者アルカーディもまた、社会主義に抗議してこう述べている。「諸君のいわゆる合理性が保証する凡庸な小利益のために、一塊のパンと一本の薪のために、諸君はぼくの個性の全部を引換えにとってしまうのだ」と。社会主義が高遠な精神的、道徳的理想を喪失する時、人間の魂を魅惑することはもはやできなくなる。西欧社会主義は、ヨーロッパ文明のよってもってたつ精神原理――個我と孤立――を根底から打破する力をもたないのだ。

革命は、ドストエフスキーの眼に、何よりもまず精神の変革でなければならないと映じた。真の同胞愛が成りたつためには、人間の精神的甦生がなければならない。彼はこうして、人間の精神的な共同存在のあり方を力説する。すなわち、「同胞愛の精神が生じるためには、愛さなくてはならない。自然に同胞主義、共同体《オプシチナ》、協力《ソグラシエ》の方向へと本能的に牽引されるようにならなければならない。……同胞的共同体《ブラツカヤ・オプシチナ》の要求が、人間の本能に宿らねばならない」（『夏の印象に関する冬の記録』）。その時はじめて、人間は「個我と孤立の原理」を脱却して、真に全一的な精神的共同体のなかへと復帰できるであろう。

相互主体性にもとづく共同体理念

「ソボールノスチ」

ドストエフスキーのこうした思想のうちには、疑いもなくホミャーコフやイワン・キレエーフスキーのような初期スラヴ派の哲学から受けつがれた「ソボールノスチ」――つまり自由な相互的愛に依拠する精神的共同存在――の理念が見出されるであろう。彼はこのスラヴ派的精神において、個人と社会のあるべき関係を確立しようとする。もしも西欧文明に特徴的な「個我の原理」が、「各人は自己のために、神様だけが万人のために」という自我中心主義の公式で表現されるならば、他方、真の精神的共同体のそれは、「各人は万人のために、万人は各人のために」という公式——つまり個人と社会との間における相互扶助と互譲の精神によって表現されるであろう。このような精神的共同体において、個人の側からは、「万人のために自己の全部を、何びとにも強制されず自由な意志によって、完全な自覚をもって犠牲にすることが……個性の最高の発達であり、……最高の自由意志の表現」である。他方、社会は、個人の自発的奉仕に対してこう反応するであろう。「どうかわれわれからも、一切のものを取ってくれたまえ。われわれは全力をあげて、君に対してできるかぎり多くの個人的自由があるように、またできるだけ多くの自主的精神が残るように絶えず努力するであろう。もはやいかなる敵も、人間も自然も、恐れるにはおよばない。われわれはすべて君の同胞であり、君の安全を保障するであろう」と（『夏の印象に関する冬の記録』）。

愛の共同体

ドストエフスキーは、このように愛の共同体における個人と社会との相互関係を規定する。そして彼は、これこそが社会問題の「ロシヤ的解決」でなければならず、それはヨーロッパ的な問題解決よりも「比較にならないほどユートピア的要素は少ない」と自負しているのである（『作家の日記』）。

ドストエフスキーの社会哲学の基礎には、人間の精神的存在にかんする、メタフィジカルな理念が横たわっている。相互的な自由な愛による人間の同胞的結合の要請は、こうした理念に根ざすものでなければならない。同様に、ドストエフスキーによる西欧文明批判は、結局のところ、こうした理念に依拠してなされた、人間の精神的な乖離《かいり》をもたらすブルジョワ文明の批判に帰するのである。人間は自由な存在として、他者の存在に対して敵対的ないし無関心な孤立と個別化の途へ、精神的乖離の途へと出ることも許されてはいる。この途は、しかしながら、人間の閉塞と自己破滅の袋小路へと導くであろう。他方、人間は相互的な愛によって他者と精神的に交わり、全一的な精神的存在として全世界を自由な愛のうちに抱擁することもできるのだ。絶対的な善が実現されるのは、こうした場合にほかならない。愛の共同体についてのドストエフスキーの理念は、このようにスラヴ派の宗教哲学と密接に結ばれている。

『おかしな人間の夢』

『作家の日記』に載せられた注目すべき小品、『おかしな人間の夢』は、スラヴ派から受けつがれたメタフィジカルな人間の精神的共同存在の観念についての芸術的表現といえるであろう。「おかしな人間」は、自殺しようと決意する男である。ある日彼は、夢のなかで他の遊星へ移住する。そこでは、住人たちは堕罪以前の地球人さながらの状態、つまり無自覚的に相互愛の生活を営んでいる。彼らの社会的生は個々の分子への分裂をまだ経験しないでいる平和な調和的共同体を具現する。しかし地球からそこへと移住した「おかしな人間」は、聖書におけるサタンさながらの役割を演じ、彼らを堕落させて自己愛、エゴイズムの原理に感染させてしまう。

その結果、彼らの楽園は解体し、「分裂、孤立、個性のための闘い」が開始される。つまり、彼らの無自覚的な愛の共同体は、ひとたび個々人が自己の自我を意識して自立をはかり、真の意味における個となるにおよんで、もろくも解体してしまい、宿命的に崩壊するにいたったのである。「おかしな人間」は、自分の罪に驚愕し、深刻な責任感にとらえられる。さて夢からさめた時、彼は自殺の決意をひるがえす。なぜならば、いまや人生は、彼にとって意義あるものとなったからだ。「人間が地上に住む能力を失うことなしに、美しく幸福なものとなりうる」こと、そして失われた楽園をこの地球上に再現することが可能であり、しかもその方法は意外にも簡単であって、何よりもまず「肝要なことは、自分自身のごとく他人を愛せよ」という愛の命法の実践にあること——このことを、彼は忽然と悟ったのである。

人格的な交わり

「おかしな人間」は、夢のなかでの体験を通して、罪の本質を人間が本源的な共同体から分離独立して自己自身の個となることに見出した。その意味で罪が人間の自己存在の根源に根ざしていることを知ったのである。個別的な自己の成り立ちは、必然的に本源的な調和を崩壊させ、神の秩序に違反することにほかならない。しかし他方において、人間の自由と個性とは、本源的な調和、無自覚的な共同体からの離反によってはじめて可能となる。堕罪以前のうるわしい調和の楽園に住まう人たちは、まだ真の人格の自主性を、したがって自由を知らないのだ。だからこそ、彼らの調和は「おかしな人間」の誘惑によってもろくも不可避的に崩壊せざるをえなかった。

したがって、真の自覚的な、より高い愛の共同体は、本源的な共同体から個人の分離と独立をへたのち、はじめて達成されるであろう。その時はじめて人間は、自主独立の個性をもち、人格的尊厳の意識にめざめた存在となる。そして自由な個としての人間は、自由な相互的愛の途を通して相互主体的に他者と交わり、人間の精神的共同存在の価値に覚醒するであろう。

自由なしに、善悪の意識なしに、また歴史過程の悲劇の苦悩を味わうことなしに成立する世界の調和とは、しょせん強固なものではなく、優れた価値をもつものでもないのだ。失われた楽園をいたずらに歎き悲しむのは、愚かであろう。強固な調和と真の精神的な愛の共同体へいたる途は、選択の自由を経て、悪への自由の超克を経たのちに、はじめて歩むことができるのである。この意味で、「人間は地上に住まう能力を失うことなしに、美しく幸福なものとなりうる」のだ。いまや「おかしな人間」は、「分裂と孤立と個」の世界に住む人間たちに、人格主義的共同体の理想を伝道しようと決意する。マルティン・ブーバーの用語によって表現すると、他者を分離した個として、自己の欲望実現の手段として、つまりそれとしか見ないような原理にもとづく社会ではなく、真の人格主義的共同体、すなわち他者を人格とみなし、「われ―なんじ」の根本的原理にもとづいて他者との「出会い」を成就させるような精神的連帯の共同体を築くこと――これがドストエフスキーの社会的「ユートピア」であった（ブーバー『われとなんじ』。なお、ブーバーの宗教思想とスラヴ派の教説の中心理念《ソボールノスチ》との間のいちじるしい類似性は、ベルジャーエフによって指摘されている＝ベルジャーエフ『わたしと客体の世界』）。

　こうした人格主義的共同体においてはじめて、ちょうどオラトリオの合唱に際して多数の歌手や奏者が一つに融合して神の創造を鑽仰するように、すべての人格の目的は一つに結集し、連帯的協同作業が実現されるのだ。ドストエフスキーは、社会的生の究極の目標をこのように眺めた。この見地からみると、彼の思索の根本問題は、自己自身の殻のなかに閉塞した個人の問題であり、意識の深奥において罪として自覚され、そして結局はカタストロフィへと導くべき個人の孤立化、精神的乖離をいかにして克服するかの問題であったといえよう。

ゾシマ長老の愛の説教

ゾシマ長老は、人間の人格的な交わり、相互主体的な交わりにもとづく精神的共同存在の理念に立脚して、愛の共同体を築くようにと説く。ここに愛にかんする長老の説教の全意味がある。悪の根源は愛の欠如にある。そのために生の充実がそこなわれ、人間の人格的交わり、出会いが妨げられ、そしてその結果、宿命的に個別化と精神的乖離と冷淡とが発生する。「諸師よ、人間の罪を恐れてはならぬ、罪あるままの人間を愛すべきである。……あらゆる神の創造物を、……一枚の木の葉、一条の日光をも愛さねばならない。動物を愛し、植物を愛し、あらゆる事物を愛すべきである。……やがてそれらの事物のうちに、神の秘密を発見するであろう」。ドストエフスキーの描くゾシマ長老の肖像画は、アッシジの聖フランチェスコを想起させるであろう。

長老の説く愛の普遍主義の基礎には、形而上的な人間の精神的共同存在という理念がひそむ。このようなより高い次元の世界のなかで、人間は人格的な交わりをなし、出会いを成就するのである。実在者は、こうした人間の出会いと自由な愛にもとづく交わりとにおいて現前するであろう。たんに生者と生者との間の出会いのみならず、生者と死者との間の出会いもまた、より高い次元の世界において成就する。そして信仰は、かならず他者との共同存在において成立し、人格的な出会いと邂逅を通して、伝えられていく。

ゾシマ長老といえども、けっして自分独りで個我のうちに神への信仰に到達したのではなかった。長老はかつて若い将校時代に、不信仰と放縦の毎日を送っていた。ある日のこと、彼は嫉妬にかられて決闘を申し込んだ。そして帰宅したあと、自分の従卒アファナーシィを、些細ないいがかりをつけて殴打した。その直後のことである。彼の心に忽然として、夭折した信仰あつい亡兄の姿がふと浮び、それが機縁となってゾシマは深刻な改悛と信仰への発心を決したのである。

ついに出家して幾年かの修行のあと、かつて侮辱した従卒アファナーシィとめぐり会う。両人の再会はけっして偶然ではなく、より高い世界において必然的に決定されたことがらなのだ。「私はこの男にとって主人であり、この男は私にとって従者であるけれども、二人が胸に感激を抱きながら愛情をこめて接吻した時、二人の間には偉大な人間同士の結合が実現した」と長老は述べている。

「各人は万人に対して、万人は各人に対して罪をもつ」

罪の共同体

人間の精神的共同存在、愛の共同体という理念は、次いでゾシマ長老によって他の二つの理念と結合される。一は人間の道徳的自己完成の教説であり、他は、万人に対する各人の罪という教説——罪の共同体の観念である。これら両者は、愛の共同体の観念と不可分に結合する。

罪の本質は、人間の個としての分離した自己存在の根源に根ざしている。自己の個としての成り立ちは、本源的調和の解体を必然的にふくむからである。この意味において、各人は、自己の「個我と孤立」とに対して、つまり全一的な共同体を解体して分離独立した罪に責任をもつのである。そこで各人は、自己の実存の根元に必然的に根ざす精神的な罪を反省し、相互的愛の共同行為を通して自覚的な人格的共同体へと復帰しなければならない。このように、愛の精神的共同体は、罪の共同体を前提するのである。

ゾシマ長老はいう、「われわれはみな、一人一人地上に住むすべての人に対して、またこの地上のすべてのものに対して、疑いもなく罪がある。それは共通の世界的悪によってのみならず、各人がこの地上の万人に対して個人的に罪をもつ」。

同様に、「私の若い兄は、小鳥に赦《ゆる》しを乞うたものだ。これはまったく無意味のように見えるが、しかし実際は正しいことなのだ。けだし一切は大海のように、すべてことごとく相合流して相互に接触するために、一端にふれると他の一端に、世界の果てまでも反響するからである。……このことを悟ったならば、人は宇宙的な愛の悩みを感じつつ、……小鳥に向って祈るようになるであろう」。

カール・ユングの証言

各人は万人に、万人は各人に対して罪をもつ——この思想は、改悟して神への信仰に到りついた作中人物たちによってくり返し表明されている。たとえば『カラマーゾフ兄弟』の「謎の客」も、精神的に甦生したミーチャ・カラマーゾフもこれを口にする。他方『悪霊』においては、殺害される直前のシャートフや死の床にあるスチェパン・ヴェルホーヴェンスキーがこの言葉を述べている。いうまでもなく、罪の共同体ないし罪の人類的連帯性という観念は、宗教的観念にほかならない。しかしながら、分析的心理学の立場から、カール・ユングがこの観念の正しさに証明を与えていることは注目に価しよう。すなわち、「法律的、道徳的、知的見地から眺めた場合にのみ、罪は法規侵犯者に局限されることができる。しかし心理的現象としては、それは万人を連座させるのである。……犯罪は、われわれ自身の意識がそれを見るように、もっぱらそれだけでは発生することがありえない。むしろ反対に、それは広範な半径において生じるのである。他人の邪悪は、それがわれわれ自身の魂のうちに悪の火を燃やすがゆえに、ただちにわれわれ自身の邪悪となる。犯罪は部分的には万人を被害者とするのであり、また万人は部分的にはその犯罪を犯したのだ。……何人もこの事実から逃れようと望むことはできない。けだし万人が自己自身のうちに《統計的》の犯罪人を宿すからである。……悪との結びつきを切断しうるために、われわれは実際に規則的な《rite de sortie》を、つまり、裁判官も絞首役人も一般人も、ともどもに各自の罪を厳粛に認め、改心の意志を表明する一種の儀式を必要とするであろう。発生するすべての事物に対して自分も共犯であることを承認する時、いかに人々の心が豊かになることであろうか！　いかなる誠実感と新しい精神的名誉とが、与えられることであろうか！」。つまり、各人は万人に対して、万人は各人に対して罪があるのだ。

ゾシマ長老は、カール・ユングの洞察をはるか以前に先取りして、次のような倫理的訓戒を述べる。「真剣に心から自分をもって、あらゆる罪悪の責任者と感じるや否や、それはまったくその通りであることを、すぐに理解するであろう。……自己の怠惰と無気力とを他人の罪に帰する人は、ついにサタンの倨傲《きょごう》に同化し、神に対して怨嗟《えんさ》をもらすようになる」。このように反省した時、もはや犯人も裁判官もありえなくなるはずだ。あるのは、ただ相互に責任を感じる人間同士にすぎない。

そこでゾシマ長老は、次のように結論する。「裁判官が目の前に立っている犯人と同じく、自分もまた犯人であり、彼の犯罪に対して自分こそが何ぴとにもまして罪があると自認しないかぎり、この地上に犯人をさばく裁判官は存在しえないであろう。このことを悟った時、はじめて裁判官となることができるのだ。これは一見すると気狂いめいたことのように思われようが、依然として真理である。けだし、もしも自分が正直であるならば、いま自分の前に立っている犯人は生じなかったかもしれないからである」。

道徳的自己完成

このようにして、すべての救いはただ一つ、各人の道徳的自己完成の達成にあることになろう。各人の絶対的な自己完成によってこそ、世界の罪を贖《あがな》うことができるのだ。その時はじめて、「ロシヤ社会主義」の理想郷が実現される、と彼は信じた。ドストエフスキーはこの見地に立って、西欧派に属するグラドフスキー教授に対し、個人の道徳的自己完成の原理をこう力説する。

「すべての道徳的理念は、ただ一つである。すべては前方における、理想のうちにおける、絶対的自己完成の理念を基礎とする。なぜならば、それこそすべての希求も、すべての渇望も、あらゆるものを内包するからであり、したがって一切の公民的理想も、そこから由来するからである。もっぱら《口腹を救う》ためというだけの目的をもって、公民的社会に人々を結合させることができるならば、試みてみるがよい。その時は、《各人は自分のために、神様だけが万人のために》という道徳的公式のほか、何ものをも得ることができない。かような公式をもっては、いかなる公民社会も永続することはできない」（『作家の日記』）。

すでにみたように、ドストエフスキーは犯罪や悪や不正やを、社会経済機構の不備に帰する「環境説」をしりぞけた。なぜならば、この理論は人間的自由の本性を正しく評価しないものと、彼の眼に映じたからであった。むろん各個人の道徳的自己完成だけによって、あらゆる社会問題が解決されると論じ、社会組織や一切の外的制度の改善を等閑視するのは一面的であろう。このような教説は、道徳における抽象的主観主義ともいうべき見地に立脚する。真の保守主義者は、ルソー理論の批判の上に自己の思想を展開したエドマンド・バークの知的伝統を受け、社会・政治・経済的諸制度の不完全に対する漸次的改善の必要を主張する。その際彼らは、一切の悪の根源をひたすら外的制度に求めて人間性のうちにひそむ内面的な悪を没却する、同様に一面的な「環境説」に批判的であったにすぎないのである。

その点で、ドストエフスキーは、当時のロシヤの進歩的知性を支配した「環境説」を批判するに急なあまり、時として他の一面性に、つまり抽象的主観主義の誤謬へと陥っていると言わねばなるまい。上述のグラドフスキー教授に対する激越な批判のなかで、彼が各人の道徳的自己完成を目して「一切の根源」であり、「一切の継続」であるとともに「結末」でもある、と断じているのは、まさしくこうした一面的な迷妄であるといえよう。

ゾシマ長老のスラヴ派的理念

各人は万人に対して、万人は各人に対して罪をもつ――この理念は、ドストエフスキーの社会哲学の基石である。そしてそれは、すでに見たようなスラヴ派の「ソボールノスチ」という形而上学的理念から発する精神的連帯保証、つまり一種の「倫理的オプシチーナ」にかんする原理の発展にほかならない。

スラヴ派は、当時のロシヤ農村に広く見出された農民の土地共産体《オプシチーナ》のなかに、西欧の自我中心社会の生み出す一切の弊害を免れさせる社会道徳的原理が、体現されているものと信じていた。そしてそれは、スラヴ派によると、相互の愛によって結ばれた自由な信仰共同体――ソボールノスチ――という正教会の宗教的・形而上学的観念に由来する。その意味で、農民の土地共産体はソボールノスチの理念の社会経済的表現――サマーリンの言葉によると、「正教会の世俗的、歴史的側面」――にほかならない。ロシヤはこの組織、この精神原理を保持することによって、西欧を脅かす一切の社会・政治悪――資本主義化とブルジョワ的な利潤追求社会の発生、農民のプロレタリア化、無神論的社会主義の噴出、アナーキイの出現、そしてこれを阻止しようと登場する軍事独裁の脅威、文明の衰亡と没落など、これら一切の弊害から解放されているというのである。

ドストエフスキーの宗教思想や社会哲学には、スラヴ派——ことにイワン・キレエーフスキーとホミャーコフ——の強い影響を見出すことができ、その用語法も両人のそれに酷似している。サマーリンによると、ある時ホミャーコフは、ロシヤ農民はオプシチーナの一員としてのみ天国へ往生することができ、天国においてもオプシチーナの組織のうちに住まうであろうと述べたという。つまり、人間は孤立した一個人としては、極楽へはいることができない、というのである。

冗談めかしたホミャーコフのこうした言葉のなかには、スラヴ派の深い宗教倫理的観念が隠されている。つまり、各人は万人によって、万人は各人によって救済されるというのである。ドストエフスキーは、このスラヴ派の宗教思想を受けついだ。その際、彼は、この思想の否定的な契機を強調し、各人が万人の罪に責任をもつという定式によって表現したのである。

ポベドノスツェフへの答え

ところで、この章の冒頭に引用した手紙のなかで、ドストエフスキーはポベドノスツェフの質問に答えて「ロシヤの一修道僧」が、イワン・カラマーゾフの無神論に対する反駁を与えるであろうと約束した。それは、どのように理解されるであろうか？

すでにみたように、イワンの神への「叛逆」は、罪なき幼児の頬の上に流れた一掬の涙を代償として、その上に築かれるべき調和の世界を拒否することを意味した。なぜといって、「地上的なユークリッド的知性」を前提するかぎり、子供は父祖たちの罪に責任をもたないはずだからである。たとえ歴史の終末に、地上の楽園が実現するとしても、罪なき子供の贖われざる苦痛や犠牲があるかぎり、イワンは調和の国へはいる「入場券」を神様にお返しするほかはない、と断じたのだった。イワン・カラマーゾフ、つまりベリンスキーやバクーニンたちの「叛逆」は、弁神論の問題を解決しえなかった結果にほかならない。父祖の罪に子供までが責任をもつという議論は、此岸的な人間の理性によっては、しょせん納得できないからである。

さてイワンのこうした内奥の疑問と苦悩に対して、いまやゾシマ長老は、罪なきものは存しない、各人が万人に、万人が各人に対して罪をもつ、と答えるのだ。つまり、「地上的なユークリッド的知性」によっては解きえなかった疑問を、ゾシマは超地上的、形而上学的な理念を承認することによって解決したのである。たとえ「ユークリッド的知性」にはみえないものであっても、歴史過程と人生に神の摂理が宿り、究極の世界的調和がこの世の王国ではなく、神の国において達成されるならば、世界はそのあらゆる矛盾や罪とともに受けいれられ、歴史過程はそこに生じる無数の「罪なきもの」の犠牲とともに是認されるであろう。弁神論の問題は、人間の地上的な理性によっては永遠に解きえない謎としてとどまろう。それは結局のところ、信仰への飛躍によってはじめて解決されうるのである。

生と歴史の意味は、最後に神の国に到達した時はじめて完全に明瞭となり、その時われわれは、アリョーシャが認めるように、「昔のことを愉快に楽しく語り合う」ことができるのだ。ゾシマ長老の教説は、絶対者の実在を確信し、宗教的真理を感得して心の平安を得た人の思想なのだ。

「この地上において、多くのものが人間から隠されてはいるが、その代りわれわれは他の世界――より高き世界と生きた結合関係をもつという、神秘な貴い感覚を与えられている。……もしも人間の内部にあるこの感情が衰えるか、それともまったく滅びるかしたならば、……人生に対して冷淡な心持ちになり、ついには人生を憎むようにさえなろう」。

長老はこのように確認する。

【第八章】 ナショナリズムと神

ナロードの発見

『死の家の記録』

「私は懲役にいったことがある。そして犯罪人を、《極印を打たれた》犯罪人をみた。……それは長い学校であった」と彼は『作家の日記』のなかで回想している。すでにみたように、ニヒリズムから信仰への飛躍を彼が成就したのは、数年にわたるシベリヤ流刑の生活においてであった。懲役は彼に、苦悩による自己浄化の機会を与えた。

ドストエフスキーはシベリヤの煉獄をへて神への信仰をとり戻したが、シベリヤにおいて彼が獲得したものは、信仰だけではなかった。彼はそこで、ロシヤの民衆（ナロード）をも発見したのである。彼は民衆を通して神を見出し、信仰の道へ復帰したというべきであろう。後年のドストエフスキーにとって、キリストは虐げられたロシヤ民衆の面影と密接不可分に結合する。神とはドストエフスキーにとって、何よりもまずロシヤ民衆の奉じる神を意味した。彼のメシアニズムと民衆崇拝とは、ここに由来する。民衆から離れ去った者は、宿命的に神をもみうしなうという思想は、晩年のドストエフスキーにとってもっとも内奥の信条告白となったが、こうした確信に導いたのは、シベリヤ流刑のうちで彼が体験した劇的な精神のドラマであったのだ。

シベリヤ流刑における赤裸々な体験を描いた『死の家の記録』は、その地でドストエフスキーがナロード出身の囚人たちに冷たい目で迎えられ、彼らの間に相互理解がはばまれていたことを伝えている。「民衆の信頼をえて、彼らの愛を獲得することほど、世にもむずかしいものはない」と、彼は懲役生活のはじめに痛感した。「彼らは長い間、軽蔑と嘲笑でちくちくと私に当ったものである」。出獄まぎわになっても、依然として一部の民衆出の囚人たちは、ドストエフスキーを心から理解しなかった。「私たちの間には、何らかの障壁がたちふさがっていたように思われる」と彼は書いている。

当時書かれた彼の私信もまた、同じ体験を物語っている。たとえば出獄後一週間をへて兄ミハイルあてに書かれた手紙は、ドストエフスキーの獄中における生々しい印象をこう伝えている。「彼らは粗野な憎悪の強い、乱暴な連中です。貴族に対する憎悪は言語を絶しているので、われわれを敵意をもって迎え、われわれの不幸に意地悪い悦びを感じたものです。もしも勝手にさせたら、彼らはわれわれを食い殺したでしょう」。彼はこうして、シベリヤにおいてナロードとインテリゲンツィヤとの間に存在する精神的な溝を、はっきりと認めたのである。

ナロードに対する罪の意識

民衆から分離したインテリゲンツィヤとしての自分を、民衆との対比において深く反省する機会を与えたものは、このようなシベリヤにおける死の家――ないしは「強制的コムニズム」(一八五四年二月のフォンヴィージン夫人あて手紙)の生活であった。このような生活体験を通して、彼は次第に民衆に対する罪の意識をはっきりと自覚するようになっていった。それは、特徴的なロシヤ的テーマであった。

十八世紀後半の、ノヴィコフやラジーシチェフ以来、ロシヤの良心的なインテリゲンツィヤは、農奴制下に搾取され、専制によって抑圧されて獣に等しい悲惨な生を営む民衆の苦悩に対して、人類愛的な同情と同苦を抱き、民衆の涙や汗を代償として得られた自己自身の西欧風の教育や社会的栄達の機会を反省して良心の苛責に悩むようになった。

ラジーシチェフから一八二五年の「軍服を着たインテリゲンツィヤ」――十二月党員を

へて四〇年代のバクーニン、ゲルツェンにいたる人たちは、いずれもみな、このような地主貴族出身の、悩める良心の持主であり、ツァーリズムに対して、また国家権力の精神的憲兵の役割に堕落した教会に対して、批判の眼を向けたインテリゲンツィヤであった。青年ドストエフスキーもまた、そのような一人であったのである。

インテリゲンツィヤの土壌喪失性の認識

彼もまた、青年時代に西欧社会主義の感化をうけ、民衆に対するかぎりない同情心から、専制と正教会とに対する叛逆の途に出た。しかもドストエフスキーは、シベリヤにおいて現実のナロードと接触し、インテリゲンツィヤとナロードとの間に架橋をはばむ深い精神的な溝を見出したのである。

いまや彼は、インテリゲンツィヤが権力によって、ニコライ一世によって、裁かれたのではなく、ほかならぬナロードによって裁かれたのを感じた。そしてそれは、西欧起源の社会主義に改宗したインテリゲンツィヤが、神と正教会から離反することによって民衆からも離れ去り、それと同時に母なる大地からもぎ離されてしまったからだ、とドストエフスキーに思われた。後年ドストエフスキーは民衆から分離した無神論的知識人を目して、母なる「大地から離れた者」、土壌から「根こそぎされた者」、さらには「放浪者《スキターレツ》」と呼んだものである。

彼にとって、大地、土壌《ポーチヴァ》は、象徴的な意味をおびている。それは、ナロード、国民的地盤、さらに人間実存の成り立つ場、神と教会の懐を象徴しているのだ。ドストエフスキーの作品に描かれた多くの不信仰者たちは、例外なく、決定的な回心の瞬間に、大地にがばと身を投げ、涙をもって土を濡らし、大地を接吻する。ドストエフスキーは、神と母なるロシヤの土壌から離れ去り、根こそぎされたインテリゲンツィヤの精神構造のうちに、人間実存の地盤喪失をみたのであった。

彼は後年、『作家の日記』において、ペトラシェフスキー事件を回想しながら、自己の精神的転機をこう率直に物語っている。「われわれが告発される原因となったことがら、われわれの精神を支配した思想や観念は、悔悟を要しないものと思われたのみならず、むしろ何か自分たちを浄化する殉教的なもののように感じられた。……この気持は、永くつづいた。流刑の数年間も、苦痛も、われわれの意志を砕くことはできなかった。……否、何かある別のものが、われわれの見解、信念、心情を一変させたのである。それは、民衆との端的な接触であった」。そして彼は自分が「国民的根元へ復帰」する上にもっとも困難の少なかった一人であろう、とつけくわえている。

神を担う民衆《ボゴノーセツ》

それ以来、ドストエフスキーのもっとも神聖な信条となったのは、ロシヤ民衆のうちに、もっとも純粋なキリスト教精神――つまり正教の理念が蔵されている、という深い確信であった。ロシヤの民衆は、神を担う民《ボゴノーセツ》、神を孕《はら》む国民なのだ。「わが民衆の有している正教の信仰とその究極の目的を理解しえないものは、わが民衆そのものをけっして理解することはできないであろう。それのみならず、彼らは、ロシヤの民衆を愛することができない」と彼は死の直前に書いている（『作家の日記』）。

ドストエフスキーのかつての思想は、このようにしてシベリヤの牢獄における民衆との接触によって否定された。彼はナロードを通して正教会の信仰へ復帰し、それと同時に自分がいまや確乎として祖国の土壌に根づくようになったと信じた。友人の一人が、彼の流刑をもってまったく不当な処置であったと述べた時、彼はいまやきわめて自然に、次のように抗弁したのだった。

「いや、それは正しい。われわれは民衆に裁かれたのだ。……それは多分、かしこの上天の至高な御方にとっては、そこで何かを知らしめるために、すなわちもっとも重要なもの、それなくしては生きてゆけないものを知らしめるために、私を苦役へ連れて行かなければならなかったのだ。なぜならば、このもっとも重要なものは、今はただ民衆――たとえそれがけがらわしく、盗賊であり、殺人犯であり、酔いどれであったにせよ、ただ民衆のなかにのみ隠されているものだからである」（ア・カ・ボロズディン『文学的特徴――十九世紀より』）。ドストエフスキー後年のメシアニズムは、ロシヤのナロードへの信仰のうちに支柱をもっていたのである。

一八五六年一月に友人マイコフにあてた手紙――出獄してから二年目に書かれた手紙は、すでにドストエフスキーが民衆の発見を経て、母なるロシヤの大地に戻ったことを告げている。

「見解は変りますが、心はいつも同じです。……私は愛国心、ロシヤの理念、義務の感情、国民的名誉を……考えます。……ロシヤ、義務、名誉――そうですすとも、私は常に真のロシヤ人でした。……そうです。私はヨーロッパとその使命を完成するものは、ロシヤであるというあなたの思想に賛成します」。

　彼は自己の精神のうちに形成された西欧的なものを、民衆の生のうちに蔵されたロシヤ的なものと対決させた。そして民衆と母なる大地とから背き去ったインテリゲンツィヤは、「神を孕むロシヤ民衆」の許に、はじめて自己のたつべき地盤を発見できると信じたのである。

土壌主義

　一八六〇年、シベリヤから首都への帰還を許されたドストエフスキーは、兄ミハイルとともに雑誌の『ヴレーミャ』発刊を企図した。その購読予約文には、彼の新しい思想が表明されている。まずはじめに、彼はピョートル大帝の西欧化政策がもたらした民衆とインテリゲンツィヤとの間の精神的分裂がいかに有害であるかを指摘し、次いでこう論じる。

「しかし今では、この分離も終ろうとしている。現代までつづいてきたピョートルの改革も、ついに最後の限界に達した。もはやこれ以上進むことはできず、また行くところもない。道は歩みつくされた。ピョートルのあとにつづいた人たちは、ヨーロッパを知り、ヨーロッパの生活に合流したが、ついにヨーロッパ人となることはできなかった。……いまやわれわれは、ヨーロッパがわれわれにとって無縁の、むしろわれわれとは正反対の国民的根元から生み出し、いまや老朽化した生活様式の一つに、われわれ自身を押しこめることが不可能なことを承認している。それは、自分のものとは違う寸法で縫われた他人の服を着ることができないのと同じである。……われわれは別箇の、もっとも独立独歩の国民であって、われわれの目的は自己自身の新しい形式――われわれの土壌からとられた民族精神、民族的根元からとられた自己自身の形式を創造しなければならない」。

しかしながら、この新しい形式は、いまやアポロン・グリゴーリエフの感化の下にドストエフスキーが構成した野心的な「土壌主義」の綱領によると、たんなる孤立的な民族主義的要求、ないし排他主義を意味しない。むしろこれとは反対に、それは「最高度に普遍人類的」であり、この新しい「ロシヤの理念は、おそらくはヨーロッパの各民族があれほど執拗に、あれほど根強く展開した一切の理念の大綜合となる」であろうと。

「第三ローマ」の観念

この高遠な、しかし茫漠としてつかまえどころのない「土壌主義」にもとづいて彼が提唱する「新しい、広々とした、栄光の道」の正体は、後年『作家の日記』その他において、大真面目で説かれるロシヤ・メシアニズムなのである。その際、彼は、ロシヤ・メシアニズムの伝統的な旗印、「第三ローマ」の観念に依拠しようとする。この理念をはじめてうち出したのは、プスコフの修道僧フィロフェイであった。すなわち一四五三年に、東ローマ帝国の首都でありギリシャ正教会の総本山であるコンスタンチノープルがついに回教徒の手に帰したおり、それは正教世界の新しい守護者をもって自認するロシヤ人の眼に、ビザンチン帝国に対する神罰とうけとられた。なぜならば、帝国は一四三九年のフィレンツェ宗教会議において、異端的なローマ教会との合同策を認めたからである。

アウグストゥスの築いたローマ（第一ローマ）と、コンスタンティヌス大帝がコンスタンチノープルに築いた第二ローマとは、真実のキリスト教精神を裏切った結果、滅亡した。モスクワはいまや真正なキリストの教えを護持する第三ローマとなり、聖ロシヤとならねばならない、――フィロフェイはこのようにイワン三世にあてて書いた。

いまやドストエフスキーも、使い古されたこの理念を高く掲げてこう宣言する。「われわれロシヤ人は、若い国民である。われわれは、すでに千年をけみしてはいるが、しかもたったいま生活をはじめたばかりである」。「モスクワは、まだ第三ローマとはならなかったが、予言は実現されるに違いない」。「ロシヤ人によってすでにその将来に自認されている偉大な使命のうちのもっとも偉大なものは、全人類的使命であり、一般人類への奉仕である」――こうした類の、ドグマティックで自己陶酔的言辞は、『作家の日記』のいたるところに見出すことができよう。彼の聖なる確信は、ロシヤのナロードのうちに蔵されていると信じられた正教の理念を全世界に宣布し、同胞愛にもとづく普遍的な世界救済の使命をロシヤが履行しなければならない、というにあった。

第三の世界的理念

正教の理念

一八七七年一月の『作家の日記』は、冒頭に『三つの理念』と題する論文を掲げる。ここでドストエフスキーは、カトリシズム、プロテスタンティズムおよびスラヴ理念――つまりロシヤ民衆のうちに秘められた形姿における正教の理念を、比較論評する。そこで述べられたドストエフスキーの見解は、スラヴ派、ことにホミャーコフの教会論や比較文明論の焼直しにすぎない――もっとも文士ならではの、奇想天外な論評が随所にみられるのではあるが。

ドストエフスキーによると、これら三つの宗教理念は、たんに教会的信仰であるのみならず、各民族の生活の全面を幾世紀にもわたって捕捉してきた精神的な力でもある。まずカトリシズムとは、「人間の強制的統一」の精神であり、「古代ローマから発する理念」である。この理念の体現者は、フランスである。しかもたんにカトリック的フランスのみか、宗教を否認したのちも依然として統制的統一の原理によって地上の楽園を築こうと努める社会主義的フランスも、同じくこの理念の体現者なのだ。他方、ドイツの指導理念であるプロテスタンティズムとは、本質的に「抗議する、たんに否定的な信仰」を特徴とする。したがってカトリシズムが地上から姿を消すと、ただちにプロテスタンティズムも生命力を枯渇する。「けだし、もはやプロテストしようにも対象がなくなって、真直に無神論へ転落」せざるをえないからだ、というのである。

ところで「東方においては、まだ聞いたこともないような未曽有の光を発して第三の世界的理念が輝きはじめた」。このスラヴの理念は、ドストエフスキーによると、「おそらくは全人類ならびにヨーロッパの運命を解決すべき」理念なのだ。こうしたキリスト教の三つの理念に関する特徴づけと評価は、ホミャーコフの影響を明示している。ホミャーコフによると、カトリック教会は自由なき統一の原理を、プロテスタント教会は統一なき自由の原理を表現する一方、正教会は僧俗ともに信者全員の自由に表明される相互的な愛にもとづく統一の原理――ソボールノスチの精神――によって成り立つ、というのである。

スラヴ派の解したような正教は、国家公認のロシヤ正教会の官許的信仰ではなく、いわば理想化された正教であり、ロシヤ民衆によって担われた「まだ世に知られない」正教信仰であった。ドストエフスキーの正教も、まさにこのような理想の正教にほかならない。ホミャーコフ、キレエーフスキー、アクサーコフ兄弟、サマーリンといった初期スラヴ派たちは、ちょうどドストエフスキーと同様に、虐げられたナロードのうちに、十字架上のキリストの聖なる相貌を見出していたのであった。

さてドストエフスキーは、このような正教スラヴの理念に立脚して、カトリックおよびプロテスタント教会の信仰形態と、これらの信仰を奉じる西欧諸国の社会政治的動向を、情容赦もあらばこそ、手ひどい毒舌と嘲罵をあびせて批判する。『作家の日記』に政治評論家として登場するドストエフスキーの論法は、概して善玉と悪玉とのきわめて明快かつ単純な分類に終始している。

カトリシズムと無神論的社会主義

彼の敵意は、ことにカトリック教会に注がれる。すでに一八六九年の『白痴』においても、作家はムィシキン公爵の口をかりて、こう批判する。「カトリシズムは、第一に反キリストの信仰です。……第二に、ローマ・カトリシズムは、無神論よりいっそう悪いのです。

これが私の意見です。……法王は土地と地上の玉座をえて、剣をとりました。……無神論は、彼らの虚偽と精神的無力との産物です！　ああ無神論、ロシヤで神を信じないものは、ただ特殊の階級だけです。……根こそぎされた人たちばかりです。ところがヨーロッパでは、民衆の大部分が信仰を失いはじめているのです」。

同様にムィシキンはこう述べる。「社会主義は、やはりカトリシズムとカトリック精神との産物です！　これは兄弟分の無神論と同じく、絶望から生れたのです。そして精神的な意味でカトリック教会の反対に出て、みずから失われた宗教の権力に代り、人類の精神的飢渇をいやし、キリストの代りに力をもって人類を救おうとしているのです！　これもやはり、力を通しての自由であり、剣と血とを通しての結合です」。

『作家の日記』で述べられた信仰告白と比較すると、ムィシキン公爵の言葉が作者自身の思想を忠実に表明していることは疑問の余地がないのである。ドストエフスキーはホミャーコフにしたがって、カトリック教会が古代ローマから強制力をもって世界を統一しようという権力主義、権威主義の原理を受けついだ、と信じた。これこそが、法王不可謬権の真の意図である、と彼は解するのである。彼はスラヴ派によるカトリック教会批判を一歩進め、現代の社会主義ないし共産主義もまた、ほかならぬローマ的、カトリック的原理の直系であり、近い将来にかならずやローマ法王は、サタンの誘惑にしたがって無神論的社会主義の旗印を白日の下に掲げるであろうと信じきっていた。

この見地から眺めると、『カラマーゾフ兄弟』に描かれたあの大審問官の物語は、何よりもまず、カトリシズムの反キリスト教的性格を暴露するという意味をもっていた。実際『白痴』以来、ドストエフスキーの作品のなかでひとたびカトリシズムが論じられ、あるいはカトリック教徒が登場すると、たちまち大審問官的思想と弾劾の情熱がいつもよみがえってくるのである。

『作家の日記』は、いたるところで作家の根強い反カトリック的偏見を伝えている。「社会主義は全ヨーロッパにとって未来の力であり、もしも他日、法王が世界各国の政府に見すてられ、放棄されるようになったならば、法王は社会主義の抱擁に身を投じて、これと一つに結合しよう。……法王は彼らの前に乞食のように、跣足のまま立ち現われ、諸君の説き望む一切のことは、すでに福音書のうちに書かれている、……法王は諸君にキリストを与え、蟻塚の真理を信じる、と述べることであろう」――このように彼は『作家の日記』においてビスマルクの文化闘争に言及しながら書いた。

キリストと聖書の名において、社会主義的蟻塚を築こうという、この法王の野望は、ドストエフスキーの眼に、第一インタナショナルの革命家たちの宣伝よりもはるかに多数の大衆を惹きつけ、比較を絶して強大な運動になるものと映じた。一八七三年に、『グラジダニン』紙の編集を引きうけたドストエフスキーは、そこでこう書いたものである。

「人間の魂を捕えることに熟達した二万のジェスイットの軍勢とともに、法王は裸足のままボロをまとって民衆のなかへはいっていくであろう。この軍勢を、カール・マルクスとバクーニンがはたして阻止できるであろうか？　いや、けっしてできるものではない」と。

一般に西欧の宗教的傾向にかんするドストエフスキーの理解と判断は、多くの評論家が指摘するように、あまりにも不当であり、曲解や歪曲に満ちている。西欧の信仰を審判する際、彼は聖アウグスチヌス以来の多数の偉大な神学者たち——「聖ロシヤ」に欠如する深遠な宗教哲学思想の伝統——をまったく無視して、いささかも動じないのである。しかも他面、正教ロシヤにみられる、ありのままの教会に対しては、ドストエフスキーの批判の鋭鋒はほとんど影をひそめてしまう。

ドストエフスキーは、ゾシマ長老の口をかりて、西欧諸国における教会の堕落ぶりをきびしく衝いている。「外国では教会はまったく消滅して、職業的な僧侶と壮厳な教会の建物だけが残っているにすぎない。……教会はずっと以前から、教会という下級の形から国家という上級の形へ移ろうと努めている。……少なくともルッター派の国では、そのように見える。ローマにいたっては、もはや千年このかた、教会に代って国家が高唱されている」。しかし、西欧の教会に向けられたこの批判は、実際には何よりまず、正教ロシヤにあてはまるのだ！

ドストエフスキーの正教は、結局のところ、ホミャーコフの説いた理想化された正教であり、反動的な後期スラヴ派レオンチェフが非難したような「バラ色のキリスト教」であった。しかもドストエフスキーは、この純粋無垢な正教理念が、同様に理想化されたロシヤ農民のうちに宿されていると信じきっていたのである。

政治的汎スラヴ主義

しかしドストエフスキーは、東方的、正教的理想をこうしたメシアニズムの純精神的な形で述べるだけでは満足しなかった。まもなく彼は、東方の正教精神を実現して、人類を無神論と社会主義とから守護するために、ロシヤを先頭とする一大スラヴ連邦の結成を提唱するようになる。ドストエフスキーの理想主義的、宗教的なメシアニズムの教説は、こここにいたってダニレフスキー流の政治的汎スラヴ主義へと転化する。

露土戦争が勃発したおり、ドストエフスキーの眼にロシヤを指導者とするスラヴ世界がついにその使命をはたすべき偉大な時機が到来した、と映じた。「この戦争は……われわれの呼吸している空気を浄化する。……戦争の勝利とともに、新しい言葉が現われ、生きた生活が始まるであろう」。さらにつづけて、「政府のおぼつかない努力によって、辛うじて一時的に獲得されたプロレタリアの《平穏》や、ブルジョワの取引所に死活を握られているヨーロッパ」と、聖ロシヤとを同一視する人たちを、彼はきびしく批判する。ロシヤの行なう戦争を西欧の尺度をもって判断するのは、許しえない迷妄だというのだ。「いまロシヤがなそうとする戦争より、いっそう神聖かつ清浄な偉業は他にあるだろうか？」ドストエフスキーはこう論じ、ロシヤは異教徒の手中にあるコンスタンチノープル（イスタンブール）を奪回し、大スラヴ連合の首都を築かねばならないと結論する。「ダニレフスキー氏は、私の言葉を十分に理解してくれるであろう」（『作家の日記』）。

ダニレフスキーのスラヴ主義

ダニレフスキーの『ロシヤとヨーロッパ』は、たんに汎スラヴ主義の政治宣伝の書としてのみならず、シュペングラーの『西欧の没落』の先駆として、今日次第に多くの歴史家や文明論者の注目を惹いている。実際、シュペングラーによる『ロシヤとヨーロッパ』の剽窃《ひょうせつ》が一部の研究者によって疑われているほど、ダニレフスキーとシュペングラー両人の文明論における理論構成は酷似するのである。ともあれ、ダニレフスキーは、生物学的な「有機体の発展理論」と「文化歴史類型論」とによって世界史上に登場した諸文明の盛衰を説明し、いまや没落しつつある「ローマ・ゲルマン的文化類型」（西欧文明）に代るより全面的な新しい文化類型を、ロシヤが提示していると説いた。ダニレフスキーによると、ロシヤがその使命を遂行するための第一歩こそ、コンスタンチノープルの領有と全スラヴ民族の政治的統一とでなければならない。

ここで重要なことは、ダニレフスキーの文明論が本質的に歴史的、文化的相対主義を意味したことである。世界史のうちに誕生し、成長し、やがて凋落していった数多くの「文化歴史類型」は、きわめて独自な存在形態であって、ほとんど相互に影響を与えることができず、本質的に普遍人類的な文明を創造することが不可能なのである。こうした学説のなかで宗教的な理念は、ダニレフスキーの実証主義的な理論構成の背後に覆いかくされ、そこでは正教も、ロシヤ民族性の西欧諸国民に対する優越性を証明するたんなる一つの標識と化してしまう。換言すると、ダニレフスキーの実証的、科学的（より正確には疑似科学的）理論構成のなかで、民族性は初期スラヴ派の歴史哲学にみられるようなメシア的宗教・形而上学的理念から解き放たれ、本質的にそれとは無関係に、その優秀性を疑似科学的に基礎づけられているのである。

はたして正教はロシヤ民族性の根本的属性として尊重されるのか、それとも民族性は正教という普遍的な宗教理念の担い手としてはじめて価値あるものと解されるのか――こうした問題は、キレエーフスキーやホミャーコフといった初期スラヴ派の意識のなかで、かならずしも明瞭に提起されていなかったであろう。実際のところ、初期スラヴ派は正教をはなれたロシヤ民族を想像できなかったに違いない。彼らの歴史哲学と宗教哲学において、正教という普遍人類的理念は種子であり、他方民族性はこの種子が発育し、成長開花する土壌を意味した。両者は、互いに不可分に結合するものとみなされていた。

他方ダニレフスキーが六〇年代以降にスラヴ主義を新たに基礎づけた時、観念論哲学の隆盛時代は過ぎ去り、ダーウィニズムや哲学上では唯物論ないし実証主義が時代の寵児となっていた。彼のもとでメシア主義は決定的に世俗化されるにいたり、それとともにロシヤ民族性は、正教の神秘的・形而上学的理念を離れて独立独歩する可能性を与えられた。いまや、正教は、ロシヤ民族のたんなる一属性に堕し、世俗化されたメシア主義はロシヤ・ナショナリズムのたんなるアクセサリーに転化し、ついには汎スラヴ主義の帝国主義的イデオロギーへと転落していった。つまり、ダニレフスキーの生物学的スラヴ主義において、神は国民の属性へと引き下げられる結果となったのである。

ダニレフスキーと『悪霊』のシャートフ

ダニレフスキーの『ロシヤとヨーロッパ――スラヴ世界のゲルマン・ロマン的世界に対する文化的および政治的関係観』が、一八六九年に『ザリャ』誌に発表され、回を重ねるにつれて、ドストエフスキーはそこに、自分と同一の信条告白を見出して狂喜した。六九年三月に、彼は友人ストラーホフにあててこう書いた。「ダニレフスキーの論文は、私の目から見ていよいよ重要な大論文としての性質を増してきます。まったくこれは、将来長くすべてのロシヤ人がかならず伝えなければならぬ座右の書となるでしょう。……これは私自身の結論と信念とに一致しており、二三のページにいたっては、結論の類似に驚くほどです。私はずっと以前から、すでに二年来、同様な論文を書く準備として自分の思想を書き留めていますが、それはほとんど同一の題名のものであり、まったく同じような思想と結論を主張しようとするものです。私が将来に実現しようと熱望していたのとほとんど同じものが、もうすでに実現されているのを発見するとは、何といううれしい驚きでしょう。その整った調和のある表現、異常な論理力、高度な科学的態度、これは私がどんなに努力しても、とうてい実現できないものです」。

ダニレフスキーは、ドストエフスキー後年の政治的同志であっただけではない。彼はまた、ドストエフスキーのかつての同志でもあったのだ。つまり、ダニレフスキーはシベリヤ流刑こそ免れたものの、青年ドストエフスキーとともにペトラシェフスキー事件に連座して、しばらく聖ペトロパヴロフスク要塞に禁錮されていた。このことは、両人にとって不思議な因縁のように思われたことであろう。ドストエフスキーは、友人にあててこう書いている。

「ダニレフスキーについては、あの一八四九年からこのかた、何一つ聞いたことはありませんが、時おり、彼のことを考えていました。彼がいかに熱烈なフーリエ主義者であったかも想い出します。それがいまや、フーリエ主義からロシヤへ方向転換してふたたびロシヤ人となり、自分の土壌と本質を愛するようになろうとは！」（一八六八年十二月十一日付マイコフあて手紙）。やがてまもなく作家が『悪霊』の執筆にとりかかった時、ダニレフスキーをモデルとしてシャートフを描いたことは想像に難くない。彼は、シャートフ――社会主義の地下運動から転向してスラヴ派の信条を抱くようになったあのシャートフを構想する際、ダニレフスキーとともに自分自身の思想遍歴を脳裏に想い浮べていたに違いないのである。

政治的排外主義と宗教的アナーキズム

二つの相貌

このようにドストエフスキーは、露土戦争の前後にダニレフスキーに同調し、政治的汎スラヴ主義の熱狂的な唱道者となった。しかし他面において、ドストエフスキーは初期スラヴ派の教説にみられるような醇乎《じゅんこ》として醇な聖ロシヤ・メシアニズムの使徒でもあった。そしてこの面で、ドストエフスキーの正教精神は愛の普遍主義と結びつく。実際、彼の解したような正教理念――一切が大海のようなものであり、各人が万人に対して、万人が各人に対して自由な相互的愛によって精神的に結合する、という理念は、全人類に対するロシヤ民族の奉仕義務という観念へと彼を導くのである。

西欧に対する彼の態度はちょうど初期スラヴ派の場合と同様に、憎悪と愛との複雑な交錯によって彩られている。一面において西欧は、社会主義的蟻塚の反キリスト精神を代表する。この側面において彼は、ダニレフスキーにしたがって汎スラヴ主義の政治綱領を支持し、近い未来に生起する（と信じた）無神論的西欧との一大決戦にそなえ、スラヴの兄弟の大同団結を説くのである。しかしひとたび愛の普遍主義という理想主義的感激がその脳裡を支配し、ブルジョワ的西欧とか、無神論的ヨーロッパについてのイメージを蔭においやった時、「聖なる奇蹟の国」（ホミャーコフの言葉）に対する温かい愛情の言葉が、ドストエフスキーの口からほとばしり出る。ジョルジュ・サンドを回想しながら、彼はこう述べている。

「われわれロシヤ人には、二つの故郷がある。つまりわがロシヤとヨーロッパとであり、それはわれわれがスラヴ派と呼ばれている時でさえ、変らない。……ロシヤ人によってその将来に自認されている偉大な使命のうちのもっとも偉大なものは、全人類的な使命であり、一般人類への奉仕である。たんにロシヤのみならず、一スラヴ族にとどまらず、全人類に対する奉仕でなければならない」（『作家の日記』）。

正教理念による全人類救済という宗教的理念は、『カラマーゾフ兄弟』における僧パイーシイの口を通してもっとも純粋に披瀝されている。それは、国家権力がついに消え去り、そのあとに全人類的な愛の共同体が実現するというユートピアにほかならない。地上の国家を教会にまで高揚させること――これが聖ロシヤの全人類的使命でなければならない。僧パイーシイは、ゾシマ長老を代弁して、こう述べている。

「教会が国家になるのではありません。それはローマとその空想です。それは悪魔の第三の誘惑です！　これとは正反対に、国家がかえって教会に同化するのです。国家が教会の高みにまで昇って、地球の表面いたるところ教会となるのです。……これこそが、地上におけるロシヤ正教の偉大な使命です。東の方からこの国が輝きわたるのです」と。ここには、初期スラヴ派とドストエフスキーが理解したような、自由の宗教としての正教理念に由来する一種の宗教的アナーキズムのパトスが脈動しているのである。

『作家の日記』の随所にみられた政治的ナショナリズムの唱道や帝国主義的汎スラヴ主義の主張と、他方ゾシマ長老やパイーシイの理想との間には、架橋をはばむ大きな懸隔がある。二つの見解の不調和は、何ぴとの眼にも明瞭であろう。ドストエフスキーは、互いに真向から対立矛盾しあう二つの見解を、和解させることをなしえなかった。一方では、特定の政治運動によって神政的目標の実現が企てられ、それによって制約される。しかも他方では、地上における神の国の樹立が地上的のあらゆる手段から独立して、もっぱら神秘的な恩寵の作用を通して実現され、その結果、国家権力は眠り込んで、ついに全人類的教会が姿を現わすというのである。

「プーシキン講演」

愛の普遍主義にもとづくメシアニズムの理念は、晩年における有名な「プーシキンに関する講演」において、もっとも詳細に展開されている。ドストエフスキーは、一八八〇年五月二十六日に予定された講演会に、トゥルゲーネフとともに「ロシヤ文学愛好協会」によって招待された。モスクワ到着後、妻にあてた手紙は、宿敵トゥルゲーネフに対する激しい対抗意識を伝えている。「何よりも必要なことは」――と彼はそこで書いている――「私を必要としているのが、たんにロシヤ文学愛好協会の人たちばかりでなく、われわれの党全体であり、私が三〇年間も戦いつづけてきた理想そのものなのです。なぜならば、反対派（トゥルゲーネフ、コヴァレフスキー、そしてモスクワ大学のほとんど全部）が、ロシヤ民族性の表現者としてのプーシキンの意義を減少し、民族性そのものさえ否定しようとしているからです」。

西欧派とスラヴ派との間の烈しい敵対意識のなかで開幕した講演会は、ドストエフスキーの圧倒的な勝利をもって終った。彼みずから、その成功を妻に報告している。「私の講演が聴衆に与えた効果は、とても君には想像できまい……。私は講演をはじめたが、一ページ読むたびに、時として一句ごとに、雷のような拍手に中止を余儀なくされた。私は大きな声で、火のような熱情をこめて読んだ。タチヤーナについて私が書いたすべては、感激の念をもって迎えられた。これは二十五年間の迷妄のあとに、われわれの理念が獲得した偉大な勝利である！　私が最後に人間の全世界的結合を高唱した時、ホール全体は、まるでヒステリーの発作を起したようだった。聴衆の間の見知らぬ人同士が、涙を流し、慟哭《どうこく》しながら互いに抱擁し、互いによりよい人間になろう、これからは互いに憎み合わないで愛するようにしようと誓い合ったものです」。

彼の講演のあと、会は一時間にわたって中断された。トゥルゲーネフは、私生活上かつ思想上の敵であるドストエフスキーをかたく抱きしめた。旧いスラヴ派の闘士イワン・アクサーコフは彼の講演を歴史的事件と評し、彼のあとに、もはや自分の講演を行なうことはできないと述べた。こうして『カラマーゾフ兄弟』の作者は、公衆によって国民的文豪として、また予言者として遇されるようになった。

全人の理想

さてドストエフスキーは、プーシキンの創作活動のうちに三つの時期を区別する。第一期において、プーシキンは母なる大地から根こそぎされた消極的なロシヤ的人間類型——西欧化したインテリゲンツィヤの姿をはじめて明瞭に浮彫りにした。『ジプシイ』のアリョーコや『オネーギン』の主人公は、ロシヤの土壌と、したがってナロードとから遊離して浮き草のように世界各地をさすらう「放浪者《スキターレッツ》」である。彼らは、ピョートル大帝の西欧化改革後に、ロシヤに流入した西欧文明と精神的に同化し、国民的土壌から離れ去って形而上学的な地盤喪失の状況に陥った人間、無用人型インテリゲンツィヤなのだ。

次いで第二期のプーシキンは、ロシヤの民衆のなかに、積極的な人間の美しい姿を見出した。『オネーギン』のタチヤーナは、こうした「積極的な美の典型」なのだ。彼女のうちに、「故郷、郷土の民衆、その聖物との接触」がある。プーシキンはこうした積極的人間類型を描き出すことによって、「放浪者」インテリゲンツィヤの救われる地盤が母なる大地にあり、ナロードとの接触にあることを、示唆したのだ。「《謙虚になれ、倣慢な男よ、何よりもまず慢心の角を折れ、謙虚であれ、無名の男よ。まず何よりも生みの田野で働くがよい》。これこそが、民衆的真実と民衆的叡智による解決である」。

最後に第三期において、プーシキンはロシヤ的であるとともに、世界的でもある。彼こそは、世界的共鳴の天才なのだ。「ヨーロッパ文学にはシェイクスピア、セルヴァンテス、シルレルのような巨大な芸術上の天才がいた。しかし、わがプーシキンのように、世界的共鳴の才能を有していたものが、これらの偉大な天才のなかに一人でもいたであろうか？……ヨーロッパの詩人たちは他国民に対する場合、しばしば彼らを自己の国民性に融合させ、自己流に理解した。シェイクスピアすら、その描いたイタリア人はほとんどまったくイギリス人なのだ」。

プーシキンのみは、すべての世界的詩人のなかでただ一人、完全に他の国民性に融合し、変貌する特性をもっていた。こうした特性こそは、ドストエフスキーによると、特徴的なロシヤ的国民性であり、ロシヤ人はその国民詩人と同じく、他国民を自国民のように理解し、共感し、その精神に同化する能力をもつ。ピョートル大帝の欧化政策のうちにも、こうしたロシヤ的精神の特性が現われているのである。「実際、究極の目的において全世界性と全人類とに対する希求にあらずして、はたして何がロシヤ国民の精神力であろうか?」

こうして講演は、ついに最高潮に達する。「しかり、ロシヤ人の使命は、疑いもなく全ヨーロッパ的であり、全世界的である。真のロシヤ人になることは……とりもなおさず、すべての人々の同胞となることである。もしお望みならば、全人(フショチェロヴェク)になることだというてよい」。この見地から眺める時、スラヴ派と西欧派との対立は、たしかに歴史的必然ではあったとはいえ、ようするに大きな誤解にもとづいていた。真のロシヤ人となろうとする人は、両派の争いを超克して、「ヨーロッパの矛盾に最終的な和解をもたらし」、全民族を「キリストの福音」にしたがって完全に結合させ、「偉大な一般的調和」を達成するために努力しなければならない(『作家の日記』)。

このようにして、ロシヤの西欧化したインテリゲンツィヤのうちに見られた「放浪者」的性格は、民衆のうちに蔵された積極的人間の真実を媒介として、最後に全人類との精神的合一――「全人」の理念にまで高められ、甦生する。プーシキンの創作活動をこう解釈することによって、ドストエフスキーは自分自身の世界観を披瀝したのであった。実際この講演のうちに、彼のキリスト教的普遍主義――ゾシマ長老の教説に示唆されたような愛による人類的結合の理想が、高らかに表明されている。そしてここに、一八六〇年の『ヴレーミヤ』発刊広告文に暗示された立場が、より豊かな形で貫かれているといえよう。

汎アジア主義の予言者

しかしながら、最晩年のドストエフスキーの面貌には、またもやゾシマ長老の温和なイメージは失われ、それに代って十九世紀末に活躍するロシヤ帝国主義の露骨なチャンピオン――「黄色《ジョルト》ロシヤ」の主張者ウフトムスキー公のイメージが現われる。すなわち、文豪の死後三日目に現われた『作家の日記』の最終号（一八八一年）において、ドストエフスキーは汎スラヴ主義の唱道者から、汎アジア主義の予言者へと脱皮しているのだ。そこで彼は、おりしも中央アジア征服を行なっていたスコベレフ将軍の戦勝の報道を狂喜して迎えるとともに、さらに一歩を進めて後の「東方派」のイデオロギーを先取りし、こう述べている。「アジアはわれわれにとって、まだ発見されなかった当時のアメリカと同じである。アジアへ向けて力を注ぐとともに、われわれの精神が昂揚して力が復活するに違いない」。この政治的遺言状のなかで、彼はアジア開発に向うロシヤ人が、科学の力によってその地に眠る莫大な資源をもとに、巨大な工業施設を築くであろうという予言者的なヴィジョンを抱いていた。この夢を実現するためには、「まず手はじめに二本の鉄道を敷設すればよい——一本はシベリヤへ、他は中央アジアへ」。

アジアへの関心を高めることがロシヤの未来にとって必要なのは、彼によると、「ロシヤ人はたんなるヨーロッパ人ではなく、同時にアジア人でもある」からである。西欧人が「われわれをヨーロッパ人よりも、むしろアジア人に近いといいはしないか、などといった下男根性の危倶」を払拭するようにと、彼は説いている!

しかしドストエフスキーは、けっしてロシヤによるアジア開化の使命だけに満足しなかった。彼はこれを、ロシヤの世界支配という究極目標を成就する一つの手段とみた。アジアを横断する進軍は、西欧を征服する途上の一つの廻り道にすぎないのだ。こうした新しい汎アジア主義に立脚して、いまやドストエフスキーは従来の持説を引き込め、コンスタンチノープルの奪回を「遠い謎のような未来」に委ねる。ロシヤが近東進出から手を引くことを明言すれば、西欧列強は互いに「いっそう早くけんかを始める」だろう、というのである。

矛盾の人 ドストエフスキー

ドストエフスキーの政治評論のなかには、すでにしばしば言及したように、多くの混乱や矛盾撞着がある。一方では、初期スラヴ派の宗教哲学に含蓄された理念の純粋化としての愛の普遍主義にもとづく人類救済のメシア主義と「全人」の理想、他方では、ブルジョワ的、無神論的西欧に対決するロシヤの政治的ナショナリズムの露骨な宣伝と文化的国粋主義の主張。一方では、自由の宗教としての正教理念に発する宗教的アナーキズムのユートピア、他方では、ツァーリズムの帝国主義的膨脹政策を正当づける汎スラヴ主義および汎アジア主義——これら二つの本質的に対立する傾向は、しばしばドストエフスキーの政治社会評論のうちに耳ざわりな不協和音を生み出し、読者をとまどわせるであろう。

まことにドストエフスキーは、その偉大な同国人トルストイと同程度に、巨大な矛盾の人であった。その深刻な魂のうちに、一方ではイワン・カラマーゾフが、他方ではアリョーシャが同居していたように、その政治論文においても、一方ではゾシマ長老やパイーシイ神父のような崇高な愛と平和の唱道者の相貌、他方ではダニレフスキーやウフトムスキーのような帝国主義的好戦主義者の相貌とが、奇妙な仕方で共存しているのである。ドストエフスキー自身も、おそらくこれを意識しないわけではなかったであろう。『悪霊』のシャートフは、こうした作者自身の心の秘密の一端を――少なくともその一端だけなりと――漏らしているのではなかろうか。

むすび

歴史の逆説

「第三ローマ」の観念は、プスコフの修道僧フィロフェイによって説かれて以来、ロシヤのナショナリストとメシアニストたちの標語となってきた。ホミャーコフからドストエフスキーにいたるスラヴ派たちもまた、この観念に依拠して祖国の偉大な宗教的使命を説いた。

しかし、二十世紀の冷厳な歴史の事件は、スラヴ派のメシアニズムを完全にくつがえしてしまった。しかもそれは、彼らにとって、まことに皮肉な裏切りであったに相違ないのだ。ベルジャーエフが述べたように、第三ローマの代りに第三インタナショナルが実現したのである（ベルジャーエフ『ロシヤ革命』）。そして、第三インタナショナルの使徒たちの自覚もまた、まさしく救世的自覚であった。彼らは自己を東方より光をもたらす者と意識し、その光はブルジョワ的暗黒に蔽《おお》われた西方と全世界の人民に達し、全世界的革命へと覚醒するであろうと信じていた。

それだけではない。スラヴ主義のいわば鬼子ともいうべきボリシェヴィズムは、スラヴ主義に酷似する相貌を呈しているのである。ボリシェヴィズムは、いわば裏返しになったスラヴ主義といえよう。スラヴ派にとってもっとも貴重な理念は、真正純粋かつ正統なキリスト教と信じられた正教の理念にあった。そしてその社会・経済的表現は、農村の土地共産体《オブシチーナ》であり、その理念の担い手は、ロシヤのナロードないしムジーク（百姓）であった。ボリシェヴィズムも、これらに対応する諸理念を有している。すなわち、レーニン主義こそが真正かつ唯一の正統マルクス主義にほかならず、他方コルホーズはスラヴ派の土地共産体に相応し、そしてナロードないしムジークは近代工業プロレタリアートに転化する。ロシヤ革命は、こうした意味では、社会主義とスラヴ主義との野合を実現したものといえるかもしれない。

これは、二十世紀に生起した歴史の逆説の一つといえよう。ところでこの逆説は、スラヴ主義の哲学の基礎にひそむ矛盾を一挙に暴露しているのだ。

ドストエフスキーは、その「プーシキンに関する講演」の末尾でこう述べた。「プーシキンは、……疑いもなく、ある巨大な秘密を墓のなかへ持ち去った。かくしていまやわれわれは、彼なきあとにこの秘密を解こうとする」と。《ロシヤ革命の予言者》と呼ばれたドストエフスキーの死後、この同じ言葉は、彼自身にあてはめることができるであろう。

『悪霊』のシャートフ

シャートフは、ドストエフスキー自身のスラヴ派的歴史哲学を次のように代弁した。「いかなる国民といえども、科学と理性を基礎として国を建設しえたものは今まで一つもない。……理性と科学は、国民生活において創世以来常に今日にいたるまで、第二義的な補助的役割をはたしているにすぎない。……国民はまったく別の力によって生長し、運動している。それは、命令し、支配する力である。しかしその発生は何人にも不明であり、また説明することもできない。この力こそ最後のはてまで到達しようとする飽くことのない渇望の力であり、同時にまた最後の結末を否定する力でもある。これこそ、うむことなく不断に自己存在を主張して、死を否定する力である。……それは哲学者のいう美的原動力であり、あるいは倫理的原動力と等しい。しかし私は、これをもっとも簡単に《神の探求心》と呼ぶ」。

シャートフはこのように述べ、次いでナショナリズムと宗教との間の不可分な関連性に言及して、その核心をずばりと衝く。

「国民運動の全目的は、いかなる国においても、またいかなる時代においても、ただ神の探求にのみ存していた。それは、かならず自己の神でなければならない。……神は一国民の発生から終末にいたるまでの全体を包含した綜合的人格なのである。すべての国民ないしは多数の国民の間に、一つの共通な神があった例は、これまで一度もなかった。いかなる時も、すべての国民は自己自身の神をもっていた。神々が共通なものになるということは、すなわち国民性消滅の徴候である。神々が共通なものとなる時、神々も、またそれに対する信仰も、国民自体とともに死滅していく。国民が強盛であればあるほど、その神もまたますます特殊なものとなるのだ。宗教すなわち善悪の観念をもたない国民は、かつて存在したことがない。すべての国民は自己の善悪観念をもち、自己独自の善悪をもつ。多くの国民間に善悪の観念が共通なものとなり始めた時、それは国民衰亡の時なのだ」。

シャートフ＝ドストエフスキーは、このように宗教的歴史観を展開して、人類史の秘密を解明する。その歴史哲学は、ちょうどヘルダーのように、各民族独自の歴史的使命を基礎づけるのである。その際シャートフの教説は、神と道徳の多元性を承認する結果、徹底した倫理的相対主義へと導かざるをえないであろう。そしてこうした理論は、上述したように、ニコライ・ダニレフスキーがその『ロシヤとヨーロッパ』において基礎づけた定式と本質的に等しいのである。

したがって、スタヴローギンがシャートフの長広舌をさえぎって、「君は神を国民の属性に引き下げた」と述べた時、その批判は正当であったといえよう。しかしシャートフは、この批判に承服しない。むしろこれとは正反対に、「国民を神へ引き上げたのです」と彼は言う。

「国民――それは神の肉体です。どんな国民でも自己独自の神をもち、世界における他のすべての神を少しの妥協もなく排除しようと努めている間だけが、本当の国民でありうるのです。自分の神をもって世界を征服し、その他の神をすべてこの世から駆逐できると信じている間だけが、本当の国民なのです。少なくとも、人類の先頭に立って少しでも頭角を現わしたすべての国民は、創世以来このように信じてきたのです。……もしも偉大な国民が、自分こそ自己の真理をもって万人を蘇生させ、救済する使命をもち、かつそれを成就する力があるという信仰を欠いているならば、その国民はただちに人類学の材料と化して、偉大な国民たることを止めるのです」。

次いでシャートフは、これまでの相対主義的見地を突如放棄して、こう断言する。

「しかし真理は二つない。したがってたとえいくつもの国民が自己独自の、しかも偉大な神をもつにせよ、真の神を有している国民はただ一つしかない。《神を孕《はら》む》唯一の国民——それはロシヤのナロードなのだ」。

この時、スタヴローギンの決定的な質問が発せられる。「君自身は、神を信じていますか？」と。

「ぼくはロシヤを信じます、ぼくはロシヤの正教を信じます。……ぼくはキリストの肉体を信じます。……ぼくは新しい降臨がロシヤの国で行なわれると信じています。……ぼくは信じています……」。シャートフは夢中となり、しどろもどろに述べる。

「しかし神は？　神は？」と追いつめられてシャートフは、「ぼくは……ぼくは、きっと神を信じます」。

ナショナリストの神

このきわめて意味深長な対話は、たんにナショナリズムの論理と心理構造の核心を衝いているのみならず、スラヴ派とドストエフスキー自身の世界観にひそむ矛盾をも明るみに出しているように思われる。

すべての国民にそれぞれ異なる独自の神を認めながら、しかし他方ではロシヤの神、正教信仰だけが真実の神であり、真正唯一の宗教であると信じるのは大きな矛盾でなければならない。その上、それはキリスト教の神の唯一性、普遍性を否認することになるであろう。スラヴ派とその後継者としてのドストエフスキーの哲学は、結局のところ、ナショナリズムとメシアニズム、国粋主義と普遍主義、相対主義と絶対主義といった、対立する諸傾向の混同と矛盾とを解決することができなかったのである。シャートフ＝ドストエフスキーの歴史哲学や、したがってまたそれに依拠しながら展開される政治評論にふくまれた種々の矛盾と限界もまた、ここに認められるであろう。

ドストエフスキーは、すでにみたように、『作家の日記』におけると同様、多くの作中人物たちの口を通して、神への信仰をうるためには脚下にたつべき地盤が――母なるロシヤの土壌がなければならないと、くり返し力説した。だが、信仰を捧げるべきその神とは、いったいいかなる神なのであろうか？　信ずるために母なる大地、郷土が必要な、その神とは、古代スラヴの氏族神《ヴェリョス》や《ダージボーグ》（一種の雷神）なのではなかろうか？――すでにドストエフスキーの同時代人である批評家ローザノフは、こう問うている（『大審問官物語』、一九〇一年の付註）。

実際キリスト教は、普遍的な神の信奉を説いているのである。それは、本質的に脱、郷、土、的、脱民族的な神への信仰なのだ。キリストへの信仰は、「ユダヤ人もギリシア人も、奴隷も自由人も、男も女も」、さらに「割礼を受くるも受けざるも」、万人に向けられたものでなければならないのである（ガラテヤ書、三章二八節、六章一五節）。

他方、ドストエフスキーをふくめてスラヴ派たちはいずれもみな、虐げられたナロードのもとに神を見出し、ナロードを経て神へ赴いた。彼らは、虐げられた民衆のうちに、十字架上のキリストの聖なる相貌を見出していた。彼らにとってキリストは、悲惨な境遇のなかに沈淪する民衆の姿と不可分に結合していた。彼らは神を信じる前に民衆を信じ、民衆の奉じる正教の神を真の神と認めたのだ。ドストエフスキーもまた、すでにくり返しみたように、シベリヤの牢獄における民衆との接触を通して正教会の信仰へ復帰し、「神を孕む」ナロードの奉じる神に帰一することによって、はじめて自己の立つべき確乎たる地盤を見出したと信じたのである。

十九世紀のロシヤ・インテリゲンツィヤの多くは、スラヴ派も西欧派も、七〇年代に「人民の中へ」はいっていったナロードニキも、多かれ少なかれ民衆崇拝を分かちもっていた。しかしこのことは、無神論的社会主義の立場に立った西欧派やナロードニキの場合よりも、敬虔なスラヴ派にとって、より大きな悲劇を意味した。

むろんわれわれは、ホミャーコフ、キレエーフスキーの場合と同様ドストエフスキーの場合においても、その深刻な宗教的体験とその人格および思想の真摯な宗教性とを疑うじあいをもたないであろう。いやむしろ、彼らが真実敬虔なキリスト教徒であったからこそ、かえってその民衆崇拝は、民衆に裏切られることによって悲劇性を増すのである。シャートフ＝ドストエフスキーにとって、キリストは何よりもまず民衆の神、ロシヤの農民の神であり、その姿にしいたげられた悩める民の面影を宿していた。「ぼくはロシヤを信じます、ぼくはロシヤの正教を信じます、……ぼくはキリストの肉体を信じます。……ぼくは新しい降臨がロシヤの国で行なわれると信じています。……ぼくは信じていますが……」。こうしたシャートフのしどろもどろな言葉は、実際はスラヴ派とその後継者たちの秘められた信仰告白ではなかったであろうか。

あとがき

近世ヨーロッパは、偉大な自我と人間性の発見、および自然を支配する人間理性とその所産たる自然科学への信頼をもって開幕した。しかし、そのようなものに依拠して出発した文明は、いまや深刻な危機に逢着している。人間の神からの解放は、神に対する人間の叛逆をうみ、ニヒリズムへと導いたのである。かつて近世初頭にピコ・デラ・ミランドラは、『人間の尊厳についての演説』を書き、人間を天使たちと力を競わせてこう述べた。

「おお、父なる神の至上の仁慈よ、おお、もっとも高く、もっともすばらしい人間の幸福よ！　人間には、彼が選ぶあらゆるものをもち、彼が欲するあらゆるものになることが許されているのだ。……地上的の事物にも、天上界の事物にも服従することをいさぎよしとはすまい。この世のあらゆるものを尊重せず、この世を越えた神の座に近い法廷へといそごう。そこでは、聖なる秘典が伝えるように、セラフ天使、ケブル天使、スロン天使が第一等の席を占めている。だが、彼らに服従するをいさぎよしとせず、下座に就くを恥とするわれらは、彼らの尊厳と彼らの栄光とに挑戦しようではないか」。

だが、こうした明朗な楽天主義は、その世俗的、自然主義的ヒューマニズムの自己展開の弁証法のサイクルをいまや完了し、人間不信の悲観主義へと到達した。「人間には彼が選ぶあらゆるものをもち、彼が欲するあらゆるものになることが許されている」――この命題の論理的帰着点こそは、「すべてが許されている」という人間的倨傲《きょごう》の意志表明であった。ドストエフスキーの作品は、まさにこうした近代的人間観のゆきつく果てに待ち受ける種々な陥穽を摘発し、近代人の担う歴史的運命の悲劇性を明るみに出している。

すでに一八三九年のことである。当時十八歳の青年ドストエフスキーは、兄ミハイルにあててこう書いた。「人間は神秘です。もしも一生涯にわたってそれを解きつづけるならば、時を空費したとはいえないでしょう。ぼくは、この神秘と取組んでいます。なぜといって、ぼくは人間になりたいからです」。

偉大な作家は、はやくも自己の使命を予感していたのである。実際、彼は、人間の謎を解くことに自己の生涯を捧げた。ドストエフスキーの関心はただ一つ、人間と人間の運命に注がれたのであり、その描く主人公はいずれもみな、自然的な世界秩序から解き放たれ、「生きた生活」から脱落して病める意識の出口のない矛盾と不安とにつきまとわれた近代人であった。

ドストエフスキーの人間探究が、われわれの前に示した偉大な発見――それは、人間実存の問題がもはやたんなる人間的な次元では解決されえず、人間が真に人間となるためには必然的に神を予定しなければならない、ということであった。もしも神がなければ、人間もまたありえないのである。

近代人は、神の死が宣告されたのちも、何らかの偶像や偽神を創造し、その魔力に呪縛されてきた。なぜならば、人間は自己を超えた何ものかによって統御されないかぎり、自己の力だけでは自己をよりよく制御することもできないからである。人間は、神が死んだのちも、依然として神の幻影を追い求めざるをえなかった。

こうして、神と教会の権威に代り、理性の権威、科学の権威、国家と民族の権威、階級の権威、人類の権威、超人の権威、大衆の権威などが、次々とうちたてられた。しかしながら、真の権威がひとたび崩壊したのち、これを回復するのは至難のわざでなければならない。その代りに出現したのは、自由ならざる強制力にすぎなかったのである。「科学によって魔法がとかれて以来」――とヤスパースは述べている――「われわれは、自由の法則が無条件的なものとしてはもはやどこにも認められなくなり、その代りに残っているのは秩序をたてること、協力すること、攪乱しないことだけであるという事実で、世界から神が取除かれてしまったことを本来的に意識するようになっている」（『現代の精神的状況』）と。

神なき世界のなかで、その空虚を満たすべくうちたてられた偶像や偽神たちの力に支配された人間の運命が、どのようなものであったか――ドストエフスキーはこれを近代的人間の悲劇の形でこの上なくあざやかに描いてみせたのである。

今日、人間や人間性について、またヒューマニズムについて、しきりと語られてはいる。だが、多く語れば語るほど、その言葉は空疎となり、そらぞらしく感じられていく。それは、われわれの内面生活がもはや救いがたいほど荒廃し、枯渇しているからでもあろうか。いまや神を見失った現代人は、何ものをも信じえなくなっている。しかもわれわれの生は、不信をおおいかくし、不安を隠蔽するありとあらゆる種類の言辞――ヤスパースのいう「近代的詭弁」や「偽装の言葉」に充満している。

われわれは、不信と不安を糊塗する無用の言論にとりまかれ、自己存在の空虚を瞞着する思想を生み出し、不安を一時的にせよまぬがれさすような理論をあみ出している。しかもこうした種類の思想や理論は、それが空疎なものであればあるほど、ますますそうぞうしい鳴物入りの宣伝技術によって市場に売り出され、われわれの心を惑わせている。しかし、そうした思想も理論も、とうてい長期の信託に堪えることはできない。人々は次から次へと新思想や新理論を追いまわし、その時々の流行哲学に捕えられ、落ち着きない生をいやが上にも落ち着きなくさせている。

あとがき

まことにわれわれの現代文明は、いたるところに危機的状況を色濃く示している。近代人の自律的理性が生み出した科学技術は、逆に人間を支配し、われわれの人格、個性は大衆社会のなかに埋没し、巨大社会のいたるところであたかも癌《がん》細胞のように増殖する官僚機構は、われわれの生と行動をがんじがらめに縛りつけている。いまや人間は、目的でもなく、まして意味たるべきものでもなくなり、たんなる道具にすぎないものに転化したように思われる。不安の様相は、おおいがたく現代の精神風土となり、核兵器の異常発達にともなう人類絶滅の恐怖が、われわれの心をしめつけている。

なるほど人は、核戦争の無気味な展望を前に恐怖の叫び声をあげ、人間性とヒューマニズムの名において反戦のシュプレヒコールをくり返す。しかしわれわれは、人間がその隣人を信じえず、他人がわれわれのすぐ近くにいるのに、しかもその姿が眼に入らず、体が触れてもその存在を感じもしないといった状況の恐ろしさに対しては、何らの叫び声をもあげようとしないのだ。核戦争の危険よりも真に恐るべきは、こうした心の冷たさであり、人間に対する人間の不信でなければならない。

このような時代とその危機的状況のなかで、われわれは何よりもまず、この危機をわれわれ自身に全的にうけとめ、国家の危機、文明の危機といわれるものの根底に、人間存在そのものの危機を見つめなければならない。いまや現代文明自体が問題となった以上、技術化し、大衆化したわれわれ自身がそこに問われていることを自覚しなければならない。われわれの精神の根底を脚下照顧し、その根源の神への自己のあり方をみつめなければならないのである。

そうした時はじめてわれわれは、不信と不安とを克服する途を見出すことができるのではなかろうか。まさしくドストエフスキーの作品こそは、われわれが自己の根源をみつめ、われわれが窮状から脱する途を見出すためのよすがとなるであろう。

本書において、私はドストエフスキーの思索を通して、現代文明のもっとも根本的な諸問題――われわれ自身が真剣にこれと取組み、その解決を迫られている諸問題を追跡しようとした。したがって本書では、たんに全体主義と独裁権力、革命と叛逆、権力と自由、社会主義と革命的マキァヴェリズム、ナショナリズムと人類性といった、現代政治の思想と行動の提起する諸問題のみならず、無神論、背徳、ニヒリズムといった宗教哲学や倫理の根本問題、現代文明の基底にひそむ危機的状況の解剖や、世俗的・自然主義的ヒューマニズムの限界といった歴史・社会哲学にかかわる諸問題が取扱われている。

ドストエフスキーのように多面的な巨大な作家・思想家をよりよく理解するためには、

たんに文学者や文学史家のみならず、宗教学者、倫理学者、精神史家、心理学者、社会学者、政治学者、政治思想史家といった種々な分野の専門家たちによる総合的な研究が不可欠であろう。もしもそうであるならば、私のような政治思想史と現代イデオロギーの研究者がドストエフスキーを論じるのも、あながち場違いなものではないと思う。もしも本書が、われわれ自身真剣に対決すべき諸問題の、たとえ解決の手がかりとまではいえなくても、せめてその問題の所在をいくらかでも明らかにしえたとするならば、それは著者にとって望外の喜びでなければならない。

本書の性質上、私は引用文献を一切省略せざるをえなかった。しかし、本書で取扱った多数の西欧およびロシヤの思想家たちの言説については、すでに公刊した拙著『近代ロシヤ政治思想史——西欧主義とスラヴ主義』(一九六一年、創文社)——ことにその第十五章、「ドストエフスキーにおけるスラヴ主義の甦生」(同書七五七—九一〇ページおよび一〇〇二—一〇二二ページもしくは『著作集』第二巻二五八—三九〇ページおよび四二六—四四七ページ)——および『革命とインテリゲンツィヤ』(一九六六年、筑摩書房)の第一章「進歩主義の理念について——政治哲学的考察」(同書三—五九ページもしくは『著作集』第三巻三—五三ページ)に、詳細なドキュメンテーションが与えられている。

ここでは、そのお名前を列挙するのをさし控えるが、私は自分のドストエフスキー論を構成する際、内外の多数の先覚に多くのものを負うている。ことにわが国の学者のなかでは、西谷啓治博士の所説はきわめて多くの啓発を著者に与えた。厚く御礼申し上げたい。

なお、ドストエフスキーからの引用は、米川正夫氏の訳文によった。しかしドストエフスキーの思想をできるかぎり忠実に伝えるために必要と認めた場合には、原文との対比において米川氏の名訳を犠牲にして、著者の逐語訳を採った。

私事にわたって恐縮であるが、ドストエフスキーは私にとってことのほか忘れることのできない小説家であり、思想家である。私に文学開眼をさせたのは、ほかならぬドストエフスキーであった。ロシヤ語を学び、その煩瑣《はんさ》な文法をまがりなりにもマスターしたのち、はじめて念願の『罪と罰』に原文で接したおりの感激を、私はいまもって、まるで昨日のことのように覚えている。その後、大学の法学部に入学し、法律学を勉強するようになってからも、私の情熱は、あの無味乾燥な六法全書よりは、はるかに多くドストエフスキーの文学理解に注がれていた。こうしてドストエフスキーは、私の人格形成にあたって消し去ることのできない極印を刻みつけたと思う。

あとがき

私はこのささやかな研究を、久松真一先生と瀧川幸辰先生のご霊前に捧げたいと思う。京都大学文学部で仏教学を担当された久松先生は、私にとってあたかもゾシマ長老のような存在であった。先生の温容に接し、また先生のお話を拝聴するおり、私は常に俗塵を洗い清められる思いがした。同時にまた、自分の思索の未熟さと不徹底さとを、たえず反省させられもした。私が政治思想の枠を越えて宗教の諸問題を考える機会をもつようになったのは、ひとえに先生との出会いによる。その意味で、たとえ私の思索がまだきわめて不徹底であり、未熟なものであるにしても、久松先生は私にとって導師であったし、今後もそうであると信じている。私自身は、先生の主催された道場の、もっとも怠惰な成員ではあった。しかし人間実存の根源を見つめ、神とのかかわりを思索することの大切さを先生に教えていただいたこの不可思議な宿縁を、まことに有り難いことと思っている。

他方、瀧川幸辰先生は、早死した私の実父の代わりに、厳しくかつ優しい父親の役割を果たしてくださった。日本銀行への入行が内定していた私に、大学に残るよう厳命され、法学部助手に採用してくださったのは瀧川先生である。先生は私を刑法講座の後継ぎにと考えておられた。先生の指示により、私はまず西洋法制史を勉強し、「ルス法典（ルスカヤ・

プラウダ）」（『著作集』第五巻四二五―五一四ページ所収）を書き上げたが、正直なところ私は、法律学よりももっと思想的、哲学的なことを勉強したかった。わがままを言う私を、先生は、「たしかに学問は一生の仕事だからね」、と受けいれ、当時、先生とともに京都大学教授に復帰し法学部で政治思想史を担当されていた恒藤恭大阪商大学長に相談し、私を政治思想史講座の助教授に推薦してくださった。思えば、瀧川先生は私にとって生涯の学問上の導師であった。私はいまも毎朝、書庫の中央に掲げた瀧川先生の大きな写真に向って、「先生、結局、私はこんな中途半端な学者になり終わってしまいました」と挨拶をしている。

この小著が装を改めて読者の手に渡ることとなったのは、もっぱら第三文明社の並々ならぬ親切なご配慮のゆえである。なかんずく同社編集局長の平木滋さん、ついで懐かしいコロンビア大学の後輩でもある木下大樹さん、そしてことに京都産業大学法学部教授の川合全弘さんのお三方にはそれぞれ献身的なご助力を賜った。記して謝意を表したい。

二〇一四年三月八日

京都　連雲居にて　　　勝田吉太郎

ドストエフスキー略年表

西暦	年齢	ドストエフスキー	関連事項
一八〇四			ホミャーコフ、フォイエルバッハ、ホーソーン生る
一八〇五			トクヴィル生る
一八〇六			イワン・キレエーフスキー、シュティルナー生る
一八〇七			ヘーゲル『精神現象学』
一八〇九			ゴーゴリ、プルードン生る シェリング『人間的自由の本質』
一八一一			ベリンスキー生る
一八一二			祖国戦争、ナポレオン軍を撃退 ゲルツェン、ディケンズ生る
一八一三			キルケゴール生る
一八一四			バクーニン生る
一八一八			トゥルゲーネフ、マルクス生る
一八一九			サマーリン生る
一八二〇		兄ミハイル生る	エンゲルス生る
一八二一		10月30日、モスクワの貧民施療病院にて、軍医の父ミハイル、母マリヤの次男として生る フョードルと命名	フローベル生る

一八二一	1		ダニレフスキー生る
一八二五	4		十二月党（デカブリスト）の叛乱挫折
一八二八	7	ドストエフスキー家、モスクワ県の貴族籍簿に登録さる	トルストイ、チェルヌイシェフスキー生る
一八三〇	9		フランス七月革命、ポーランド叛乱勃発 スタンダール『赤と黒』 コント『実証哲学講義』（一八三〇―四二年） フォイエルバッハ『死と不死について』
一八三一	10	父、トゥーラ県のダロヴォエ村およびチェリョーモシナ村を購入、地主階級の一員となる	ヘーゲル没
一八三二	11		ベンサム没
一八三三	12		バルザック『ウージェニー・グランデ』
一八三四	13		バルザック『ゴリオ爺さん』（一八三四―三五年）
一八三五	14		フーリエ没 トクヴィル『アメリカにおける民主主義について』（第一巻）
一八三七	16	2月27日、母没、春に兄ミハイルとともに陸軍工兵学校入学のため、ペテルブルグへ行く	プーシキン没
一八三八	17	陸軍工兵学校に入学、バルザック、ユゴー、ホフマンらの作品を耽読す	

西暦	年齢	ドストエフスキー	関連事項
一八三九	18	父ミハイル、領地の農奴たちによって殺さる 父横死の報に接して、はじめて癇癪の発作が起こったという	スタンダール『パルムの僧院』 ゴドウィン没 ブランキ季節社事件
一八四〇	19	年末に士官候補生となる	ゾラ生る プルードン『財産とはなにか』
一八四一	20	8月、工兵少尉に進級	フォイエルバッハ『キリスト教の本質』
一八四二	21	8月、中尉補に進級	バクーニン（エリザール）『ドイツにおける反動』 クロポトキン生る。スタンダール没
一八四四	23	バルザックの『ウージェニー・グランデ』を翻訳	ニイチェ生る キルケゴール『不安の概念』
一八四五	24	『貧しい人々』ベリンスキーに激賞され、文壇へはなばなしくデビューする	シュティルナー『唯一者とその所有』
一八四六	25	『二重人格』『プロハルチン氏』	バルザック『従妹ベット』 プルードン『経済的矛盾の体系――貧困の哲学』
一八四八	27	『白夜』その他数編の短編小説を書く	フランス二月革命、各国に波及 マルクス、エンゲルス『共産党宣言』 ベリンスキー没 ペテルブルグにペトラシェフスキーのサークル結成

一八四九	28	3月、ペトラシェフスキーのサークルで、ゴーゴリにあてたベリンスキーの手紙を読む。同じくシュティルナーの『唯一者とその所有』についての報告を行なう 4月、ペトラシェフスキーのサークル全員とともに逮捕され、12月22日、死刑の宣告をうけ、シェメノーフ練兵場において死刑執行を予定さる 執行直前に、皇帝の特赦下り、四年のシベリヤ懲役、あと四年の兵役勤務を判決され、12月24日、シベリヤへ出発す	キルケゴール『死にいたる病』 ニコライ一世のハンガリー革命干渉 ディケンズ『デヴィド・カッパフィールドの生いたち』 ダニレフスキーもペトラシェフスキーのサークルの一員として連座す
一八五〇	29	オムスク監獄に収容、四年間服役	バルザック没
一八五一	30		コント『実証政治体系』（一八五一―五四年）
一八五二	31		ゴーゴリ没
一八五三	32		クリミヤ戦争
一八五四	33	2月、刑期満了 3月、セミパラチンスク駐屯部隊に、一兵卒として入隊	シェリング没
一八五五	34	『死の家の記録』書きはじむ	アレクサンドル二世即位 キルケゴール没
一八五六	35		トゥルゲーネフ『ルージン』 シュティルナー没。プレハーノフ生る キレエーフスキー没

西暦	年齢	ドストエフスキー	関連事項
一八五七	36	3月、未亡人マリヤ・ドミートリェヴナ・イサーエヴァと結婚	ゲルツェン『コーロコル』(鐘)発刊 コント没
一八五九	38	3月、首都以外の地に居住を許さる 11月、ペテルブルグ居住を許さる 『叔父の夢』『ステパンチコヴォ村』	マルクス『経済学批判』
一八六〇	39	雑誌『ヴレーミヤ』(時代)の宣言文を書く	チェホフ生る。ホミャーコフ没 ホーソーン『大理石のフォーン』
一八六一	40	『ヴレーミヤ』発刊 『死の家の記録』『虐げられし人々』	アレクサンドル二世、農奴解放
一八六二	41	最初のヨーロッパ旅行。ロンドンでゲルツェンと会い、バクーニンを知る	トゥルゲーネフ『父と子』 チェルヌィシェフスキー投獄さる
一八六三	42	『夏の印象に関する冬の記録』 雑誌『ヴレーミヤ』発行禁止さる 再度のヨーロッパ旅行。妻マリヤの病状悪化	ポーランド叛乱 ラッサール全ドイツ労働者協会設立
一八六四	43	雑誌『エポーハ』(世紀)創刊 4月、妻マリヤを喪う。6月、兄ミハイル没 『地下生活者の手記』	第一インタナショナル設立 トルストイ『戦争と平和』(一八六四―六九年) ホーソーン没
一八六五	44	7月、三度目のヨーロッパ旅行 『罪と罰』に着手	プルードン没
一八六六	45	『罪と罰』を発表 速記者アンナ・スニートキナに『賭博者』を口述	

一八六七	46	2月、アンナと結婚 4月、外国旅行に出、国外放浪四年におよぶ 『白痴』書きはじむ	フローベル『ボヴァリー夫人』 マルクス『資本論』（第一巻） バクーニン『連合主義、社会主義、反神学主義』
一八六八	47	『白痴』発表 スイス滞在、ゲルツェン、バクーニンらと交わる 2月、長女生れるも、まもなく死亡	ネチャーエフの人民裁判党結成 ゴーリキイ生る
一八六九	48	9月、二女生る。以来二年間ドレスデンに居住	ダニレフスキー「ロシヤとヨーロッパ」を雑誌『ザリヤ』に発表 ネチャーエフによるイワノフの殺害事件 フローベル『感情教育』、ゴンチャロフ『断崖』
一八七〇	49	『永遠の良人』 ネチャーエフの殺害事件をモデルとして『悪霊』を書きはじむ	ゲルツェン没、レーニン生る 第一インタナショナル・ロシヤ部結成
一八七一	50	『悪霊』を翌年にかけて発表	パリ・コンミュン ダーウィン『人間の起源』 バクーニン『鞭のドイツ帝国と社会革命』
一八七三	52	雑誌『市民』を編集し、同誌に『作家の日記』を発表しはじむ 哲学者ソロヴィヨフとの交友はじまる	バクーニン『国家性とアナーキイ』 トルストイ『アンナ・カレーニナ』（一八七三―七七年）。「人民のなかへ」の運動はじまる ニイチェ『反時代的考察』（第一部）
一八七四	53	『未成年』書きはじむ	ニイチェ『反時代的考察』（第二部）
一八七五	54	『未成年』発表	ドイツ社会民主党合同成立

西暦	年齢	ドストエフスキー	関連事項
一八七六	55	『作家の日記』を翌年にかけて発表	サマーリン、バクーニン没、「土地と自由」結社なる
一八七七	56	『カラマーゾフ兄弟』を構想	トゥルゲーネフ『処女地』 露土戦争はじまる
一八七八	57	『カラマーゾフ兄弟』を書き続ける ソロヴィヨフによる宗教哲学的テーマの公開講義を終始聴講す	エンゲルス『反デューリング論』 ベルリン会議 ニイチェ『人間的な、余りに人間的な』
一八七九	58	『カラマーゾフ兄弟』発表	ディケンズ没 「土地と自由」分裂し、テロリストたち「人民の意志」派を結成。皇帝暗殺未遂事件発生 10月、トロツキー生る。12月、スターリン生る
一八八〇	59	「プーシキンに関する講演」を行なう	フローベル没 ふたたび皇帝暗殺未遂事件発生
一八八一	60	1月28日、永眠す 1月31日、アレクサンドロ・ネフスカヤ大寺院の墓地に公葬	3月1日アレクサンドル二世、「人民の意志」派に暗殺さる

勝田吉太郎　著作目録

【著書】

『近代ロシヤ政治思想史』創文社、一九六一年
『革命とインテリゲンツィヤ』筑摩書房、一九六六年
『アナーキスト』筑摩書房、一九六六年
『政治学Ⅱ』（共編著）高文社、一九六六年
『ドストエフスキー』潮出版社、一九六八年
『知識人と自由』紀伊國屋書店、一九六九年
『革新の幻想』講談社、一九七三年
『絶望の教育危機』日本経済通信社、一九七四年
『アナーキスト』新版、社会思想社、一九七四年
『革命の神話』講談社、一九七六年
『唯物史観のホントとウソ』（共著）潮文社、一九七六年
『政治学副読本』（共著）文真社、一九七七年
『現代社会と自由の運命』木鐸社、一九七八年

勝田吉太郎 著作目録

『自由社会の病理』玉川大学出版部、一九七九年
『現代デモクラシー論』（共著）有斐閣、一九七九年
『人類の知的遺産49　バクーニン』講談社、一九七九年
『民主主義の幻想』日本経済新聞社、一九八〇年
『平和憲法を疑う』講談社、一九八一年
『平和病日本を撃つ』ダイヤモンド社、一九八二年
『胎児は人間ではないのか』（共著）日本教文社、一九八三年
『敗戦後遺症シンドローム』日本教文社、一九八三年
『日本よ何処へ行く』（共著）原書房、一九八三年
『自由と国家』（監修）山手書房、一九八四年
『神なき時代の預言者――ドストエフスキーと現代』日本教文社、一九八四年
『一つの時代の終わりに』（村松剛氏との対談、共著）日本教文社、一九八六年
『宰相論』講談社、一九八六年
『民主主義の幻想』（増補新版）日本教文社、一九八六年
『解放神学』（共著）荒竹出版、一九八六年

『時を読む』産業新潮社、一九八八年
『宗教心と教育』（共著）日本教育会、一九八九年
『ソ連崩壊論』（編著）講談社、一九九〇年
『民主教育の落し穴 戦後世俗化の風土を斬る!!』善本社 一九八九年
『勝田吉太郎著作集』全八巻 ミネルヴァ書房、一九九二〜九五年
［第一巻］近代ロシヤ政治思想史・上／［第二巻］近代ロシヤ政治思想史・下
［第三巻］知識人と社会主義／［第四巻］アナーキスト／［第五巻］革命の神話
［第六巻］現代社会と自由の運命／［第七巻］戦後イデオロギーの解剖
［第八巻］民主主義の幻想
『日本は侵略国家ではない』（編著）善本社、一九九三年
『戦後民主主義の解剖』國民會館、一九九六年
『思想の旅路』日本教文社、一九九八年
The Metamorphosis of the Intelligentsia in the Developing Countries, Suzuka International University, 2002
『文明の曲がり角』ミネルヴァ書房、二〇〇二年

『核の論理再論』ミネルヴァ書房、二〇〇六年
『時流を読む――勝田吉太郎論考集（上・下）』内外ニュース社、二〇一〇年
『甦るドストエフスキーの世紀』ミネルヴァ書房、二〇一〇年

【翻訳書】

『ソヴィエトの政治』（共訳）岩波書店、一九五六年
『プルードン・バクーニン・クロポトキン』（共訳）（『世界の名著』42）中央公論社、一九六七年
『バクーニン』（共訳）（アナキズム叢書）三一書房、一九七〇年

本書は一九六八年、潮出版社から刊行された作品に加筆・訂正したものです。

勝田吉太郎（かつだ・きちたろう）

1928 年 名古屋市に生まれる。
1951 年 京都大学卒業後、助手、講師、助教授を経る。
1955 年～ 57 年、1961 年～ 63 年 欧米諸国にロックフェラー財団の研究援助を
2 回受けて研究出張。
1962 年 法学博士（旧制）となる。
1964 年 京都大学教授に昇格。
1991 年 京都大学退官。京都大学名誉教授となる。
奈良県立商科大学（現奈良県立大学）教授に就任、同大学学長（～ 94 年）。
奈良県立大学名誉教授。
1994 年 鈴鹿国際大学教授に就任、同大学学長。2002 年以後、同大学名誉学長。
2000 年 教育改革国民会議委員（～ 02 年）。
2004 年 瑞宝重光章。
著　書　多数（本文「著作目録」参照）

ドストエフスキー

2014年 4 月30日　初版第 1 刷発行

著　者　勝田吉太郎《かつだきちたろう》
発行者　大島光明
発行所　株式会社　第三文明社
東京都新宿区新宿1-23-5
郵便番号　160-0022
電話番号　03-5269-7154（編集代表）
03-5269-7145（営業代表）
振替口座　00150-3-117823
URL http://www.daisanbunmei.co.jp
印刷所　明和印刷株式会社
製本所　株式会社 星共社

ISBN978-4-476-03326-7